노아 리바이의
항해 일지

노아 리바이의 항해 일지

초판 1쇄 인쇄 2025년 10월 15일
초판 1쇄 발행 2025년 10월 31일

신고번호 제313-2010-376호
등록번호 105-91-58839

지은이 유려한

발행처 보민출판사
발행인 김국환
기획 김선희
편집 현경보
디자인 다인디자인

ISBN 979-11-6957-391-7   03810

주소 경기도 파주시 해올로 11, 우미린더퍼스트@ 상가 2동 109호
전화 070-8615-7449
사이트 www.bominbook.com

• 가격은 뒤표지에 있으며, 파본은 구입하신 서점에서 교환해드립니다.
• 이 책은 저작권법에 의하여 보호를 받는 저작물이므로 무단 전재와 복사를 금합니다.

노아 리바이의
항해 일지

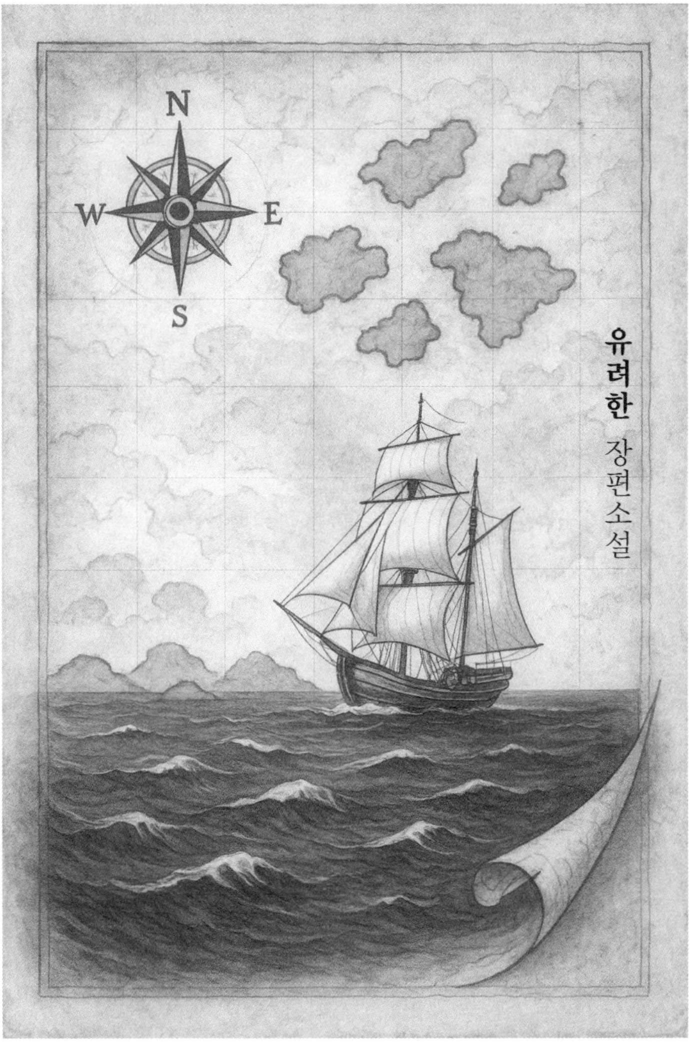

유려한 장편소설

함께 항해자가 되고, 섬의 사람들을 만나며
자기 마음의 풍경을 마주할 것이다.

보민출판사

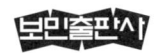

추천사

《노아 리바이의 항해 일지》는 바다 위의 이야기를 빌려, 우리가 마음속에서 겪는 항해를 그려낸다. 책장을 열면 오래된 일지를 펼쳐보는 듯한 느낌이 든다. 저자 유려한은 "세상의 외면당한 감정들에게, 그리고 외면할 수밖에 없었던 사람들에게" 이 책을 바친다고 말한다. 그 문장만으로도 이미 이 여정이 어디를 향하는지 알 수 있다.

노아 리바이가 찾아간 곳은 헤이치 제도의 다섯 섬이다. 우울, 증오, 슬픔, 질투, 행복. 누구나 한 번쯤 건너야 하는 내면의 지형을 섬으로 그려낸 발상이 신선하다. 그는 각 섬에서 감정에 휘둘리거나 길을 잃은 사람들을 만난다. 웃는 법을 잊은 소년 호세, 증오로 서로를 갉아먹는 상인들, 슬픔의 집에 자신을 가둔 앤슨, 늘 비교 속에서 자존감을 잃은 소녀 헤일, 그리고 장례식에서조차 울지 못하는 쌍둥이 형제…. 이들의 얼굴은 낯설지 않다. 우리 안에도 이미 존재하는 그림자들이기 때문이다.

노아가 하는 일은 감정을 지워버리려 애쓰는 것이 아니다. 오히려 그 감정이 제 목소리를 내도록 돕고, 제자리를 찾아가도록 길을 열어준다. 호세에게는 세계를 바라볼 수 있는 지도를, 아렐에게는 길을 잃지 않게 해줄 나침반을 건네듯, 독자에게도 같은 선물을 내민다. 증오의 섬에서 그는 조용히 말한다. "증오만으로는 세상을 다 담을 수 없어요." 행복의 섬에서는 굳게 닫힌 마음들을 향해 외친다. "눈물은 병을 옮기지 않아요." 그 순간 감정은 더 이상 두려움의 대상이 아니라, 살아있는 증거로 드러난다.

이 책의 매력은 이야기가 은유로 머무르지 않는다는 데 있다. 파도와 바람, 계절의 결을 세밀하게 담아내는 문장은 독자를 곧장 그 장소로 데려간다. 바람에 흔들리는 나뭇잎 소리 속에서, 고양이 틸리의 눈빛 속에서, 우리는 우리 자신의 기억을 떠올린다. 독자는 읽는 동안 저자와 함께 항해자가 되고, 섬의 사람들을 만나며 자기 마음의 풍경을 마주할 것이다.

특히 마지막 행복의 섬은 오래 남는다. 풍요롭고 웃음이 넘쳐나는 곳이지만, 그 웃음은 억지로 꾸며낸 가면일 뿐이었다. 진정한 행복은 감정을 억누르는 데 있지 않음을, 오히려 슬퍼해야 할 때 슬퍼할 수 있는 용기에서 비롯됨을 이 책은 보여준다. 울음을 허락해야 웃음이 진실해진다는 당연한 사실을, 이 항해는 잊고 있던 빛처럼 다시 일깨워 준다.

이 책 《노아 리바이의 항해 일지》는 감정을 없애거나 회피하려는 시대에 오히려 정직하게 마주할 것을 권한다. 우울, 증오, 슬픔, 질투는 우리가 지나야 하는 바다이고, 행복은 그 항해 끝에서 새롭게 정의되는 지평이다. 책을 덮을 때 독자는 지도를 한 장 얻은 듯하고, 길을 잃었을 때 불빛처럼 비춰줄 나침반을 손에 쥔 듯한 안도감을 느낄 것이다. 그래서 이 책을, 자기 마음의 바다를 건너야 하는 모든 이들에게 권한다. 감정에 지쳐 길을 잃은 사람, 늘 웃음 뒤에 마음을 숨기고 살아온 사람, 삶의 의미를 다시 찾고 싶은 사람 모두에게 이 책은 새로운 출발의 신호가 될 것이다. 한 사람의 항해 기록이 이렇게 우리 모두의 마음을 비추는 등불이 될 수 있다는 사실, 그것이 이 책의 가장 큰 선물이다.

2025년 10월
편집위원 **김선희**

작가의 말

지극히 당연한 감정들에 관한 이야기

"세상의 외면당한 감정들에게,
그리고 외면할 수밖에 없었던 사람들에게
이 책을 바칩니다."

2025. 10. **유려한**

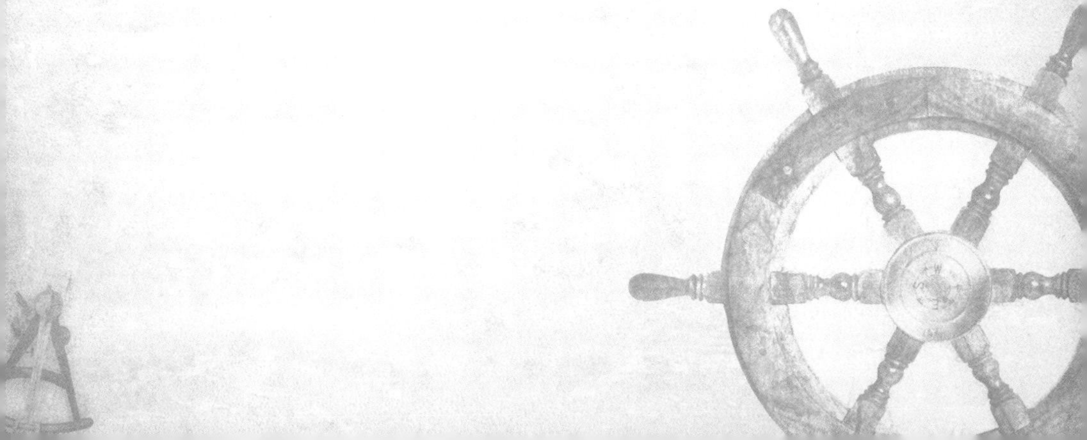

차례

추천사 … 4

작가의 말 … 7

제1장. 노아 리바이의 항해 일지 … 10

제2장. 우울의 섬 … 16

제3장. 증오의 섬 … 62

제4장. 슬픔의 섬 … 100

제5장. 질투의 섬 … 140

제6장. 행복의 섬 … 184

제1장

노아 리바이의 항해 일지

1904년 8월 29일자 발간지

    이번 여름에 전할 소식은 바로 한 모험가의 이야기다. 노아 리바이라는 남자는 항해를 하는 모험가다. 이번 봄, 그의 항해 일지가 발간되면서 노아 리바이는 사람들로부터 많은 관심과 유명세를 얻게 되었다. 그는 헤이치 제도에서 여러 섬들을 모험하며 그곳에서 있었던 일들을 일지로 기록해 세상에 알렸다. 이에, 사람들은 미지의 제도와 섬의 이야기를 보며 열광했고 그의 일지는 널리 알려졌다. 현재, 노아의 소식을 정확히 알 수는 없지만 그는 계속해서 항해를 하며 모험 중인 것으로 일지에서 밝혀져 있다. 그는 총 다섯 개의 섬의 이야기를 일지에 기록해 남겼고, 앞으로도 더 많은, 알려지지 않은 섬들을 모험할 것이라고 알렸다.

    이제 27세인 노아는 어렸을 적부터 모험하기를 좋아했고 언젠가 바다로 모험을 떠나야겠다고 생각을 했다고 한다. 그는 베일에 쌓여진 남자다. 그의 신분은 정확히 밝혀지지 않았으며 수도에서 태어난 귀족 신분이라고만 알려져 있다. 또한 남동생이 한 명 있는 것으로 일지에 기록되어 있다. 그의 정보는 밝혀진 게 거의 없어, 사람들은 신비한 이야기에 더욱 관심을 보내고 있다.

노아는 벤턴 섬과 데레티 섬, 체렌 섬, 네테론 섬, 로헬 섬을 방문했고 그의 일지에 따르면, 앞서 나열했던 헤이치 제도의 섬들은 모두 감정에 관한 섬이라고 기록되어 있었다. 그의 동생인 리샨 리바이가 노아의 일지를 알리는 데 큰 역할을 했다는 것도 흥미로운 점이다.

노아의 일지를 본 사람이라면 모두 빠져들 수밖에 없을 것이다. 그의 일지는 흥미롭고 당시 노아가 느꼈을 감정들과 이야기가 생생하게 적혀있기 때문이다. 일지에서, 모험을 계속할 것이라 밝힌 노아는 과연 지금 어떤 미지의 섬을 모험하며 새로운 이야기를 쓰고 있을까? 그건 알 수 없지만 단지 우리가 확신할 수 있는 것은 노아가 어디에서 무엇을 하던 그가 행복하게 모험을 하고 있을 것이라는 건 알 수 있다. 그의 항해를 응원하며, 즐겁게 바다를 누비기를.

A.W.S 신문사 기자 쇼퍼

팔락이는 소리가 들리며 신문을 넘기는 남자였다. 그는 신문을 다 읽었는지 구겨지지 않도록 반으로 말아 가볍게 집어 들었다. 1904년, 쾌청한 날씨와 선선한 바람이 부는 9월의 어느 날이었다. 잔잔하게 움직이는 파도는 햇살을 받아서 마치 보석같이 반짝였다.

푸른 바다는 끝도 없이 펼쳐져 있었고 갈매기는 울며 하늘을 나는 중이었다. 그리고 해변에서는 신문과 표지가 멋들어진 책을 들고 있는 남자가 바닷바람을 쐬며 서 있었다. 남자는 자신의 형인 노아 리바이를 떠올리며 형과 함께했던 추억들을 회상하고 있었다. 리샨 리바이는 잠시 감상에 젖어 바다를 바라보았다. 해안가는 아직 조용했고, 리샨은 그런 고요함이 좋았다.

리샨이 들고 있는 책은 올해 4월에 발간된 노아의 일지로, 그의 모험기를 담고 있었다. 형의 이야기가 궁금해진 리샨은 노아의 일지를 읽어보기로 했다. 짭짤한 바다 내음이 그의 코를 찔렀다. 짠 냄새에 리샨은 눈을 감고 넓은 바다를 만끽했다. 잠시 동안이지만 그는 마치 자신이 노아가 된 것만 같았다. 그리고 그는 문득 노아가 그리워지기 시작했다. 어디에서 무얼 하는지 알 수 없는 노아에 그는 형의 존재를 그리게 됐다. 그래도 모험을 할 때면 가장 즐거워했던 노아를 생각하며 그는 필시 그가 지금도 즐겁게 모험을 하고 있을 것이라는 생각이 들었다.

리샨은 해안가를 따라 걷기 시작했다. 맑은 바닷물이 그의 신발을 조금씩 적셨다. 아침이 되어가는 중이었다. 조금 더 따뜻해진 공기에 그는 숨을 들이쉬며 계속해서 걸었다. 그리고 잠시 바다를 뒤돌아 바라본 그는 자신의 별장으로 돌아갔다. 그의 별장은 꽤나 큰 크기였다. 관리가 잘 되어 있는 듯한 별장은 따스한 햇살이 창문으로 들어와 불을 켜지 않아도 밝았고 아늑한 분위기를 풍기고 있었다.

신발의 물기를 털고 들어온 리샨은 모래를 툭툭 털고는 자신의 나무 책상 앞으로 다가갔다. 그는 노아가 발간한 일지를 책상에 올려놓고는 조금 삐걱대는 소리를 내는 의자에 앉았다. 그리고는 담배에 불을 붙인 그는 깊게 숨을 들이켰다. 담뱃잎이 타는 소리가 작게 들려오자, 그는 옅은 미소를 지었다. 회색 빛깔 연기는 담배가 타들어가자 일렁이며 흘러나왔다. 그렇게 담배가 절반 정도 타들어 갈 때쯤이 되자, 그는 일지의 표지를 몇 번 만지작거리고는, 이내 표지를 넘기고 읽기 시작했다. 사락거리는 소리와 함께 종이가 넘겨졌다.

책의 표지에는 노아가 다녔던 헤이치 제도의 지도가 그려져 있었다. 꽤나 섬세하게 그려진 그림에 리샨은 놀라며 벌써 흥미진진해져 갔다. 노아가 다녀갔을 섬이 너무 궁금해졌기 때문이었다. 첫 장에는 작은 글씨로 글귀가 써져 있었다. 그건 노아가 그에게 쓴 글이었다. 노아가 쓴 글귀를 읽자 그의 표정은 그리운 얼굴로 변했다. 슬프면서도 기쁜 표정으로 변한 그에 햇살은 부드럽게 그의 얼굴을 어루만졌다.

친애하는 나의 동생이자 친구, 리샨에게

이 글을 읽을 때면 오랜만이겠구나, 리샨. 나는 여전히 즐거운 항해 중이다. 우리가 마지막으로 본 게 오래되었으니 그리운 마음이 드는구나. 헤이치 제도에서 나는 진귀한 경험을 했지. 너도 함께했으면 아주 좋았을 것 같았다. 이 일지를 보며 즐거워해 줄 네 모습이 눈에 선하구나. 나의 동생, 리샨. 내 모험을 끝까지 응원해 줬으면 좋겠다. 다시 집으로 향할 그날까지. 너의

기다림에 고마움을 표한다.

동생의 건강을 기원하며, 노아 리바이가.
1901년 11월 27일

    노아가 남긴 글을 읽은 리샨은 작게 미소 지었다. 그는 글귀를 만지작거리며 잠시 형과의 추억을 떠올렸다. 반쯤 탔던 담배는 어느새 모두 타들어가 불이 꺼져 있었다. 리샨은 불씨가 사라진 담배를 재떨이에 놓고는 다시 일지를 읽기 시작했다. 그리고 잠시 창밖을 바라본 리샨은 창문에 담기는 바다를 바라보았다. 이내 창문을 연 리샨에게는 싱그럽고 산뜻한 바람이 불어왔다. 그러자 그의 갈빛 머리칼이 부드럽게 바람에 맞춰 날려 올라갔다. 곱슬거리는 그의 머릿결은 마치 파도가 치는 바다를 떠올리게 했다. 바다를 바라보던 그는 다시 일지로 시선을 돌렸다. 노아의 모험기를 읽을 생각에 그의 마음은 두근거리며 기분 좋게 울리기 시작했다.

제2장
우울의 섬

 1901년 3월 5일, 나, 노아 리바이는 자유를 한껏 느끼며 바다를 항해하는 중이었다. 베니아 해의 하늘 위로는 갈매기들이 날며 세상을 누비고 바다는 파랗게 물들어 마치 또 다른 하늘이 존재하는 것 같았다. 배의 식량은 충분하고 전망도 좋은 느낌에 나는 기분이 좋아졌다. 곧 있으면 섬에 도착할 수 있을 것 같았다. 혼자서 항해하는 것은 때로는 외롭지만 때로는 사색에 잠길 수 있어 즐겁기도 했다.

 내가 향하고 있는 곳은 미지의 구역, 헤이치 제도였다. 이 제도가 있다는 것은 밝혀진 지 얼마 되지 않았다. 헤이치 제도에 가려면 성난 파도가 치는 깊은 바다를 항해해야 하고 워낙 밝혀진 게 없어 사람들은 이 제도를 모를 뿐더러 아는 사람도 알 수 없는 바다라는 의미로 검은 해역이라 부른다고 했다. 지금 향하고 있는 헤이치 제도는 그 주변이 높은 파도와 소용돌이로 둘러싸여 있어 도착하기까지가 어렵다고 전해졌다. 하지만 파도를 통과하면 잔잔한 바다가 펼쳐질 것으로 예상하고 있다. 오늘 저녁으로는 신선한 생선구이에

콩 통조림을 곁들여 먹었다.

  내가 항해를 시작한 지는 벌써 5년째가 되었다. 그리고 헤이치 제도를 찾으러 향한 지는 1년이 지났다. 아무 발견도 하지 못한 것은 아니지만 별다른 수확은 없었기에, 이번에 향하는 곳에서 놀라운 발견을 할 수 있기를 고대하고 있다.

  1901년 3월 10일, 제도가 보이기 시작했다. 나는 너무 기뻐 그만 소리를 지르고 말았다. 수많은 섬들이 모여 있는 이 제도는 여러 섬들로 이루어져 있다. 화산섬과 암초, 무인도도 있으며 나는 개중에서 사람이 사는 섬인 벤턴 섬과 데레티 섬, 체렌 섬, 네테론 섬, 로헬 섬을 찾을 예정이었다. 이 다섯 개의 섬은 면적이 꽤 넓을 것으로 예상되고 있다.

  목숨이 걸려 있는 모험이지만 나는 자주 즐겁다는 생각이 들었다. 집에 있을 리샨이 그립고 걱정도 되지만 이제 성인인 그도 잘 지내고 있으리라 생각하면서 모험을 계속하고 있다. 후에 돌아가면 리샨에게는 모험 이야기를 잔뜩 해줄 것이다. 어릴 적부터 내가 해주는 이야기를 좋아했던 리샨이기에 지금의 모험기가 더욱 의미가 있는 것이기도 했다. 나중에 사람들에게 알릴 이 이야기가 의미 있어지기를 희망하고 있다.

  1901년 3월 12일, 나는 긴 여정 끝에 드디어 헤이치 제도에 도착했다. 도착한 섬의 이름은 벤턴 섬이었다. 나는 섬의 마을인 게리얀 마을에 도착했다. 그리고 나는 마을에서 시간을 보내던 도중, 사람들의 모습에 놀라지 않을 수 없었다! 내가 본 벤턴 섬의 사람들은 모두 우울한 모습으로 일상을 보냈기 때문이었다. 나는 어째서 사람들이 그렇게 우울해하며 웃지 않는지 알 수 없었다. 하지만 한 가지 확실한 것은 마을 사람들은 자신들이 우울해하면서 지내는 상태를 모르는 것 같았다. 나는 그런 모습들에 충격을 받을 수밖에 없었다.

나는 벤턴 섬을 새로운 이름인 우울 섬으로 부르기로 했다. 우울 섬에서 기뻐하는 모습을 찾는 것은 하늘의 별을 따는 것과 마찬가지로 불가능한 일이었다. 나는 이런 섬의 특징과 모습에 점차 흥미가 생기며 더 알아가고 싶다는 생각이 들었다. 그리고 이후에 향할 다른 섬들의 사람들은 어떤 모습으로 지낼지도 궁금해지기 시작했다.

1901년 3월 16일, 마을 사람들은 거의 모두가 내게 친절하게 대해줬다. 그들은 내게 음식을 주고 잘 곳을 제공해 주었다. 하지만 그들은 기뻐하지 않았다. 아니, 기뻐하는 법을 몰랐다. 그들은 우울이라는 감정 외에 다른 감정을 느끼는 법을 모르는 듯했다. 마치 처음부터 그랬던 사람처럼 말이다. 그렇게 우울이라는 감정은 그들에게 깊게 스며들어 있었다. 말을 갓 떼기 시작한 아기도, 일을 하는 어른들도 모두 기뻐하지 않았다.

나는 한 가정집에서 충격적인 모습을 목격했다. 한 아기가 이제 막 걷기 시작하는 모습을 보았다. 그리고 보통의 부모라면 자신의 아기가 걷는 모습에 기뻐하며 좋아했을 것이다. 그런데 그들은 달랐다. 그들은 자신의 아기가 세상에 태어나 처음으로 제 발로 걷는 모습에도 웃지 않았다. 그들의 표정은 거의 무표정에 가까웠다. 나는 이러한 모습들에 이 섬은 무언가 단단히 잘못되어 있다고 생각이 들었다. 나는 그들에게 물었다.

"저는 이번에 이 섬에 머무르기로 한 노아 리바이라고 합니다. 당신들은 어째서 웃지 않나요? 마치 한 가지 감정에 절어 있는 것처럼 말이에요."

"우리가 무엇을 어쨌다는 거죠? 우리는 그저 평소처럼 지냈을 뿐이에요. 당신에 대한 이야기는 들었어요. 모험가라죠? 여기까지 오는 게 쉽지 않았을 텐데 대단하시네요."

그들은 불친절하게 답하지는 않았지만 웃거나 즐거워하며 말하지도 않았다. 그들의 말에서는 긍정적인 감정이 담긴 말들을 찾아볼 수 없었다. 원래 그렇게 지냈던 그들이기에, 건네는 말들이 좋지 않은 의미로 하는 것이 아니라는 걸 나는 알았다. 그렇지만 내가 모험을 하며 느꼈던 온갖 긍정적인 감정들을 그들은 전혀 느끼지 못하는 듯했다.

그들은 알지 못했다. 알 수도 없었을 것이다. 태어날 때부터 우울했던 것처럼 보이는 그들은 즐거움이 주는 행복을 몰랐을 것이고 알지도 못했을 것이다. 나는 그저 충격을 받은 채 숙소로 돌아갈 수밖에 없었다. 때는 어둑한 밤이었다. 달빛으로만 밝혀지는 밤은 꽤나 고즈넉한 분위기였다. 나는 숙소로 돌아왔다. 그리고는 침대에 누워 생각했다.

'어째서 이 섬의 사람들은 기뻐하는 법을 모르는 걸까?'

이 섬이 어디서부터 잘못된 것인지 나는 알 수 없었다. 곧, 밀려오는 피곤함에 나는 까무룩하고 잠에 들고 말았다.

1901년 3월 21일, 섬의 날씨는 화창했고 구름은 한 점 없이 밝았다. 아침이 되자 새들이 지저귀기 시작했고 꽃들은 향기를 피워내기 시작했다. 마을 분위기와 상반되는 경치와 날씨에 나는 헛웃음이 나왔다. 마을은 피어나는 꽃들로 색이 다채로웠고, 꽃내음은 섬 밖까지 퍼질 듯이 향기로웠다. 하지만 사람들은 마치 잿빛으로 된 돌 같았다. 건드리면 부서질 것같이, 위태로운 얼굴을 한 사람들이 태반이었다. 그리고 나는 새로운 사람을 만나게 되었다. 나는 계속 눈에 밟히는 우울한 사람들에, 상큼한 과일이라도 먹고 싶어 과일가게를 찾아갔다. 과일가게 주인인 세레니아 디아니안은 우울한 얼굴로 과일을 팔고 있었다.

먹음직스럽게 놓여진 색색깔의 과일과는 다르게 세레니아는 마치 세상이 끝날 것같이 우울한 얼굴을 하고 있었다. 과일을 산 나는 돌아가려고 뒤를 돌던 찰나, 땅을 보고 걷던 한 청년과 부딪히게 되었다. 덕분에 나는 과일 봉지를 땅에 떨어뜨리고 말았다. 나와 부딪힌 청년은 땅이 꺼질 듯한 표정으로 걸었다. 그런 그의 표정에 나는 나도 모르게 그의 이름을 물었다. 청년은 천천히 고개를 들더니 무기력하게 대답했다.

"저기! 네 이름이 뭐니?"

"호세 디아니안, 호세예요."

호세라는 이름의 청년은 세레니아의 아들인 듯했다. 나는 마지막으로 남은 한 가닥의 희망을 잡은 듯이 기뻐지고 말았다. 왜인지는 모르겠지만 그를 통해 이 섬을 조금 바꿀 수 있을 것 같다는 생각이 머릿속을 스쳐 지나갔기 때문이다! 나는 갑자기 호세가 절망이 아닌 기쁨을 느껴보기를 바라기 시작했다. 조금 기뻐진 나는 호세와 이야기를 나누기 위해 세레니아의 집 안으로 들어갔다.

세레니아의 집 바닥은 나무로 되어, 오래된 듯 삐걱거리는 소리를 내었다. 호세와 나는 낡아 보이는 나무 의자에 앉았다. 집은 청소를 하지 않은 지 꽤 된 것 같아, 먼지가 뽀얗게 보이는 곳들이 있었다. 세레니아는 내게 차를 내주기 위해 부엌으로 향했다. 곧이어, 나는 사뭇 진지한 얼굴로 호세에게 물었다.

"안녕, 호세. 나는 이 섬에 머무르기로 한 모험가인 노아 리바이라고 해. 시간이 괜찮다면 나와 이야기를 나눠줄 수 있을까?"

"네…."

조금 멍한 얼굴의 호세는 힘없이 대답했다. 나는 어쩌면 호세를 보며 리샨을 떠올려서 그를 불러 세웠을지도 몰랐다. 동생과 같은 나이를 한 그가 세상을 다 산 듯한 얼굴로 다니니 모른 척하기는 어려웠다. 밝은 성격을 한 리샨을 생각하니 나는 호세가 조금 안쓰러워졌다.

"호세, 궁금한 게 있는데. 이 섬의 사람들은 어째서 항상 우울해 보이는지 아니?"

"글쎄요, 이곳 사람들은 자신들이 우울한지도 모를걸요. 전 알아요. 저희가 우울하게 산다는 걸 말이에요. 하지만 언제부터 이랬는지는 저도 몰라요. 꽤 오래됐을 거예요. 어쩌면 상상할 수 없을 정도로 오래됐을지도요…."

"흠, 그렇구나. 넌 어떻게 네가 우울하다는 걸 알고 있어?"

"이곳은 소식이 느리기도 하고 외져서 다른 곳의 신문을 거의 받지 못해요. 하지만 전 신문을 본 적이 있어요. 2년 전, 우연히 신문을 봤을 때 깨달았어요. 딱 한 번뿐이었지만 전 알 수 있었어요. 제가,

우리가 모두 우울하게 지낸다는 것을요. 전 신문에서 입꼬리가 올라간 사람의 그림을 봤어요. 그래서 그 감정이 궁금해지기도 했죠. 어떤 감정을 느꼈을 때 그렇게 표정을 짓는지가요. 하지만 너무 오랫동안 우울해한 탓에 다른 감정을 어떻게 느끼는지 모두 잊어버린 것 같아요. 마을 사람들에게 물어보기도 했죠. 다른 감정은 어떻게 느끼는 거냐고 말이에요. 하지만 마을 사람들은 저보다 더 하면 더 했지, 덜 하진 않았어요. 모두 자신들이 우울하다는 것을 모르고 이게 평범하다고 생각할 거예요. 저는 이 감정에서 벗어나지 못해 우울한 거고요."

호세는 느리지만 또박또박하게 자신의 생각을 전했다. 나는 이런 사람들에 조금 안타깝다고 여길 수밖에 없었다. 세상에는 다양한 감정-그 감정이 긍정적이든, 부정적이든 말이다-이 존재하는데 그러한 감정이 주는 느낌을 느끼지 못할 그들이 안타까워졌다. 나는 한 가지 생각을 한 뒤, 결심했다. 호세의 선생님이 되어주어야겠다고 말이다. 그가 다른 감정을 느낄 수 있도록 감정을 느끼는 방법을 가르쳐 줘야겠다고 결정했다.

"그래서, 호세. 넌 이 상태에서 벗어나고 싶어?"

"음…. 가능하다면 말이죠. 솔직히 지금도 우울해서 이 상태에서 벗어날 수 있을 것 같다는 생각조차 안 들지만 말이에요."

"할 수 있을 거야. 내가 가르쳐 줄게. 감정을 느끼는 법을."

"네…."

호세가 무기력하게 내게 대답했다.

"그러면, 앞으로 한 달 정도의 시간 동안 네 선생님이 되어줄게.

한 달간 넌 내게 감정을 느끼는 법을 배우고 네가 다른 사람들의 또 다른 선생님이 되어주지 않을래?"

"알겠어요."

호세가 느릿하게 말했다. 그렇게 나는 그의 선생님이 되어주기로 했다. 세레니아는 우리의 대화를 듣고도 여전히 무표정하면서도 우울한 얼굴이었다. 잿빛 먹구름 같은 그녀의 표정은 금방이라도 비를 내려올 것 같았다. 다시 밤이 찾아왔다. 숙소로 돌아온 나는 큰 수확을 얻는 것 같아 기분 좋게 잠에 들 수 있었다.

1901년 3월 23일, 호세와 처음 만난 지 이틀이 지났다. 여전히 섬의 날씨는 좋았고 여느 때의 봄답게 햇살은 따스하게 섬을 비췄다. 나는 자신만만하게 그의 선생님이 되어주겠다고 했지만 막상 감정을 가르치려 하는 것은 생각보다 어려운 일이었다. 사실 가장 자연스럽게 여겨지는 게 감정이라는 것인데, 그 자연스러운 상식이 이곳에서는 통하지 않으니 나도 어려움에 닥치게 됐다. 그래서 나는 계획을 세우기로 했다. 막무가내로 감정을 주입하는 건 옳은 방법이 아니라고 생각이 들었기 때문이었다. 나는 한 달간의 그의 선생님이 될 계획을 세우기 시작했다.

첫 번째, 무작정 감정을 느끼라고 하지 않기

감정은 인지하는 부분도 있지만 자연스럽게 느끼는 부분이 더 크다. 때문에 억지로 감정을 알려주기보다는 특별한 상황을 만들어 감정을 느끼게 해주는 것이 더 옳다고 본다.

두 번째, 감정을 인지하게 도와주기

현재 느끼는 감정을 인지할 수 있도록 도와준다. 자신이 느끼는 감정이 무슨 감정인지, 혹은 무심코 지나쳐 버린 감정이 있지는 않은지 확인해 본다.

세 번째, 감정을 느끼도록 의지를 북돋게 하기

감정을 느낄 수 있도록 의지를 돋게 한다. 애초에 의지가 없다면 아무것도 할 수 없다.

이렇게 나는 세 가지 계획을 세운 뒤 호세에게 만나자는 약속을 잡았다.

1901년 3월 24일, 호세와 처음 만난 뒤로 삼 일이 지났다. 나는 다시 호세와 만났다. 삼 일 만에 보는 호세는 여전히 우울해 보였다. 그는 좀처럼 웃는 모습을 보여주지 않았다. 아마 자신이 우울해한다는 것을 알고 있으니 더 우울해하는 것 같았다. 그가 자신의 상태에서 벗어나지 못한다는 생각에 사로잡혀 더욱 우울할 것이라고 난 생각했다.

"호세, 오늘은 간단한 것부터 시작해 볼 거야. 먼저, 사과를 준비했어."

"사과는… 왜요?"

"자, 사과를 먹어봐."

호세는 잠시 머뭇거리더니 잘라진 사과를 한 조각 씹었다. 달큰하면서도 새콤한 사과의 과즙이 그의 입 안 가득 퍼졌다. 그가 사과

조각을 씹을 때마다 신선한 사과 향이 퍼져 나왔다.

"어때? 맛있지 않아?"

"네, 맛있네요."

"그럼 맛있으니까 어때?"

"잘 모르겠어요…. 그냥 우울한 것 같아요."

"음, 자세히 느껴보자. 달콤하면서 새콤하기도 한 사과를 씹을 때마다 어떤 감정이 느껴지는지. 맛있는 걸 먹으면서 기분이 나빠?"

"맛있긴 한데…. 잘 모르겠어요. 기분이 좋은 건 아닌데 나쁜 것도 아닌 것 같아요."

호세의 말에 나는 기뻐졌다. 작은 희망을 얻은 것 같았다. 기쁘지는 않지만 나쁜 것도 아닌 것 같다는 그의 말에 나는 실오라기 같은 희망을 얻었다. 적어도 맛있는 사과를 먹고 기분이 우울하지는 않다는 것이니까 말이다. 그는 모르고 있었을 것이다. 자신의 말이 무엇을 가리키는지 말이다. 항상 우울해하는 것 같은 호세가 사과를 먹으면 우울하지 않았다. 이건 큰 수확이었다.

나는 생각했다. 이러한 작은 발견들이 결국 호세를 바꿀 것이라고 말이다. 그리고 더 나아가, 바뀐 호세가 우울에 지배된 섬을 바꿀 수 있을 것이라고 생각했다. 그렇게 생각하니 나는 조금 기뻐지고 말았다. 새어 나오는 미소에 호세는 나를 조금 신기하게 바라보았다.

"웃는다는 건 어떤 기분일 때 그래요? 기쁘다는 건 뭘까요?"

호세가 내게 물었다.

"기쁘다는 건 말이지, 마음속의 어떠한 욕구나 무언가가 충족되어 마음이 아주 풍족한 상태가 된 걸 말해. 그러다 보면 저절로 몸에서 반응이 일어나는데, 그게 웃음이 되기도 하고 더 나아가면 기뻐서 눈물을 흘릴 수도 있지. 아직 네가 이해하기엔 이르지만 말이야. 그래, 비유를 하자면 가뭄이 든 땅이 단비를 맞아 새싹이 자라고 나무를 자라나게 하는 것과 같아. 행복은 그 나무가 다 자라서 꽃을 피우고 열매를 맺게 하는 것과도 같아."

"음, 아직 잘 모르겠어요…."

"그럼 슬픔에 비유해 볼까? 잘 자라나던 나무가 잘려 나가 썩게 된다면 과연 어떨까?"

"조금 우울할 것 같아요."

"그렇지! 바로 그거야. 그걸 그대로 기쁨에 적용시키면 돼."

호세는 알 수 없다는 표정을 지었다. 하지만 나는 웃었다. 비록 호세 자신은 모르겠지만 나는 그의 마음 한켠에 기쁨이라는 감정이 자리 잡아 자라날 준비를 하고 있다는 것을 알 수 있었기 때문이다. 호세는 감정을 못 느끼는 게 아니었다.

그는 우울이라는 감정을 알았고 느낄 수 있었다. 만약 호세가 감정을 아예 느끼지 못했다면 그에게 감정을 알려주는 것이 무척 어려웠을 것이다. 하지만 그는 감정을 느낄 수 있었다. 그렇기에 그는 기쁨을 느끼지 못하는 게 아니라 기쁨이라는 감정을 인지하지 못하고 있는 것이다. 분명 그의 마음속에도 기쁨이 존재할 것이다. 호세는 그저 모르고 있을 뿐이었다.

나는 보이기 시작하는 희망에 저절로 미소가 지어졌다. 혼란스러워하는 호세는 아직 자신이 인지하지 못하는 감정들이 낯선 듯했다. 나는 마치 리샨의 어릴 적 모습을 보는 것 같아 웃음이 났다. 호세의 상태는 마치 감정이라는 것을 처음 배우는 아기 같았다. 그래서 나는 더욱 리샨의 아기 때의 모습이 생각났다. 그리고 문득 그가 그리워졌다. 분명, 잘 지내고 있으리라 생각한 나는 리샨의 생각을 접어두었다. 슬프지는 않았다. 그저 그리워하며 웃었다. 언젠가는 다시 만날 것이니 말이다. 나는 어서 호세가 이러한 감정들을 느끼길 바랐다.

오늘의 수업을 마치고 숙소로 돌아온 나는 리샨과의 추억을 회상했다. 리샨과 나이 차가 있는 나는 리샨이 아주 어렸을 때도 기억이 났다. 조금 더 커서는 리샨에게 모험 이야기를 해줄 때면 그는 초롱초롱하고 커다란 눈으로 나를 바라보더랬다. 그럴 때면 난 즐겁게 모험을 했던 일을 자신만만하게 이야기하곤 했다. 초승달이 뜬 밤이었다. 손톱 같은 달이 넓은 세상을 비췄다. 나는 달빛을 자장가 삼아 잠에 들었다. 꿈도 꾸지 않을 만큼 깊은 잠에 빠져들었다. 달빛은 꽃도, 새도, 나무도 잠에 들게 했다. 덕분에 세상은 고요해졌고 나는 편안하게 잠에 들 수 있었다.

1901년 3월 26일, 호세와 다시 만남을 가졌다. 이 섬에 도착한 지도 벌써 2주가 흘렀다. 오늘은 비가 왔다. 우중충한 하늘에 차가운 빗방울이 세상을 적셨다. 잿빛의 하늘은 게리얀 마을 사람들과도 같았다. 나는 하늘을 보며 마치 과일가게 주인인 세레니아의 표정 같다고 생각이 들어 나도 모르게 조금 웃고 말았다. 빗방울들은 굵고 차갑게 땅을 적시기 시작했다. 3월의 봄비는 따스하지는 않았다. 꽃잎은 비를 머금어 고개를 떨구더니 이내 힘없이 땅으로 떨어졌다.

비가 오니 게리얀 마을 사람들은 더욱 우울해 보였다. 집에서 자수를 놓는 여인들도, 일을 하는 남자들도 모두 슬프게 노래했다. 구슬픈 노래는 바람을 타고 내게로 전해졌다. 태양은 남몰래 구름 뒤로 숨어버리고 하늘은 비를 통해 화를 냈다. 곧이어 번개가 칠 것만 같아 나는 서둘러 호세를 만나러 갔다. 역시나 번개가 치기 시작했다. 실력 좋은 항해사이자 선장인 나는 기후 관측을 잘할 수 있었다. 꽤나 큰 천둥소리에 나는 발걸음을 서둘렀다. 차가운 빗물이 신발을 적셨고 내가 밟으며 지나간 물웅덩이는 찰박거리는 소리를 냈다.

얼마 시간이 지나지 않아 나는 호세의 집에 도착했다. 나는 물기를 털고 집 안으로 들어섰다. 호세의 집은 따듯했다. 호세는 내가 올 시간에 맞춰 커피를 준비해 뒀다. 나는 이제는 익숙해진 낡은 의자에 앉은 뒤 바쁘게 오느라 찬 숨을 골랐다. 그리고 따뜻한 커피를 한 모금 들이켰다. 커피는 향이 좋았으며 고소한 냄새를 풍겼다.

"호세, 커피 고마워. 덕분에 몸이 좀 따뜻해지네."

"네."

우울한 얼굴인 호세가 답했다. 여전히 그의 목소리는 힘이 없었다.

"오늘은 무슨 수업을 해볼 거냐면 감정 카드 맞추기 게임을 할 거야. 여기 카드를 보면 사람들의 표정이 그려져 있는데, 이 사람들이 느끼는 감정이 무엇일지 감정이 써져 있는 카드와 연결해 보면 돼."

"네. 한 번 해볼게요."

호세가 내게 말했다. 나는 사람들의 얼굴이 그려진 카드를 나열해 놓고 그 아래에는 감정 단어가 쓰어 있는 카드를 무작위로 배치했다.

"이 사람은 무슨 감정을 느끼고 있는 것 같아?"

내가 그에게 물었다. 카드에 그려진 사람의 표정은 환희에 찬 표정이었다. 호세는 모르겠다는 표정으로 즐거움, 환희, 분노 카드를 집어 들더니 말했다.

"이 셋 중에 하나 아닐까요?"

"하나만 골라봐."

"음…. 정확히는 모르겠지만 즐거움일 것 같아요."

"반은 맞췄어! 이 사람은 분명 즐거운 감정도 느끼겠지만 정확한 정답은 환희라는 감정을 느끼고 있는 거야."

절반은 맞춘 호세에 나는 몹시 기뻐지며 수업에 대해 보람을 느꼈다.

"그럼, 이 사람은 무슨 감정을 느끼고 있을까?"

"이건 좀 쉽네요. 분노잖아요."

호세는 내 예상과 같이 정답을 맞췄다. 역시 호세는 긍정적인 감정 부분에서는 정답을 잘 맞추지 못했다. 하지만 슬프거나 좌절, 분노 같은 부분에서는 비교적 정답을 잘 맞췄다. 그는 평생을 부정적인 감정만 느껴 그쪽으로는 감정을 아주 잘 인지하고 맞출 수 있었다. 하지만 긍정적인 감정을 인지하지 못하는 그는 긍정적 카드가 나올 때는 정답률이 부정적 카드에 비해 현저히 낮아졌다. 그래도 그에게서 보이는 희망에 나는 포기하지 않았다.

　창밖으로는 여전히 비가 추적거리며 내리고 있었다. 축축한 공기는 어느샌가 집 안으로 스며들어 왔다. 빗물이 창문을 때리는 소리가 집 안에서 선명하게 들렸다. 집을 스치는 바람 소리도 우울하게 들려왔다. 참 우울한 날이었다. 나는 잿빛 하늘을 보며 숙소로 돌아왔다. 침대에 누워서 빗소리를 들으니 나는 금방 잠에 들고 말았다.

　1901년 3월 29일, 어제 낮까지만 해도 한창 비가 내리다 밤이 되자 그쳤다. 비가 그치고 맑게 갠 하늘은 늘 그렇듯 무척이나 푸르게 펼쳐져 있었다. 기온도 올라 평상시의 봄 날씨가 됐다. 빗소리에 묻혔던 새가 우는 소리도 들려오고 빗물을 머금은 꽃들은 더 활짝 피어났다. 화창해진 날씨에 나는 기분이 좋아졌다.

　오늘은 내 이야기를 조금 해볼까 한다. 아무래도 이 일지를 읽어볼 사람들이 일지가 허구가 아닌 것을 믿을 수 있도록 신빙성을 줘야겠다는 생각이 들었다. 나는 리첼리아의 수도 크렐슨에서 지내던 남자로, 후작의 작위를 가졌다. 내 동생 리샨 리바이는 나와 수도에서 함께 지냈다. 여느 귀족들과 같이 모임을 좋아하는 동생은 어릴 적부터 사교 모임을 나가는 것을 즐겼다. 더불어 동생은 입담이 좋아 사교 모임이나 토론 모임 같은 곳에서 인기가 많았다. 하지만 나는 어렸을 적부터 사교 모임이라던지 정해진 사람들을 만나는 것보다는 새로운 곳에서 새로운 사람들을 만나는 게 좋았다. 그때부터 나는 모험가의 꿈을 키우기 시작했던 것 같다.

　모험은 언제나 내 가슴을 두근거리게 만들었다. 모험하는 것은 어쩌면 내 인생의 전부를 걸어도 될 만큼 의미 있는 일이었다. 언제나 나를 세상 밖으로 이끌어 주는 것은 모험을 하는 것이었다. 이 모험이 언제까지 이어질지는 모르지만 일지를 통해 내가 보고 느꼈던 것들을 다른 이들도 느껴봤으면 했다. 나는 어쩌면 우울 섬에 매료된 걸지도 몰랐다. 앞으로 도달할 섬들이 어떤 섬일지는 모르지만 헤이치 제도의 섬들은 우울 섬처럼 특별할 것 같다는 생각이 들었다. 앞으로 다가올 모험에 가슴이 너무나 두근거리기 시작했다. 집으로 향할 때쯤이면 아마 나에겐 값진 모험기가 잔뜩 모일 것이다.

다음 항해까지는 한 달 남짓 남았다. 호세가 어서 다양한 감정을 느껴봤으면 좋겠다. 그의 선생님이 되어준 이후 큰 수확은 없지만 이따금 희망이 보일 때가 있었다. 그럴 때면 난 보람이 느껴졌다. 어쩌면 우울 섬의 사람들은 다른 감정을 느끼지 못하는 게 아니라 느끼려고 하지 않았다거나 인지하지 못한 걸 수도 있다는 생각이 들었다. 저번 만남에서 나는 호세에게 근본적인 것에 대해 물어보았다.

"호세, 어째서 이 섬의 사람들은 우울한 상태를 모르는 것 같지?"

"노아와 수업을 하면서 생각난 게 있어요. 별로 중요한 게 아니라 생각해서 잊고 있었지만 기억났어요. 저희 증조할머니가 살아계셨을 때 제게 해주셨던 이야기가 있어요. 증조할머니의 말에 따르면 오랜 옛날에는 이 섬의 사람들도 다른 이들처럼 여러 감정을 느꼈다고 해요. 그러다 이 섬이 마치 일렬로 세워진 공장처럼 변했던 때가 있었다고 해요. 90년 전, 히렐로스가 통치했을 당시 히렐로스는 사람들을 일하는 기계로 만들었대요. 그렇게 사람들은 공장에서 일만 하다 지쳐서 우울하게 변하게 되고 다른 감정을 느끼는 법은 잊어버렸다고 해요. 60년 동안 그런 상태가 지속되니 그 사람들의 자식들도 다른 감정을 배우는 법은 잊게 되고 90년이 지난 지금은 모두 우울한 것밖에 모르게 됐을 거예요. 사람들은 다른 감정을 느끼지 못하는 게 아닐 거예요. 다른 감정을 모르니 느끼는 법도 알지 못할 거고 히렐로스가 했던 통치의 잔여물이 아직도 남아있으니 더더욱 우울한 감정밖에 모르는 거겠죠. 이곳 사람들은 웃는 법을 잊었어요."

나는 호세의 말을 듣고 뒤통수를 맞은 것처럼 눈앞이 아렸다. 히렐로스가 누군지는 잘 모르겠지만 아마 이 섬의 오랜 통치자였던 것 같았다. 나는 호세의 이야기를 듣고 히렐로스의 악랄함과 잔혹함에 말을 잇지 못했다. 히렐로스는 사람들을 기계화시킴으로써 무지하게 만들고 자신에게 복종하게 만들었을 것이다. 아는 것이 없고 심지어는 감정조차 잘 느끼지 못한다면 그건 사람이 아닌 인형에 불과하니 말이다. 나는 히렐로스의 악독함에 혀를 내두를 수밖에 없었다. 그는 사람들을 인간이 아닌 마리오네트로 보고 있었을 것이다. 비록 작은 섬이지만 히렐로스는 자신만의 왕국을 만들려고 했던 것 같다. 호세가 하는 말에 따르면 히렐로스는 60년간을 통치한 뒤 79세에 사망했다고 했다. 그는 십 대 때부터 그런 잔혹한 성정이었던 것이었다. 나는 히렐로스의 성정에 할 말을 잃었다.

호세는 그런 이야기를 하며 꽤나 무덤덤해 보였다. 아마 너무 오래된 이야기라 크게 와닿지 않는 것 같았다. 나는 히렐로스의 통치

이야기를 듣고 화가 나지 않을 수 없었다. 그리고는 호세와 감정에 관한 이야기를 했다. 석양이 지는 오후였다. 나는 창밖을 물끄러미 바라보며 생각에 잠겼다.

1901년 4월 4일, 날씨는 점점 더 따뜻해져 가고 있었다. 온기 있는 바람이 불고 하늘은 말갛게 펼쳐져 있었다. 오늘은 호세와 감정 인지하기 수업을 했다. 나는 호세가 우울 외의 감정을 느낄 수 있다는 생각이 점점 많이 들었다. 나는 그가 그저 인지하지 못하고 있는 것이라고 생각했다. 그래서 오늘 하는 수업이 더 의미가 있었다. 나는 맑은 날씨에 콧노래를 부르며 길을 나섰다.

"안녕, 호세. 오늘은 날씨가 참 좋다. 그렇지?"

"네, 그렇네요…."

나는 차를 한 모금 마시고는 다시 말을 이었다.

"오늘은 인지에 대한 수업을 해볼 거야. 이번 수업은 상상력이 조금 필요한 수업이지. 어렵지 않을 테니 잘해 보자."

나는 호세의 앞에 어떠한 상황이 나열되어 적혀진 종이들을 몇 장 내밀었다. 첫 번째 종이에는 다음과 같이 상황 예시문이 적혀 있었다.

'화가 난 한 남자가 어린아이에게 폭력을 휘둘렀다. 어린아이는 그로 인해 넘어지게 되었다. 이때 어린아이가 느낄 수 있는 감정은?'

"자, 호세. 이 상황에서 아이가 느낄 감정은 무엇일 것 같아?"

"슬플 것 같아요."

"맞아, 정답이야. 첫 번째는 쉬운 상황으로 해봤어. 잘했어."

이어서 나는 두 번째 종이를 내밀며 그에게 보여줬다. 두 번째 장에는 다음과 같이 적혀 있었다.

'한 남자가 자신의 연인에게 꽃다발을 내밀며 청혼을 했다. 이때 여자가 느낄 수 있는 감정은?'

"이런 상황에서 여자는 무슨 감정을 느꼈을까?"

"잘 모르겠어요."

"상상력을 발휘해 봐. 어떤 것이든 좋으니 그냥 말해봐."

"음, 놀라움을 느꼈을 것 같아요. 제 답이 맞나요?"

"뭐, 아주 틀린 건 아니지. 놀라움도 느꼈겠지만 이 상황에서는 기쁨을 느꼈다고 하는 게 보편적일 거야. 이런 식으로 상상하면 돼. 사실 정말 정답이 정해진 건 아니니 보통의 사람들이 느꼈을 감정을 상상해 보면 돼."

"네. 다음은… 할머니가 아픈 할아버지를 보며 웃고 있네요? 이건 뭘까요?"

"이건 정말 어려운 문제야. 복합적인 감정일 뿐더러 아주 어려운 감정이지. 한 번 상상해 봐, 할머니가 어떤 감정을 느끼고 있을지 말이야."

"정말 어렵네요. 아픈 사람을 보며 속상할 텐데 왜 웃을까요? 하지만 환한 웃음은 아니네요. 이상해요. 눈은 슬픈데 입은 미소를 짓고 있으니까요…."

"그래서 어려운 거지. 잘 고민해 봐."

나는 열심히 고민하는 호세를 보며 미소를 지었다. 이번 문제는 정말 어려운 문제였다. 그 상황에서 할머니가 느낄 수 있는 감정은 다양했다. 정답이 정말로 정해진 것은 아니었고, 심지어는 복합적인 감정도 느낄 수 있었기에 이 문제는 호세에게 아주 어려운 문제가 되었을 것이다. 꽤 오랫동안 고민하던 호세가 답을 결정한 얼굴로 내게 답했다.

"이 할머니는 슬프면서 기쁜 것 같아요."

"왜 그렇게 생각했어?"

"아픈 사람을 보면 슬픈 게 보편적이고 자신이 좋아하는 사람과 함께한다는 건 기쁠 것 같아서요."

"틀린 말은 아니야. 자, 이제 정답을 알려줄게. 정답은, 애틋함이라는 감정이야. 애틋함이라는 건 좋은 것과 섭섭함, 안타까움, 무언가 가슴이 따스하면서도 슬픈 것과도 같아. 정말 많은 의미를 내포하고 있지. 그래도 그 정도면 아주 잘 대답한 거야."

"그렇군요. 정말 어려운 감정이네요. 저도 언젠가 애틋함이라는 걸 느껴볼 수 있을까요?"

"가능하지, 충분히. 넌 감정을 느끼지 못하는 게 아니라 알지 못하는 것뿐이야. 충분히 너도 다채로운 감정을 경험할 수 있어."

그 뒤로도 나는 호세에게 종이를 보여주며 문제를 냈다. 호세는 꽤나 상상력이 풍부하고 머리가 좋았다. 그는 금방 지식을 습득하고는 문제를 맞추기 시작했다. 이대로라면 금방 그가 일상에서도 감정을 인지할 수 있을 것 같다고 생각했다.

1901년 4월 8일, 오늘은 새로운 소식을 들고 왔다. 호세가 호감을 느끼게 된 소녀가 있다는 것이었다. 내가 모르는 사이 호세는 그 소녀에게 감정에 대해 알려줬다고 한다. 나는 호세에게 소녀의 이름을 물어보았다.

"호세, 그 소녀의 이름은 뭐야?"

"그녀의 이름은 아렐 세아스예요. 감정을 조금씩 인지하고 난 뒤부터 아렐에게 호감을 느끼기 시작했어요. 그래서 전 아렐에게 감정에 대해 알려줬죠. 아렐은 습득력이 빨랐어요. 제가 가르쳐 주는 걸 금방 익히더라구요."

정해진 사람과 혼인하는 풍습이 있는 이 마을에서 호세의 이야기는 내게 놀라운 소식이 아닐 수 없었다. 나는 잘하면 그가 아렐이라는 소녀를 통해 새로운 감정을 느껴볼 수 있겠다는 생각이 들었다.

"호세, 다음에는 아렐을 데려와 볼 수 있겠니? 아렐과 같이 수업을 하면 더 좋을 것 같구나. 아렐도 다른 감정을 느껴보면 좋을 것 같아."

"네, 알겠어요. 아, 그리고 한 가지 소식이 더 있어요."

"뭔데?"

"이상하게도 아렐을 볼 때면 입꼬리가 올라가려 해요. 그 아이가 뭘 하고 있을지 궁금하기도 하고, 만났다 헤어지려 하면 우울하기도 해요. 왜 그런지 아세요?"

나는 호세의 말을 듣고는 그만 크게 소리 내어 웃고 말았다. 호세는 진지하게 궁금한 얼굴이었다. 하지만 이야기 속 그의 모습은 지극히 정상적인 사람의 반응이었다! 나는 희망이 있는 이야기에 미소를 지으며 그에게 답했다.

"호세, 그건 정상적인 반응이야. 사람들은 그런 걸 좋아한다고 말하지. 너는 설렘과 섭섭함을 느끼고 있는 중인 거야. 입꼬리가 올라가려 하는 건 이제 네가 웃을 준비가 되었다는 거지. 나는 기쁘구나. 드디어 호세, 네가 다른 감정을 느끼고 있다는 거잖아!"

"이게 감정을 느끼고 있는 거라고요?"

"그럼! 아렐과 만날 때면 기쁜 것 같고 만난 뒤에 헤어질 때 우울한 건 진짜 기분이 안 좋아서 우울한 게 아니라 그녀를 더 보고 싶은 마음에 섭섭한 거야. 내가 보기엔 넌 아렐을 이미 좋아하고 있는 것 같네. 감정 인지 수업이 꽤나 도움이 됐던 모양이야. 다행이구나."

나는 호세의 이야기에 아렐이 어떤 사람일지 궁금해졌다. 습득력이 빠르다는 말을 들어봤을 때 그녀는 꽤나 머리가 좋은 것 같았다. 자신의 상태를 인지하고 새로운 것을 배우려는 자세가 되어 있는 것이기 때문이다. 나는 어서 아렐을 만나고 싶어졌다. 호세가 그녀와 함께라면 새로운 감정을 더 빠르게 느낄 수 있을 것 같았기 때문이다. 나는 호세가 아렐과 잘 되기를 바라게 되었다. 교제를 하는 건 가장 다양한 감정을 느껴볼 수 있는 좋은 경험이 되기 때문이다.

오늘도 밤이 찾아왔다. 나는 오늘 들은 두 가지 소식에 조금 늦게 잠에 들었다. 놀라우면서도 기쁜 소식들은 나를 기분 좋게 만들었다. 내가 했던 수업이 그에게 도움이 되고 그를 바꿨을 거라는 생각에 조금 기뻐지고 말았다. 부드러운 밤공기에 나는 창문을 열고 잠을 청했다. 내가 잠에 들 때까지 바람은 부드럽게 나를 어루만졌다. 덕분에 나는 한층 더 기분 좋게 잠에 들 수 있었다.

1901년 4월 10일, 오늘도 호세의 집으로 향했다. 나는 호세의 집에 들어서자 조금 놀랐다. 호세가 아렐을 데려왔기 때문이었다. 예상하지 못했던 나는 곧, 반갑게 그녀에게 인사했다.

"안녕, 네가 아렐 세아스지? 반갑구나. 나는 노아 리바이라고 해. 모험가이자 이 섬에 잠시 머물고 있는 사람이지."

"네, 안녕하세요. 호세에게 이야기 들었어요. 그동안 호세가 제게 감정에 대해 알려줬어요."

"그렇구나. 어떤 걸 알려줬니?"

"세상에는 엄청난 감정들이 존재한다는 것과 감정을 인지하는 것, 그리고 저희가 우물 안 개구리처럼 살았다는 것을요. 저는 놀랄 수밖에 없었어요. 호세의 이야기를 들으면 마치 다른 세계 이야기를 듣는 것 같았어요. 저희와 같은 사람들이 아주 다양한 감정을 느낀다는 것에 전 놀랐죠. 그래서 저도 바꿔봐야겠다고 생각했어요. 사람이 살아있는 시간은 그리 길지 않은데 오직 우울밖에 느끼지 못한다면 그건 좀 안 좋을 것 같아요. 저를 바꿔봐야겠다고 생각했죠."

나는 아렐의 말을 들으며 기뻐졌다. 긍정적인 그녀의 태도에 나는 더 그들을 가르칠 의욕이 났다.

"좋은 생각이야. 자, 그럼 오늘도 수업을 시작해 볼까?"

"네."

그렇게 오늘도 여러 가지 감정 인지 수업을 했다. 생각보다 잘 따라와 준 두 사람 덕에 나도 기쁘게 수업을 할 수 있었다. 다음 항해까지 시간이 많이 남지는 않았지만 나는 기필코 두 사람에게 기쁨을 선물해 주고 싶다는 생각이 들었다. 자유로운 하늘을 향해 찬란하게 웃을 수 있는 모습을 경험하게 해주고 싶다고 생각했다. 숙소에 돌아온 나는 어둑해진 밤에 잠시 창밖을 바라보았다.

아무도 날 알지 못하는 섬에 들어와 몇 주가 흘렀다. 가끔 쓸쓸할 때도 있었지만 그래도 이 섬 사람들과도 정이 들고 말았다. 아마 헤어질 때가 되면 섭섭해질 것이다. 특히, 호세는 리샨을 생각나게 해 이 섬을 떠나고도 많이 생각이 날 것 같다. 아마, 다시 만날 기회는 적겠지만 그래도 호세에게 최대한 많은 것을 느끼게 해주고 싶다고 생각했다. 떠날 때는 다시 쓸쓸해지겠지만 지금은 그의 선생님으로서 최선을 다할 생각이다. 언젠가, 기회가 된다면 꼭 다시 볼 수 있을 것이다. 생각을 마친 나는 조용히 잠에 들었다.

1901년 4월 19일, 많은 시간을 호세와 아렐과 함께했다. 두 사람의 배움은 빨랐고 그만큼 터득하는 것도 많았다. 그래서 오늘은 특별한 수업을 준비했다. 나는 부디 두 사람이 오늘 수업에서 특별한 배움을 얻어갈 수 있기를 기도했다.

"오늘은 웃는 연습을 해볼 거야. 준비물은 거울이야. 아마 오늘처럼 활짝 웃는 건 처음 해볼 테니 어색할 수도 있어. 하지만 나는 너희들이 잘 해낼 거라 믿어."

"웃는 연습이요…?"

아렐과 호세가 어리둥절한 얼굴로 나를 쳐다보았다. 나는 마치 병아리 같은 두 사람의 모습에 웃음이 새어 나왔다. 호세와 아렐은 서로를 쳐다보며 영문을 모르는 모습이었다.

"응. 웃는 것도 연습이 필요해. 특히 이 섬 사람들은 말이야. 이 거울을 보면서 웃는 연습을 해보자."

"어떻게 하는 건가요?"

아렐이 조심스럽게 내게 질문했다.

"좋은 질문이야. 지금껏 이렇게 웃어본 적이 없을 테니 이제부터 알려줄게. 자, 먼저 이를 드러내는 거야. 양치하듯이 말이야. 그다음에는 입꼬리를 올려보자."

"이… 이렇게요?"

"잘하네! 그리고 소리 내어 웃어보자. 어색해하지 말고, 눈치 보지 말고. 그냥 마음껏 드러내는 거야."

"하하…!"

아렐과 호세는 어색해하며 거울을 보며 웃는 것을 연습했다. 몇 번 연습을 하더니 아렐과 호세는 서로를 쳐다보았다. 그리고는 서로의 모습이 우스꽝스러웠는지 웃는 소리가 집 안을 가득 채웠다.

아렐과 호세는 몰랐을 것이다. 자연스럽게 웃고 있게 된 자신들의 모습을 말이다. 입꼬리는 위를 향해 말려 올라가고 눈꼬리는 아래로 곡선을 그리면서 휘어지며 청량한 웃음소리가 울려 퍼졌다. 나는 보람을 느끼지 않을 수 없었다. 드디어, 두 사람이 웃는 모습을 보았다. 그건 그야말로 명장면이었다. 나는 두 사람의 선생님으로서 큰 기쁨을 느꼈다.

"아렐, 호세. 너희 방금 진심으로 웃었던 거 아니?"

"네? 저희가 정말로 웃었다고요?"

호세와 아렐은 어리둥절한 표정으로 내게 물었다.

"그럼. 방금 그 느낌을 기억해. 그게 기쁨이라는 감정과 함께 웃는다는 거야. 호세, 방금 웃었을 때 마음이나 느낌 어땠어?"

"음, 뭔가 가슴이 따뜻했어요. 따스하면서도 포근한 느낌이랄까요."

"아렐, 넌 어땠지?"

"전 웃는 연습을 하던 호세를 보니까 자연스럽게 입꼬리가 올라갔던 것 같아요. 제가 의식하지 않아도요. 그러면서 우울이라는 감정을 한순간 잊은 것 같았어요."

아렐은 내 생각보다 더 구체적으로 기쁨을 느꼈다. 어쩌면 빠른 시일 내에 두 사람이 다양한 감정을 느낄 수 있을 것 같아 기뻐졌다.

밤이 깊어졌다. 오늘의 수업은 아주 만족스러웠다. 이 일지를 쓰면서도 아까 느꼈던 보람을 잊지 못한다. 아마 호세와 아렐은 자신들이 진심으로 웃었는지는 아직은 잘 모르겠지만 나는 알 수 있었다. 그들은 우울에 잠식된 것이 아닌 거라는 걸. 그저 다른 감정을 자연스럽게 느끼는 방법을 모르고 있었다는 것을 나는 알 수 있었다. 물론 감정은 특별히 느끼는 방법이 정해져 있는 것이 아니다. 자연스럽게 마음속에 녹아드는 것이 감정이지만 우울 섬은 조금 특별한 경우였으니, 감정을 느끼는 데에 몇 가지 방법을 알려줘야겠다고 생각했을 뿐이었다. 나는 감회가 새로웠다. 그리고 문득 호세와의 첫 만남이 생각나 웃음이 나고 말았다. 분명 첫 만남에서, 호세는 끝도 없이 우울한 얼굴이었다. 하지만 지금은 얼굴에 생기가 돌았다. 아렐을 만난 것도 한몫했겠지만 나는 내 수업도 그에게 분명히 도움이 됐을 거라고 생각했다.

호세와 아렐은 영특한 아이들이었다. 느껴지는 감정이라곤 우울밖에 없는 이 섬에서 다른 감정을 느껴보려는 시도를 했다는 것 자체가 그들은 남들과는 다르다는 말이었다. 나는 분명 호세와 아렐이 내가 떠날 때쯤이면 조금 더 다양한 감정을 느낄 수 있을 것이라고 생각했다.

　1901년 4월 20일, 내가 다음 항해를 떠나기까지 일주일도 채 남지 않았다. 나는 떠나기 전까지 호세와 아렐에게 최대한 많은 것을 알려주고 갈 예정이다. 그들은 똑똑하니 내가 알려주는 것을 잘 배울 것이다. 오늘도 어김없이 나는 호세의 집으로 향했다. 완전한 봄이 찾아왔다. 길가에는 꽃내음이 가득했고 나는 그 향기를 맡으며 발걸음을 옮겼다. 호세의 집에 도착하니 그는 아렐과 함께 차를 마시고 있었다.

　"아렐, 호세. 나 왔어. 많이 기다렸니?"

　"아뇨, 아렐이 온 지도 얼마 되지 않았어요."

　"오늘은 무슨 수업이에요?"

　아렐이 생기가 도는 눈빛으로 내게 질문했다. 나는 그런 그녀의 눈빛에 미소가 입가에 어렸다. 호세도 내색하지는 않지만 궁금한 눈치였다. 나는 그들의 모습에 웃음을 터뜨리며 답했다.

　"오늘은 이 꽃다발로 수업을 해볼 거야. 수업 내용은 아직 비밀이야. 그리고 너희들이 수업 내용을 맞추는 걸로 오늘 수업을 해볼 생각이야."

　"네? 수업 내용이 비밀이었던 적은 없었잖아요. 호세, 도대체 수업 내용이 뭘까?"

　"음, 그러게. 저 꽃다발이 힌트일 거야. 조금 생각해 보자."

　호세와 아렐은 저마다 의견을 내며 오늘 수업의 내용을 유추하기 시작했다. 나는 곧 벌어질 광경에 웃음을 참기 힘들었다.

　"호세, 아렐. 이 꽃다발을 보니까 어때?"

나는 호세와 아렐에게 질문했다.

"예뻐요."

"꽃향기가 좋아요."

"그렇지? 나도 그렇게 생각해."

빙긋 웃은 나는 꽃다발을 그대로 바닥에 던졌다. 호세와 아렐의 얼굴을 쳐다보니 그들의 얼굴에서는 우울이 많이 사라진 것 같아 보였다. 그리고 내가 무엇을 할지 궁금해하는 표정이었다. 나는 그 상태로 꽃다발을 발로 짓이겼다. 그리고는 계속해서 세게 짓밟았다. 꽃다발은 점점 형태를 알아볼 수 없게 변해가고 엉망인 모습이 되었다. 나는 호세와 아렐을 쳐다보았다. 두 사람은 당황한 표정으로 내가 꽃을 밟는 것을 바라보았다. 그리고 호세가 입을 열었다.

"노아… 뭐하는 거예요! 갑자기 왜 그래요?"

나는 이번 수업도 굉장히 성공적이라고 생각했다. 모든 수업을 통틀어 호세가 이렇게까지 감정을 표현한 것은 처음이었다. 나는 확신을 가지며 꽃을 더 밟았다.

"노아! 그만 해요."

아렐이 내게 소리쳤다. 두 사람의 표정은 여전히 당혹감에 물들어 있었다. 나는 그제야 꽃을 밟는 것을 멈췄다. 사실 이들이 수업 내용을 맞출 수 있을 것이라곤 생각하지 않았다. 정확히는 그들의 다른 감정을 이끌어 내는 것이 이번 수업의 목적이었다. 아렐과 호세는 그 자리에 그대로 서 있었다. 나는 그들에게 조금 미안해졌다. 내 모습에 충격을 받은 것 같아, 나는 이제는 오해를 풀어야 될 듯해 내 행동에 대해 설명해 주기 시작했다.

"미안, 호세, 아렐. 꽃을 밟은 건 미안하구나. 하지만 그게 이번 수업 내용의 핵심이었어. 내 모습에 놀랐다면 한 번 더 사과할게."

"핵심이요? 도대체 이번 수업 내용이 뭐길래요?"

호세가 여전히 당황한 얼굴로 내게 물었다.

"내가 지금까지 기쁨과 같이 긍정적인 감정을 느끼는 데에 요점을 뒀잖아. 그렇지만 인생을 사는 데 있어 꼭 긍정적인 감정만이 필요한 건 아니란다. 부정적인 감정도 분명 자신의 몫을 할 때가 있지. 방금 내가 꽃을 밟으며 본 너희들의 표정은 당혹감에 물든 얼굴이었어. 아렐, 호세. 내가 꽃을 밟는 동안 너희들은 무슨 느낌을 받았니?"

"노아가 가르쳐 준 단어들이 생각났어요. 놀람이라는 단어였죠, 분명히. 저는 꽃이 밟히면서 뭉개지는 모습에 놀랐던 것 같아요…. 그리고 뭔가 마음속에서부터 머리까지 열이 오르는 것 같았어요."

"아렐 말이 맞아요. 저도 놀랐던 것 같아요. 그래서 노아를 말려야겠다고 생각이 들었어요."

역시 이번 수업은 정확히 성공했다. 두 사람은 놀랐다고 표현했지만 그건 당황이라는 감정이었다.

"이번 수업도 만족스럽네. 아렐, 호세. 너희들이 느낀 놀라움은 당황이라는 감정이었어. 그리고 아렐은 열이 오르는 것 같다고 했지? 아렐은 호세보다 감정을 느끼는 게 더 섬세한 것 같구나. 그렇다고 호세가 감정을 못 느낀다는 건 아니야. 다만, 아렐이 느낀 열감은 미미하지만 분노라는 감정이지. 가볍게 말해서 넌 내가 꽃을 밟아서 화가 났던 거야. 그리고 당황한 거지. 물론 꽃을 밟는 정도로 분노가 치밀진 않지."

"제가 화가 났었다고요? 이번 수업은 분노를 느끼는 게 목적이었나요?"

아렐과 호세가 궁금한 눈치였다. 또한 아렐은 자신이 화가 났었다는 걸 모르는 것 같았다. 나는 그들에게 차근차근 설명해 주기 시작했다.

"이 정도로는 큰 분노를 느끼긴 어려워. 아까 말했듯이 아렐, 넌 감정을 더 섬세하게 느끼는 부분이 있기에 화를 느꼈던 거지. 일상에서도 분노를 느낄 수 있어. 부당한 일에 휘말린다거나 약자가 고통받는 것, 또는 자연재해로 인한 사고나 범죄로 인한 피해 같은 것에 분노할 수 있지. 그렇게 멀리서 찾지 않아도 돼. 당장 자신에게 손해나 불이익이 온다면 그걸로도 충분히 분노할 수 있어. 분노란 거창한 게 아니야. 그저 인간이 느끼는 감정 중에 지극히 당연한 감정이지. 이번 수업은 너희에게서 부정적인 감정을 이끌어 내는 게 목적이었단다."

"그럼 수업은 성공이네요?"

"그렇다고 볼 수 있지."

"근데 부정적인 감정도 쓸모가 있나요? 우울같이 사람을 힘들게 한다면 필요 없지 않을까요?"

"나는 세상에 필요 없는 감정은 없다고 생각해. 모두 의미가 있기에 사람들의 마음속에 존재하는 거지. 그리고 이미 생겨난 감정은 없어지지 않는단다. 처음부터 긍정적인 감정들로만 세상이 이루어졌다면 부정적인 감정이 필요 없었을지도 모르지. 하지만 이미 사람들이 부정적인 감정을 느끼는 한 절대 사라지지는 않을 거야. 그리고 부정적인 감정도 제 몫을 할 때가 있지. 누군가는 부정적인 감정으로 정신적 성장을 이루기도 하고 또 그러한 감정을 바탕으로 자신이 받을 불이익을 덜 수도 있지. 충분히 이해가 됐을까?"

"네. 이해했어요."

호세와 아렐은 내 말을 이해한 듯 고개를 끄덕거렸다. 분노를 배운 그들은 이제 부당한 일에 화를 낼 수도 있을 것이고 자신에게 올 수 있는 불이익을 막을 수 있는 능력도 생겼다. 나는 슬픔을 가르쳐 주는 것은 가장 마지막으로 하려고 한다. 내가 떠날 때 혹은 내가 떠나고 나서 그들이 섭섭함을 느낀다면 슬픔 수업은 그걸로 충분할 것이다. 그리고 나아가 그들이 그리움까지 느낄 수 있다면 더 성공적일 것이다. 그렇게 된다면 나는 마음 놓고 다음 항해를 할 수 있을 것이다. 나는 벌써 섭섭함이 느껴졌다. 서로의 얼굴을 바라보며 설핏 미소 짓는 그들을 바라보며 나는 홀로 슬퍼졌다. 이러한 깊은 감정까지 이해하고 느끼려면 어쩌면 그들은 수년이 지나야 할지도 모른다. 그래도 나는 이 순간에 충실하기로 결심했다. 지금 이 감정들은 내가 감당해야 할 몫이니 나는 그들을 가르치는 것에 마지막까지 최선을 다할 것이다.

"오늘 수업도 고생 많았구나. 내가 두 사람에게 해주고 싶은 말은 이 수업에서만 감정을 느낀다는 생각은 하지 말고 평상시에도 자신의 마음속에 지나가는 감정은 없는지 잘 인지해 보라는 말을 해주고 싶어. 아주 작은 감정이라도 느껴진다면 절대 그냥 흘려보내지는 말 것. 그 작은 감정, 느낌들이 모이고 모여 결국 큰 감정이 될 거니까 말이야. 그리고 그 감정들은 후에 너희들이 다른 사람들처럼 살 수 있는 배경이 될 거야. 자, 그럼 오늘 수업은 끝이야. 이제 나도 돌아가야겠구나. 두 사람 모두 내 말을 잘 기억해 주렴."

"네. 저와 아렐은 조금 더 이야기를 하다 갈게요. 오늘 고생했어요, 노아."

나는 집으로 돌아가는 발걸음을 옮겼다. 달이 참 밝았다. 그 덕에 나는 조금 쓸쓸해지고 말았다. 달빛이 비치는 세상 속에서 나 홀로 걸어가는 그 길은 조금 외로웠다. 나는 리샨이 떠올랐다. 가슴속에서 이름만 불러야 하는 리샨이 생각나자, 나는 고개를 살짝 저었다. 외로움에 먹힌다면 나는 끝까지 외로움과 함께해야 할 것이다. 하지만 내겐 해야 할 일이 많았다. 아렐과 호세에게 새로운 감정들을 가르쳐 주어야 하고 항해를 마저 해야 했다. 나는 외로움에 빠질 수 없었다. 돌아가면 웃는 얼굴로 나를 맞이해 줄 리샨을 생각해서라도 나는 현재에 최선을 다해야 했다.

나는 다시 걸어가기 시작했다. 달은 여전히 이 길을 비췄지만 나는 아까처럼 외롭지는 않았다. 내 마음속은 나와 함께한, 함께했던 이들로 풍족하기 때문이었다. 일지를 적으면서도 나는 웃을 수 있었다. 나를 생각해 준다는 것은 참 고마운 일이다. 그렇게 나를 생각해 주는 이들 덕에 내가 앞으로 나아갈 수 있고, 계속해서 모험을 할 수 있기 때문이다. 나는 다음 항해를 떠나기 전 호세와 아렐에게 선물을 해줘야겠다고 마음먹었다. 무언갈 준다면 내가 떠나고서도 두 사람이 언젠가, 그리움이라는 것을 느낄 수 있게 됐을 때 나를 그리워해 주기를 바라기 때문이다.

1901년 4월 21일, 오늘도 여느 때와 같이 아침이 찾아왔다. 나는 상쾌한 공기에 몸을 일으켜 숨을 크게 들이켰다. 가슴속에 신선한 공기가 들어오자 나는 몸에 활력이 돌기 시작했다. 차가운 물을 마신 나는 오늘의 수업을 준비하기 시작했다. 나는 오늘은 무슨 수업을 해야 할지 곰곰이 생각했다. 출항 준비가 얼마 남지 않은 지금, 최대한 많은 것을 가르쳐 줘야 했다. 그리고 좋은 생각이 퍼뜩 떠오른 나는 외출 준비를 마친 뒤 바로 호세의 집으로 향했다. 내 계획을 실행하기에 오늘 날씨도 무척 좋았다. 구름은 높게 떠 하늘을 누볐으며, 햇빛은 쨍쨍하게 세상을 비췄다. 갈매기들은 구름을 가르며 날았고 나무에 보기 좋게 매달린 주황빛 오렌지들은 바람 따라 흔들리고 있었다. 경치 구경을 하다 보니 나는 어느새 호세의 집 앞까지 다다라 있었다.

"안녕. 역시 아렐도 있었구나."

"네, 안녕하세요. 노아."

　간단하게 인사를 나눈 나와 두 사람은 시원한 차를 마시기 시작했다. 조금 더운 날씨 탓에 나는 시원한 차를 맛있게 마실 수 있었다. 덕분에 걸어오느라 생긴 갈증도 해결할 수 있었다.

"오늘은 해변으로 가자. 오늘 수업은 바닷가에서 할 거야."

　나는 두 사람과 해변으로 출발했다. 해변에 다다르자 갈매기들이 우는 소리가 사방에서 들려왔다. 널찍이 펼쳐진 바다에서 서 있는 호세와 아렐은 더 이상 우울해 보이지 않았다.

"노아, 바다에서 무슨 수업을 할 거예요?"

"배를 타볼 거야!"

배를 타자는 내 말에 호세와 아렐의 두 눈이 반짝거리며 빛나기 시작했다. 그도 그럴 게, 찾아오는 이가 거의 없고 나가는 이도 없는 이 섬에서 배를 타보는 것은 어려운 일이었다. 그래서 나는 새로운 경험으로 이들에게 색다른 감정을 느끼게 해주려는 생각이었다. 분명 새로운 경험을 하면 이전과는 다른 감정도 느껴볼 수 있을 것이었다. 또한 활동적인 수업을 하면 느껴지는 감정의 깊이도 다양할 거라고 생각이 들었다. 나는 정박해 둔 내 배에서 조그만 조각배를 바다에 내렸다. 조금 낡았지만 나무로 만들어진 이 배는 아직 튼튼했다. 우리 세 사람이 타기에는 충분했다. 나는 배에서 노를 꺼내 호세에게 건네주었다.

"아마 두 사람 다 배를 타보는 건 처음일 테니 나와 함께 탈 거야. 그리고 안전을 위해서 수심이 깊지 않은 곳에서 탈 거야. 두 사람 모두 수영은 할 줄 아니 다행이지만 그래도 너무 멀리 가지는 않을 거니까 알아둬."

"네."

아렐과 호세는 조금 신이 난 것 같아 보였다. 내가 가장 먼저 배에 오르고 차례대로 아렐과 호세가 배에 탔다. 바닷물은 무척이나 투명해 모래로 된 바닥이 보였다. 푸른 바다에 조금씩 넘실거리는 파도는 배를 타기 아주 좋았다. 아렐은 처음 경험해 보는 광경에 신기해하는 듯했고 호세 또한 그랬다. 나는 천천히 노를 저었다. 호세는 나를 쳐다보더니 곧이어 나를 따라 노를 젓기 시작했다.

"와…!"

아렐은 연신 감탄사를 내뱉었다. 노를 젓는 게 처음이라 힘이 들

텐데도 호세는 힘든 기색 없이 함께 노를 저었다. 호세 또한 처음 경험해 보는 이 상황에 무척 신기해하는 듯했다.

"자, 그럼 지금 두 사람은 무슨 감정이 느껴지니?"

"너무 신기해요! 그리고 기분이 좋아요."

"아렐의 말이 맞아요. 저도 그래요."

내가 가르쳐 준 신기함이라는 단어를 그들은 이해한 듯했다. 또한 아렐의 기분이 좋다는 말은 즐겁다는 뜻인 것 같았다. 역시 저번 수업에서도 느낀 거지만 아렐은 호세보다 감정에 더 섬세한 것 같았다. 나는 잠시 말없이 노를 저었다. 경치는 아름다웠고 배를 타는 것은 즐거웠다.

호세와 아렐은 저들끼리 무슨 이야기를 하는지 꽤나 즐거워 보였다. 나는 잠시 하늘을 물끄러미 쳐다보았다. 곧 떠날 생각이 들어서였다.

"아…!"

아렐이 내게 물을 뿌리기 시작했다. 연신 물을 맞은 탓에 내 옷은 바닷물에 흠뻑 젖고 말았다. 처음으로 내게 장난을 친 아렐에 나는 기쁘고 웃기면서도 장난기가 발동하기 시작했다.

"악!"

나는 호세와 아렐에게 물을 뿌렸다. 내가 물을 많이 뿌린 탓에 두 사람은 금방 물에 젖기 시작했다. 두 사람도 내게 지지 않겠다는 건지, 똑같이 물을 뿌리기 시작했고 그 탓에 배가 크게 흔들렸다.

"하하하!"

"하하…!"

결국 흔들림이 커지자 배가 뒤집혔다. 나는 즐거움에 크게 웃었다. 그리고 호세와 아렐 또한 이 상황이 웃겼는지 웃음을 내보였다. 생각보다 크게 보이는 그들의 감정에 나는 또다시 그들의 선생을 자처한 것에 보람을 느꼈다.

　처음에 이 섬에 도착했을 당시가 떠올랐다. 내가 우울 섬이라고 이름 붙인 것에 들어맞게 모두가 우울해 보였고 실제로도 우울했다. 골동품 가게 주인 디너도 과일가게 주인 세레니아도 모두 얼굴에 그림자가 가득했다. 호세도 마찬가지였었다. 내가 호세와 부딪히는 일이 없었다면 아마 호세는 예전 그대로였을 것이다. 그랬으면 아렐 또한 마찬가지였을 것이다. 하지만 달라졌다. 이 우울이라는 감정에 파묻힌 섬에서 기쁨을 찾아 나선 이들이 있다는 것이다. 이게 얼마나 큰 변화인지 나는 알았기에 더욱 보람을 느꼈던 것 같다. 비록 이 섬의 모든 이들이 바뀌지는 않더라도 나는 이 섬 사람들이 다른 감정을 느낄 수 있는 기회와 희망을 심어놓고 가는 것이다!

　물에 흠뻑 젖어버린 나는 어이가 없으면서도 웃음이 났다. 그저 즐거웠다. 그리고 보람찼다. 결국 모두 물에 빠진 생쥐 꼴을 한 채 바다에서 나왔다. 넘실거리는 파도에 배가 살짝씩 움직였다. 나와 호세, 아렐은 젖은 옷과 머리를 말리려고 햇살이 잘 드는 곳에 자리를 잡고 앉았다.

　"호세, 아렐. 오늘 느꼈던 느낌과 감정들을 잊지 말아줬으면 해. 분명 살면서 이보다 더 다양하고 강렬한 감정을 느낄 수 있을 때가 찾아올 거야. 그리고 이 느낌을 잊는다면 아마 내가 말한 때는 찾아오지 않을 수도 있어. 그렇지만 꼭 나와 함께했던 수업을 기억해 준다면 좋을 것 같아. 세상에는 우울이라는 감정 말고도 수없이 다양한 감정들이 존재하니까."

"네, 꼭 기억할게요."

호세와 아렐이 진지한 얼굴로 답했다. 오후가 되자 더욱 볕이 강해져 머리와 옷은 금방 말랐다. 덕분에 몸에는 소금기가 가득해졌다. 나와 두 사람은 모래 장난을 치기도 하고 물장난을 치기도 하며 오후의 시간을 보냈다.

"그럼 두 사람 다 조심히 들어가렴."

"네."

"노아도 조심히 들어가요."

어둑한 저녁이 되자 우리는 작별 인사를 나누고 돌아섰다. 저녁이 되자 선선한 공기가 나를 감쌌다. 보람찬 수업들이 나를 더욱 앞으로 나아가게 했다. 모험을 나서길 잘했다는 생각이 들었다. 이러한 값진 모험이라는 경험들이 없었다면 나는 수도에서 귀족들과 함께 사교 모임이나 승마만 했었을지도 몰랐다. 물론 모임도 즐거웠겠지만 나는 그런 것보다는 앞일을 전혀 예상할 수 없는 모험이 훨씬 즐거웠다. 모험을 나섰기에 이런 귀중한 경험도 할 수 있었고 색다른 감정도 느껴볼 수 있었다. 나는 소중한 감정들을 마음에 품은 채 숙소로 돌아갔다.

1901년 4월 22일, 출항까지 하루라는 시간이 남았다. 솔직히 이제는 확신이 들었다. 내가 없어도 아렐과 호세가 감정을 느끼고 인지할 수 있을 것이라는 걸 말이다. 그래도 난 떠나기까지 최대한 많은 것을 알려주고 갈 예정이다. 그렇게 나는 외출 준비를 한 뒤, 호세의 집으로 향하기 전 골동품 가게를 찾아갔다. 근처에 도착하니 골동품 가게 주인인 디너가 나를 맞아주었다.

맑은 날씨와는 다르게 디너의 얼굴에는 먹구름이 가득했다. 나는 오랜만에 보는 우울한 감정에 어쩐지 감회가 새로웠다. 내가 호세와 아렐을 엄청난 변화로 이끌었다는 생각에 뿌듯해졌다. 골동품 가게를 찾은 이유는 두 사람에게 선물을 해주기 위해서였다. 선물은 떠나는 날에 건네줄 생각이었다.

"어서 오세요. 골동품 가게 체르시입니다."

"안녕하세요."

디너는 우울한 얼굴로 내게 관심을 갖지 않았다. 그는 원체 무관심한 사람인 것 같았다. 나는 이곳저곳을 둘러보았다. 다행히 원하던 물건들을 찾은 나는 계산을 마치고 가게를 나섰다.

"안녕히 가세요."

우울한 목소리가 나를 배웅해 주었다. 나는 수업을 시작하려 호세의 집으로 향했다. 물론 그전에 구매한 물건들은 숙소에 가져다 두었다. 깜짝 선물은 언제나 다양한 반응을 불러일으키니 말이다.

"안녕. 호세, 아렐. 오늘도 반갑구나."

"네, 안녕하세요. 노아."

골동품 가게를 가서 조금 늦어진 탓에 나는 바삐 걸어오느라 차오른 숨을 골랐다. 호세가 내게 시원한 차를 내왔다. 나는 목이 말라 차를 모두 들이켰다. 몇 번 헛기침을 한 나는 오늘 수업에 대해 설명하기 시작했다.

"오늘은 냄새 맡아보기 수업을 해볼 거야. 오늘 수업은 조금 어렵다고 볼 수 있지."

"냄새를 맡는 게 왜 어려워요?"

"왜냐하면 냄새를 맡고 느껴지는 감정을 설명해 보는 시간이니까. 냄새를 맡고 느껴지는 감정과 그 감정을 인지하는 것은 너희들에게 어려울 거고 그걸 설명하는 건 더 어려울 거야. 그러니 이번 수업에서는 집중을 좀 해줘야 해."

"네. 알겠어요."

"이 향들은 내가 약초와 꽃 등을 조합해 만든 향이야. 맡기 좋은 냄새도 있지만 아주 역겨운 냄새들도 섞여 있지. 자, 이제 하나씩 맡아보고 그 느낌을 설명해 봐."

호세와 아렐은 병 안에 든 액체들의 냄새를 맡기 시작했다. 아렐은 병에 든 액체의 냄새를 맡더니 이내 작은 미소를 지었다. 반면 호세는 맡기 어려운 냄새였는지 표정이 굳었다. 나는 그들의 모습에 웃음을 참아야 했다.

"먼저, 아렐은 어떠니?"

"좋은 것 같아요. 이 냄새는 포근하고… 또 기분 좋게 만들어요."

"그래? 그럼 호세는 어때?"

"음, 좋은 건 아닌 것 같아요. 맡으니까 기분이 별로인 것 같아요. 마치 썩은 듯한 냄새가 나요."

"아하하! 그러니? 그럼 다음 냄새를 맡아보자."

결국 웃음을 터뜨린 나는 두 사람에게 다음 향을 맡아보라고 했다. 호세가 먼저 병의 마개를 열어 냄새를 맡았다. 상큼한 과일 냄새가 호세를 거쳐 나에게까지 흘러왔다.

'그럼 아렐이 좋지 않은 냄새겠군.'

내 생각이 맞아떨어졌는지 냄새를 맡은 아렐은 인상을 한껏 찌푸렸다. 나는 아렐에게 먼저 질문했다.

"아렐, 어때?"

"와…. 정말 맡기 힘든 냄새였어요. 역한 냄새예요."

"그러니? 맡아보니 기분이 어때?"

"얼굴이 찌푸려지고 기분이 좋지 않아요."

"그렇구나. 호세는 어때?"

"저는 과일 냄새가 나서 맡기 좋았어요."

"자, 그럼 이제 너희가 느낀 감정의 이름을 알려줄게. 먼저, 좋은 냄새를 맡았던 때의 감정은 아마 편안함, 그리고 역한 냄새를 맡지 않아 다행스러운, 같은 감정이겠지. 그리고 역한 냄새를 맡았을 때의 감정은 불쾌함이라는 감정이야."

"불쾌함이요? 우울함이랑 비슷한 건가요?"

"음… 비슷해 보이지만 달라. 우울함은 기분이 가라앉고 활기가 없는 것과 같지만 불쾌함은 기분이 가라앉을 수도 있지만 분노와 같은 감정을 동반할 수도 있어. 비슷할 수도, 아닐 수도 있다는 거지."

"그렇군요. 어렵네요, 불쾌함이라는 감정은."

"이해하려고 하면 어려울 수도 있지만 느끼기는 어렵지 않아. 그리고 반대로 쾌감이라는 감정도 알려줄게. 호세, 아마 네가 과일 향을 맡고 느꼈던 감정은 쾌감에 빗댈 수 있을 거야. 쾌감이라는 감정은 상쾌하고 즐거운 느낌과 같거든."

"그렇구나. 기억할게요. 불쾌함, 쾌감…."

그렇게 향 맡기 수업이 끝이 나고 해가 뉘엿거리며 지기 시작했다. 나는 조금 진지한 얼굴로 두 사람에게 말을 꺼냈다.

"호세, 아렐. 해야 할 말이 있어. 그 전에, 나는 두 사람이 이제 나 없이도 감정을 느끼고 인지할 수 있을 거라는 확신이 들어. 그래서 나는 내일 출항을 할 거야."

"네…?"

"출항이라뇨?"

"말 그대로야. 이젠 떠날 시간이야. 늦게 말해서 미안하구나. 너희들이 후에 섭섭함이나 그리움이라는 감정을 느낄 수 있게 된다면, 그때가 되면 나를 생각해 줬으면 해. 지금은 많은 감정을 느끼지 못해서 다행이구나. 이 감정은 나 홀로 느끼면 되니 말이야. 감정은 많은 것을 선물해 주지만 그로 인해 따르는 고통도 있단다. 지금과 같이 속상한 것도 포함하지. 그래도 내가 갈 때는 웃어줬으면 해."

아렐과 호세는 꽤나 충격받은 얼굴이었다. 나 또한 말하면서 속상했다. 이제는 정이 들어버려 떠나기 힘들어졌다. 하지만 이 이상 정이 든다면 더 위험할 것 같았다. 그리고 남은 모험을 끝내야 리샨을 볼 수도 있었다. 나는 말을 하는 동안 호세와 아렐의 얼굴에서 언뜻 비치는 슬픔을 볼 수 있었다. 그랬기에 마지막 말을 해야 했다. 지금은 이 두 사람이 슬픔을 느끼지 않기를 바랐다. 하지만 언젠가는 느껴야 했다. 인간이기에 느낄 수 있는 감정이니까 말이다.

호세와 아렐은 내게 웃으며 배웅하겠다고 약속했다. 마음이 복

잡할 텐데 약속해 준 그들이 고마워 나는 우울해하지 않기로 했다. 나는 내일 출항을 해야 했기에 일찍이 잠을 청했다.

1901년 4월 23일, 내 마음과는 상관없이 날은 밝아왔다. 잠에서 깬 나는 외출 준비를 한 뒤 선물을 들고 숙소를 나섰다. 나는 호세와 아렐을 만나기 전 항해에 필요한 짐들을 배에 실었다. 그리고 오후쯤 되자, 바닷가로 호세와 아렐이 도착했다.

"호세, 아렐. 이렇게 헤어지게 돼서 아쉽구나. 내 수업이 너희에게 도움이 되었길 바란다. 이제는 내가 없어도 감정을 느낄 수 있을 거라 생각해. 지금까지 내가 봐온 너희들은 꽤나 똑똑하고 감정이 풍부하니까. 이건 선물이란다. 나중에 너희가 더 다양한 감정을 느끼게 됐을 때, 이걸 보며 날 생각해 주렴."

나는 호세에게는 내가 살던 리첼리아를 그린 지도와 망원경을 선물해 주었다. 리첼리아를 그린 지도는 꽤나 세세하게 표시해 놓았다. 특히 내가 지내던 수도인 크렐슨은 더 정확히 그려놓았다.

"호세, 이 지도는 내 고향인 리첼리아를 그린 거야. 여긴 내 집이 있는 리첼리아의 수도인 크렐슨이야."

"고마워요, 노아."

아직 고마움이라는 감정을 잘 인지하지 못할 텐데도 고맙다고 해주는 호세에 나는 잠시 코끝이 시큰거렸다. 그리고 아렐에게도 선물을 건넸다. 내가 그녀에게 선물해 준 것은 최고급 나침반이었다.

"이건 나침반이야. 방향을 가리키는 물건이지. 마찬가지로 나중에 이걸 보면서 나를 떠올려 줬으면 좋겠구나."

"네, 고마워요. 노아."

아렐은 나침반을 건네받으며 나를 향해 살며시 미소 지었다. 조금 가라앉은 분위기를 깨려 호세가 장난을 쳤다.

"아렐이 노아한테 웃어준다고 매일 밤 거울을 보고 웃는 걸 연습했어요."

"그게 정말이니? 감동이구나. 내가 지금 느끼는 감동은 너희들이 선물을 받을 때 느낀 감정이기도 해. 고마우면서도 가슴이 따뜻했지?"

"맞아요."

"그게 감동이라는 감정이야. 잘 기억해 둬. 그럼 이제 진짜 가야겠구나. 그동안 즐거웠고 고마웠다. 아렐, 호세."

닻이 올려지고 나는 수평선을 향해 배를 돌렸다. 나는 키를 고정해 놓고 뒤를 돌아 조금씩 작아지는 아렐과 호세를 바라보았다. 그들은 내게 웃으며 손을 흔들어 주었다. 나는 조금 울컥하는 마음에 다시 뒤를 돌아 수평선 위의 하늘을 쳐다보았다. 어느새 태양은 수평선에 가깝게 내려앉아 있었다. 그리고 내 등 뒤로 호세의 목소리가 들려왔다.

"노아! 언젠가…! 언젠가 아렐과 함께 찾아갈게요! 그때까지 기다려 줘요…."

나는 입가가 떨렸지만 환히 웃었다. 그리고 말하는 대신 손을 크게 흔들었다. 내가 손을 흔든 것을 보았는지 아렐과 호세도 내게 손을 흔들어 보였다.

점점 작아지는 두 사람의 형체를 보며 나는 바다 위를 건넜다. 아직까지도 헤어짐의 여운이 가시지 않는 듯했다. 나는 배의 바닥에 누워 아렐과 호세가 건네준 편지를 뜯어보았다. 나는 그들의 편지를 읽어보며 결국 눈물이 나는 것을 막을 수 없었다. 이 일지에 그들의 편지 내용을 일부 옮긴다.

1901년 4월 22일 노아에게

우리의 영원한 선생님, 노아에게. 노아가 우리의 선생님이어서 다행이었어요. 아마 노아가 아니었다면 우린 영원히 우울이라는 감정에 잠식되어 살았겠죠. 저희의 인생은 잿빛과도 같았어요. 매일 매일이 똑같았죠. 그치만 노아가 섬에 온 뒤부터 모든 것이 바뀌었어요. 매번 새로운 경험을 하고 색다른 감정을 인지하고 느껴볼 수 있었죠. 저희의 인연에 저는 참 놀라워하고 있어요. 아마 섬의 모든 사람들이 바뀌지는 않겠지만, 이제부터 많은 것이 달라지겠죠. 노아와의 추억들을 간직하고 잊지 않을게요. 때가 되어 더 많은 감정을 느끼게 된다면 우리도 노아가 말했던 애틋함이라는 감정을 느껴볼 수 있겠죠? 그리고 그때가 되면 저와 아렐이 노아를 찾아갈 계획이에요. 노아가 살던 곳이 궁금해요. 또, 우리가 살던 섬을 벗어나면 무엇이 있을지 궁금하기도 하고요. 정말 마음 깊숙이 느껴진다고는 하지 못하겠지만, 이제는 말할 수 있어요. 우리의 선생님이 되어줘서 고마웠어요. 노아.

호세 디아니안, 그리고 아렐 세아스가

편지를 찬찬히 읽어본 나는 그들과의 추억을 되뇌었다. 참 많은 일들이 있었던 것 같았다. 호세와 아렐이 더 많은, 풍부한 감정을 느낄 수 있기를 나는 진심으로 바랐다. 그리고 나는 분명 그들이 내가 바라는 대로 될 것이라고 확신할 수 있었다. 잔잔한 바다와 함께하는 고요한 밤이었다. 순항하는 배에 나는 베니아 해를 건너 노틀레아 해의 두 번째 섬으로 향하는 첫날 밤을 순조롭게 보낼 수 있었다. 달빛이 춤추는 밤은 아름다웠다. 나는 술이 마시고 싶어져 우울 섬에서 가져온 술을 달빛을 안주 삼아 마시고는 곤히 잠에 들었다. 은은한 빛은 내게 포근한 이불이 되어주었다.

제3장

증오의 섬

　1901년 4월 29일, 두 번째 섬인 데레티 섬으로 향하는 중이었다. 항해는 순조롭고 하늘 또한 맑았다. 하지만 날씨는 점점 추워지는 중이었다. 아마 내 예상대로라면 데레티 섬은 계절이 많지 않을 것으로 생각되었다. 사계절이 있던 우울 섬과는 다를 것 같은 느낌에 이 모험이 더욱 기대가 됐다. 이대로 큰 사고 없이 간다면 5월 초에는 도착할 것으로 예상했다.
　나는 아직도 호세와 아렐이 눈에 선했다. 그만큼 그들에게 정이 들었다는 의미일 것이다. 나는 편지 봉투를 잠시 만지작거렸다. 그리고 이내 자그만 상자에 봉투를 넣었다. 바다 위는 물기도 많고 바람도 많이 불었기에 편지를 좋은 상태로 보관하려면 상자에 넣어야만 했다. 나는 혹여나 편지가 찢어질까 소중하게 다뤘다. 상자를 잘 보관해 둔 나는 배의 중앙쯤에 자리를 잡고 앉아 노래를 부르기 시작했다. 파도가 크게 치지 않았기에 키는 잠시 고정해 뒀다. 나는 항해를 할 때면 종종 노래를 부르곤 했다. 홀로 항해를 하는 것은 쉬운 일이 아니었다. 식량 조달과 위기 상황에 취약하기 때문이었다. 그리고 가장 큰 문제는 외로움이었다. 문득 외로움이 느껴질 때면 끝도 없이 외로워질 때도 있었다. 하지만 나는 이제껏 모험해 온 모험기와 리샨을 생각하며 외로움을 떨쳐냈다. 그래서 나는 그런 것들을 생각하며 항해 중에 노래를 불렀다.

흥얼거리는 노랫소리가 파도를 타고 울려 퍼졌다. 내 노랫소리가 흥겨운지 파도가 조금씩 높아지기 시작했다. 나는 노래를 마저 부르고 다시 일어나 키를 잡았다. 오늘 밤도 노래를 부르고 자야겠다는 생각이 들었다. 노래는 내게 큰 위안이 되었다. 나 말고도 한 사람이 더 있다는 생각이 들어서였다. 마치 함께 항해하는 듯한 느낌에 나는 외롭지 않게 노래를 부를 수 있었다.

두꺼운 일지 책이 어느새 많이 채워졌다. 아마 우울 섬을 지날 때 적어둔 것이 많아서였을 것이다. 호세와 아렐의 이야기를 가장 많이 기록해 뒀다. 그만큼 그들과의 만남은 내게 의미 있었다. 우울 섬이라는 특별한 섬에서 나는 인연으로 맺어진 그들을 만나 선생님이 됐었다. 이런 특별한 경험은 아무 데서나 하기는 힘들 것이다.

노을이 지고 있었다. 태양은 수평선에 닿아 물결과 함께 어그러졌다. 세상은 주홍빛으로 가득했고 구름마저 붉게 물들었다. 유일하게 흰색인 갈매기가 노을을 가르고 날았다. 갈매기 한 마리가 태양 앞을 날아가자 마치 그림자처럼 순간 검게 보였다. 곧 태양의 주변을 빠져나온 갈매기는 금세 흰색을 되찾아 멀리로 날아갔다. 어둑해지는 주변에 나는 등을 켰다.

밤이 찾아왔다. 항해 중 보는 밤하늘은 가히 귀중한 장면이다. 수많은 별들이 하늘을 장식하고 구름이 없다면 별들은 더욱 많이 보였다. 어느 별은 더 밝게 빛나고 어느 별은 약하게 빛나고, 그런 것들을 보다 보면 문득 세상이 참 작아 보였다. 그래도 그 작은 세상에서 나는 큰일을 하고 싶었다. 모험은 내게 큰일 중 하나다. 나는 별들이 마치 사람들의 꿈처럼 느껴졌다. 지금도 빛나고 있을 수많은 사람들의 꿈이 밤하늘에 떠 있는 것 같았다. 나는 빛나는 내 꿈을 달처럼 만들고 싶었다. 달이 은은하게 세상을 비추듯 내 꿈 또한 큰 영향력을 주지는 못하더라도 사람들에게 내 모험기를 들려줄 것이다. 내게 항해를 하며 보는 밤하늘은 그 어떤 비싼 보석보다도 값진 것이었다. 나는 술을 따라 마시며 밤하늘을 계속해서 바라보았다. 술로 인해 따뜻해지는 체온에 추운 날씨에도 추위에 떨지 않을 수 있었다.

  1901년 5월 5일, 나는 데레티 섬에 도착하게 됐다. 내가 배에서 내리자 사람들은 구경을 나온 듯했다. 그리고는 한 사람이 다짜고짜 내게 다가와 화가 난 얼굴로 부탁했다.

  "카일라가 우리 가게에서 물건을 훔쳤어요! 나는 봤는데 카일라는 계속해서 아니라고 하니까 이 섬과 관계없는 당신이 한 번 우리의 이야기를 들어줘요."

  "아니에요! 저는 절대 물건을 훔치지 않았어요. 펠렌 아저씨야말로 아무것도 하지 않은 저를 노려봤잖아요. 원래부터 절 싫어했으니까 지금 트집 잡는 거잖아요?"

  두 사람은 모두 화가 나 있었으며 서로를 무척 싫어하는 듯했다. 아니, 그건 단순히 싫어하는 걸 넘어선 듯했다. 두 사람의 말씨름이 시작되자 마을 사람들이 몰려왔다. 가장 당황스러웠던 것은 마을 사람들은 자신들의 일이 아닌데도 화를 내며 누구는 남자의 편에 서서 여자를 미워하고 누구는 여자의 편에 서서 남자에게 화를 냈다. 이곳 사람들은 서로를 미워하는 듯했다. 나는 당황한 얼굴로 그들에게 말했다.

"진정하세요. 여러분. 저는 방금 이곳에 도착한 노아 리바이라고 합니다. 모험가죠. 무슨 일인지는 마을로 가서 천천히 듣도록 하겠습니다."

다행히도 사람들은 내 말에 수긍했다. 사람들이 조금 진정되고 우리는 마을로 향했다. 마을로 가는 동안 매서운 바람이 불었다. 바람과 함께 찾아오는 차가운 공기에 나는 코가 시려웠다. 나는 마을에 도착해 그들의 가게로 가는 동안 마을을 둘러보았다. 그리고 나는 이 섬이 증오라는 감정으로 가득 차 있는 섬이라는 것을 깨닫게 됐다. 그리고 헤이치 제도의 섬들이 감정에 관한 섬이라는 걸 이제는 확신했다. 마을은 그야말로 난장판이었다. 섬 사람들은 서로 싸우느라 정신이 없었다. 서로를 미워했으며 더 나아가 증오하는 것 같았다. 나는 이 섬을 증오 섬으로 새로이 이름 붙였다. 헤이치 제도의 섬들은 이름이 있지만 그 이름보다는 이렇게 감정으로 된 이름을 붙이는 게 더 그 섬들의 특징을 잘 살리는 것 같았다. 나는 한참을 걸어 펠렌 하스터드라는 남자와 카일라 오웬이라는 여자의 가게에 도착했다. 두 사람의 가게는 바로 이웃해 있었다.

"노아 리바이 씨라고 했죠? 우리 가게에 들어와서 이야기 나눠요."

과일가게 주인인 듯한 펠렌이 화가 가득 난 모습으로 내게 말했다. 덕분에 그의 얼굴은 화로 인해 붉게 열이 올라 있었다. 나는 우울 섬에서 과일가게 주인이었던 세레니아의 모습과 정반대인 펠렌의 모습에 웃음을 참아야만 했다.

"아뇨! 노아 씨는 우리 가게에 들어와서 이야기할 거예요. 괜히 펠렌 아저씨가 유리한 대로 말했다가 노아 씨가 그 말을 믿으면 어떡해요?"

"아니, 이 사람이 진짜!"

옷 가게 주인인 카일라 또한 화가 난 얼굴로 펠렌에게 대꾸했다. 두 사람은 다시 싸움이 붙을 기세였다. 나는 황급히 두 사람을 말리며 아무 찻집에나 들어가자고 했다. 딸랑거리는 종소리가 우리가 가게에 들어왔음을 알렸다.

"어서 오세요."

찻집의 주인도 화가 나 보였다. 나는 적잖이 당황하며 어째서 이 섬의 사람들은 모두 화가 난 건지 궁금해졌다. 찻집 주인은 우리에게 차를 내주기 위해 우리가 앉은 자리로 다가왔다. 그리고 카일라를 알아본 찻집 주인은 수다스럽게 말을 했다.

"어머, 카일라네! 아니, 글쎄 우리 남편이 또 도박을 하다 돈을 탕진했지 뭐야. 이제 남편 같지도 않아. 어휴! 화나. 답답해 죽겠어, 정말. 카일라는 또 펠렌 씨랑 싸웠나 보네?"

찻집 주인은 단단히 화가 난 듯한 말투로 카일라에게 아는 척을 했다. 카일라 또한 화가 난 말투로 맞장구치며 그녀와 대화를 이어 나갔다. 이러다가는 그녀들의 대화가 끝이 나지 않을 것 같아 나는 카일라에게 말을 걸어야만 했다. 그녀들의 대화를 들으면서 펠렌은 그렇지 않아도 화가 나 붉은 얼굴이 마치 토마토처럼 더 붉어져 갔다.

"카일라 씨, 그래서 제게 하고 싶은 말이 뭐예요?"

"아, 맞아. 잠깐 까먹고 말았네요. 오늘 아침이었어요. 펠렌 아저씨의 가게로 찾아가 과일을 구경하던 중, 한 꼬마가 몰래 들어와 사과 두 알을 훔쳐 가는 걸 봤어요. 근데 펠렌 아저씨가 제가 훔친 걸로 오해를 한 거 있죠? 그래서 저를 계속해서 몰아가니 저도 화가 나서…. 후, 아직도 화가 나네요."

"그렇다는데요? 펠렌 씨. 정확히 카일라 씨가 훔쳐 간 걸 본 게 맞아요?"

"아, 몰라. 나는 카일라가 훔쳐 간 걸 봤어!"

그러자 카일라와 펠렌은 다시 말싸움을 시작했다. 고성이 오가며 끊임없이 서로를 미워하는 것 같았다. 끝이 나지 않을 것만 같은 논쟁에 그들의 앞에 앉은 나는 점차 지쳐가기 시작했다. 귀에서 피가 날 것 같은 때가 찾아오자, 나는 소리 없이 일어나 조심히 가게를 나섰다. 창문으로 본 그들은 내가 나가는 것도 모른 채 계속해서 언성을 높이며 싸우고 있었다. 나는 여관을 찾아가 방을 잡았다. 씻고 나온 나는 침대에 누웠다. 아직도 두 사람이 싸우는 소리가 들리는 듯해 더욱 피로해졌다. 이 섬도 바꿀 게 많다는 생각에 나는 뭔가 다짐한 채 금방 잠에 들었다. 피곤했던 탓에 나는 꿈도 꾸지 않은 채 잠을 잤다.

1901년 5월 6일, 잠에서 깬 나는 창밖을 쳐다보았다. 화가 난 얼굴의 사람들이 거리를 돌아다니고 있었다. 꽤나 늦잠을 잔 덕에 나는 더 이상 피곤하지는 않았다. 나는 옷을 갈아입고 외출 준비를 했다. 여관을 나선 나는 카일라의 옷 가게를 찾아갔다. 아무래도 어제 펠렌의 오해를 받은 카일라가 마음에 걸려서였다. 어제 펠렌의 반응을 보아, 아무래도 카일라는 도둑질을 하지 않은 것 같았다. 옷 가게에 도착하니 카일라는 손님과 입씨름을 하는 중이었다. 나는 카일라와 대화를 해보기 위해 가게로 들어섰다. 카일라는 내가 들어온 것을 보고는 인사를 건넸다.

"안녕하세요. 카일라 씨."

"안녕하세요. 노아 씨군요. 무슨 일이세요?"

"어제 일로 신경이 쓰여서 와봤어요. 잠시 이야기 가능할까요?"

"그래요."

나는 카일라와 어제 들렀던 찻집으로 자리를 옮겼다. 아무래도 펠렌과 카일라 사이에는 풀지 못한 앙금이 있는 것만 같았다. 여전히 마을 사람들은 화가 나 있었다. 증오라는 감정이 이 섬에 깊게 뿌리내린 것 같았다. 서로를 불신하며 미워하는 섬 사람들에 나는 혀를 내두를 수밖에 없었다. 카일라의 얼굴은 어두웠다. 나는 그녀에게 무슨 사연이 있는 것일지 궁금해졌다. 나와 카일라는 찻집에 들어가 자리를 잡고 앉았다. 차가 나오기 전, 나는 카일라에게 나에 대해 소개했다.

"카일라 씨, 저는 이 섬에 들르기 전에 우울 섬에 다녀왔어요. 그곳은 증오로 가득 차 있는 이곳과는 달리 우울이라는 감정으로 가득했죠. 그리고 그곳에서 많은 추억을 쌓았죠. 그래서 저는 이 섬이 궁금해졌어요. 서로를 미워하는 것 같은 사람들이 저마다 사연을 가지고 있는 것 같아서요. 카일라 씨 또한 사연이 있는 것 같았죠."

"이 섬에서 사연 없는 사람은 없을 거예요. 노아 씨는 아마 펠렌 아저씨와 제 사연이 궁금한 거겠죠? 저는 펠렌 아저씨를 용서할 수 없어요. 하루하루 아저씨를 원망하며 지내고 있죠. 아저씨는 제 어머니가 죽는 데 일조했어요. 저는… 그런 아저씨를 절대 용서할 수 없어요!"

카일라는 말을 하면서 점점 흥분하는 듯했다. 나는 그런 그녀가 어떤 일을 겪었기에 이토록 분노하는지 알지는 못했지만 그녀가 가진 깊은 증오의 감정이 잘 느껴졌다.

"두 사람 사이에 무슨 일이 있었길래 그를 용서할 수 없는 건가요?"

"펠렌 아저씨는… 사실 어머니와 연인 사이였어요. 이걸 알게 된 건 어머니의 유품을 정리하다 아저씨와 대화를 나눈 편지를 우연히 보게 되었어요. 저는 모든 사실을 알고는 충격을 받을 수밖에 없었어요. 저는 어머니와 아저씨가 나눈 편지들을 읽어봤어요. 어머니는 젊었을 적 가진 돈이 별로 없었어요. 그래서 할아버지는 돈이 많은 펠렌 아저씨한테 시집을 보내려 했다고 해요. 하지만 어머니는 아저씨를 사랑하지 않았어요. 그리고 펠렌 아저씨는 어머니를 좋아했죠. 그러다 어머니는 아버지를 만나게 되고 사랑에 빠졌다고 해요. 두 분이 만나던 중, 제가 생겼고 어머니는 저를 낳기 위해 아저씨와 결혼을 하지 않았어요. 그때부터 아저씨는 어머니를 증오했고 저를 낳고 키우던 어머니에게 만나자고 편지를 보냈죠. 돈으로 협박하면서 말이죠. 그래서 어머니는 어쩔 수 없이 아저씨를 만났어요. 바닷가에서 만난 어머니와 아저씨는 아마 다퉜을 거예요. 어머니의 사인이 추락사였거든요. 하지만 아저씨는 어머니가 발을 헛디뎌 떨어졌다고 주장했어요. 그래서 그 일은 그냥 흐지부지 끝나버렸죠. 아저씨가 어머니를 밀었던, 어머니가 발을 헛디뎌서 떨어졌던, 저는 아저씨를 용서할 수 없어요. 그런다고 어머니가 살아 돌아오는 것도 아니니까요…."

나는 카일라의 이야기를 들으면서 충격을 받았다. 이런 일이 있을 거라곤 생각하지 못해서였을까, 그런 카일라가 안타까웠다. 나는 위로를 해주고 싶었지만 어떤 말도 그녀에게 위로가 되지 않을 것 같아 그저 그녀의 이야기를 묵묵히 들어주었다. 카일라는 이야기를 끝내고 눈가의 눈물을 조용히 훔쳤다. 그녀에게 쌓인 감정의 깊이는 굉장히 깊어 보였다.

"그런 일이 있었군요…."

"더 화가 났던 건 어머니를 추모해 준 사람들은 별로 없었어요. 저와 아버지는 매일 매일 어머니를 그리워하다가 결국 아버지마저 병으로 세상을 떠나고 말았죠. 결국 그 일은 섬에서 잊혀지고 말았어요."

"제가 뭐라 말을 할 수가 없네요. 어떤 말도 위로가 되지 않을 것 같아…. 그래도 제가 기억할게요. 카일라 씨의 어머니가 잊혀지지 않도록 말이죠. 그동안 고생했네요, 카일라 씨."

카일라는 울음을 참는 듯했다. 아마 이렇게 말해준 사람이 없었던 것 같았다. 나는 카일라가 진정될 때까지 기다려 줬다. 고개를 숙인 카일라의 어깨는 잘게 떨렸다. 몇 분이 지나고, 진정이 된 듯한 카일라는 다시 고개를 들었다. 여전히 그녀의 얼굴에서는 깊은 감정의 모습이 보였다.

"카일라 씨는 어차피 펠렌 씨를 용서할 수 없을 거예요. 그렇게 쉽게 용서할 수 있었다면 이미 용서했겠죠. 하지만 카일라 씨, 이제는 조금 마음 편히 지내고 싶지 않나요? 증오라는 감정에서 벗어나 다른 감정들도 느껴봐야죠. 세상에는 얼마나 다양한 감정이 있는데 평생 용서하지도 못할 일 때문에 증오라는 감정만 느껴지는 건 아쉽지 않나요? 저는 우울 섬에서 두 아이들에게 감정을 가르쳤어요. 그들은 우울밖에 느끼지 못했죠. 지금 카일라 씨가 증오라는 감정만 크게 느끼는 것처럼요."

나는 차를 마시기 위해 잠시 말을 끊었다. 따뜻한 차에 나는 가게 안으로 들어오는 냉기를 조금 떨칠 수 있었다. 달달한 꽃향이 나는 차는 맛도 달콤했다. 단맛을 좋아하는 나는 찻잔을 금세 비웠다. 나는 다시 이야기를 시작했다. 카일라는 내 이야기가 궁금한 눈치였다.

"그래서 그 아이들에게 감정을 가르쳤어요. 처음에는 저도 선생 노릇은 처음 해보는 거라 애를 먹었죠. 하지만 익숙해지니 수업 준비를 해가면 그들은 척척 배우더군요. 저는 모험을 하면서 이만한 보람을 느낀 적은 거의 없었어요. 그들이 감정을 잘 배운 뒤 저를 배웅하면서 지어준 미소는 아직도 잊을 수가 없죠. 그러니 카일라 씨, 증오라는 감정만 느끼기에는 세상이 너무 커요. 그리고 그 세상에는 너무나 다양한 감정이 존재하죠. 행복해 보고 싶지 않나요? 또는 노을을 바라보며 감동에 차오르고 싶진 않나요? 펠렌 씨를 용서할 수는 없겠지만 그 생각, 그 감정에만 사로잡히다 보면 결국 카일라 씨의 마음속은 텅 비고 말 거예요."

내 말을 들은 카일라는 조금 복잡한 표정이었다. 나는 카일라가 생각을 정리할 수 있도록 그저 내버려 두었다. 날씨는 온기라고는 찾아볼 수 없었지만 햇살만은 조금 따뜻하게 창문을 통해 비춰지고 있었다. 나는 차를 한 잔 더 주문해 조금씩 들이켰다. 달콤한 찻물이 혀끝에서 맴돌았다.

나는 카일라가 신경 쓰였다. 도둑질을 했다고 오해받았을 때부터 눈에 밟히긴 했지만 그녀의 사연을 들으니 더욱 신경이 쓰일 수밖에 없었다. 작은 그녀의 어깨가 슬퍼 보였기 때문이었다. 카일라는 증오의 늪에서 빠져나오지 못하고 있는 상태였다. 하지만 나는 알고 있었다. 끝없이 증오에 빠져버린다면 그녀의 앞날에 결코 행복이라는 감정은 없을 것이라는 걸 말이다. 그리고 끝내 그녀는 기뻐서 웃음 지을 수 없을 것이다. 내가 생각하던 도중, 시간이 조금 흐르고, 카일라가 입을 열었다. 나는 카일라가 충분히 진정되고 말할 수 있도록 기다려 주었다.

"노아 씨는 한순간이라도 안 좋았던 감정을 잊고 기쁨에 젖어본 적이 있나요?"

카일라가 내게 물었다. 아마 그녀는 그랬던 적이 없었을 것이다. 증오의 섬은 증오로 물들어 있었으니 말이다. 용서하지 못하는 자들과 용서받지 못하는 자들만이 모여 이 섬을 이루고 있었다.

"있죠, 그것도 많이. 카일라 씨는 한 번쯤은 그래보고 싶지 않아요? 그 순간만이라도 카일라 씨를 좀먹는 증오에서 벗어난다면 얼마나 후련할까요."

"하지만 어떻게 해야 할지 모르겠는 걸요…."

"카일라 씨가 원한다면 제가 좀 도와줄 수 있어요. 저는 이미 선생님 역할을 해본 걸요."

"제게 이렇게까지 잘해 주는 이유가 뭐예요?"

"저는 이곳으로부터 먼 땅의 귀족이에요. 한 번도 돈이 부족했던 적이 없었고 항상 뭐든지 풍족하게 살았죠. 하지만 모험을 하면서 세상에는 나와 같지 않은 사람도 많다는 걸 느꼈어요. 그래서 그저 도와주고 싶었어요. 내가 가진 능력으로 그 사람에게 없는 걸 채워줄 수 있다면 그렇게 해주고 싶었죠. 이 정도면 충분한 답일까요?"

"그렇군요…."

카일라는 잠시 고민하는 듯했다. 아마 깊게 뿌리내린 증오를 풀려면 그녀도 큰 용기가 필요할 것이다. 카일라는 고민했다.

'내가 정말 증오를 풀어내고 웃을 수 있을까…?'

"알겠어요. 한번 해보죠. 노아 씨 말마따나 평생 증오만 느끼고 살기에는 다양한 감정이 존재한다고 했으니까요. 저도 항상 저를 좀먹는 이 감정으로부터 벗어나 보고 싶었어요. 하지만 원망만 하다 보니 계속해서 증오스러운 감정만 들더군요. 이제 누군가를 원망하는 건 그만 하고 싶어요…."

"좋은 생각이에요. 카일라 씨. 앞으로 잘 부탁해요. 제가 이 섬을 떠날 때쯤이 되면 아마 카일라 씨는 웃으면서 저를 배웅해 줄 수 있을 거예요. 물론 카일라 씨도 노력을 해야 해요. 앞으로 저와 자주 만나면서 증오의 감정을 해소하고 다른 감정도 느낄 수 있도록 연습해 보죠."

그렇게 말한 나는 카일라와 조금 더 대화를 나누고 여관으로 돌아왔다. 의미 있는 시간이 된 것 같아서 나는 기쁜 마음으로 휴식을 취했다. 카일라와 나는 앞으로 자주 만나면서 분노를 해소하고 다른 감정도 느낄 수 있는 연습을 하기로 했다. 나는 카일라가 끝에 가서는 정말로 기뻐서 웃기를 바라며 잠에 들었다. 그녀는 정말 행복할 수 있을까? 나는 이미 우울의 섬에서 감정을 가르쳐 본 경험이 있으니 이번에도 잘할 수 있으리라 생각했다.

1901년 5월 7일, 나와 카일라는 다시 만났다. 그녀는 생각을 많이 하고 왔는지 조금 피곤해 보였다. 나와 그녀는 감정 수업을 준비하기 시작했다. 오늘 내가 준비한 수업은 분노 몰아내기 수업이었다. 물론, 그렇다고 무작정 참으라고 할 생각은 없었다. 다른 감정을 느껴보려면 이 수업은 필수로 해야 할 필요가 있었다. 그렇게 나는 카일라와 분노 몰아내기 수업을 시작했다.

"카일라 씨, 오늘이 처음으로 감정 연습을 하는 날이네요. 그럼 시작해 볼까요?"

"네, 좋아요."

카일라는 무언가 비장한 얼굴로 내게 답했다.

"오늘은 분노 몰아내기 수업을 할 거예요. 카일라 씨는 지금껏 분노와 증오라는 감정에 매몰돼 아마 다른 감정을 느낄 여유 같은 건 없었을 거예요. 그러니 오늘은 분노를 해소해 보는 수업을 해볼 겁니다. 분노를 몰아내는 건 다른 감정을 느껴보는 데 큰 도움이 될 것 같아요. 일단 마음속이 정리되어야 다른 감정도 느껴볼 수 있는 기회가 생기는 거니까요."

나는 카일라에게 조곤조곤 설명하며 오늘 할 수업에 대해 설명을 시작했다. 카일라는 진지한 얼굴로 내 말을 들으며 내게로 시선을 집중했다. 날은 바람이 불며 추웠지만 어째선지 내 마음은 따뜻했다.

'누군가는 내가 이렇게 감정 수업을 하는 게 쓸데없다고 생각할 수도 있겠지?'

나는 문득 그런 생각이 들었다.

'아냐, 내가 좋아서 하는 일이고 설령 누군가 쓸데없다고 한다고 해도 나는 이 일이 정말로 의미 있다고 생각하니까.'

나는 이런 일을 하면서 가슴이 따스해지는 게 느껴졌다. 모험을 하면서 정말로 의미 있는 일을 찾은 것 같아 기분이 좋아졌다.

"어떻게 분노를 해소할 수 있을까요?"

카일라는 엄두가 나지 않는다는 듯이 걱정스런 얼굴로 내게 물었다. 카일라는 해낼 수 없을 것처럼 굴었지만 나는 분명히 그녀가 해낼 수 있을 거라고 확신했다. 마치 우울 섬에서 호세를 처음 만나 그가 섬을 바꿀 것이라고 확신이 들었을 때처럼 말이다.

"사실 카일라 씨는 다른 감정을 충분히 느낄 수 있는데 현재 느끼는 분노가 너무 강해서 다른 감정을 억누르고 있는 것 같아요. 그래서 다른 감정을 느낄 새가 없이 계속 화가 나는 거죠. 또한 가장 강렬했던 기억이 분노를 불러일으키니 벗어나지 못하고 있는 것 같아요."

"맞는 것 같아요…."

"그래서 오늘 준비한 건 이거예요."

"이건… 뭐죠?"

나는 준비한 종이를 그녀에게 내밀었다.

"이 종이에는 보다시피 원이 여러 개 그려져 있죠? 오늘은 선 긋기와 나누기 연습을 할 거예요."

카일라는 내 말에 흥미를 보이는 듯했다.

"이 원은 분노 단계를 나타내요. 원 안에 원, 그리고 또 원이 그려져 있는데 이번에 할 건 분노를 단계별로 분류해 보죠."

"이런 게 의미가 있나요?"

궁금한 얼굴이었다. 그리고 약간의 체념도 보이는 것 같았다. 이미 카일라는 너무 분노에 사로잡혀서 화를 낼 때와 화를 내지 않아야 할 때를 구분하는 법을 잘 모르는 것 같았다.

"물론 의미가 있고, 또 의미가 있게 카일라 씨가 만들어야죠. 저는 어디까지나 도움만 줄 수 있어요. 제가 카일라 씨는 아니니 이 원의 의미는 카일라 씨만 만들 수 있어요. 지금부터 할 건 카일라 씨가 화나는 것, 또는 화가 날 것 같은 상황을 생각해서 1단계부터 10단계까지 분류를 하는 거예요. 1단계인 이 가장 작은 원에 카일라 씨가 가장 분노가 많이 치밀어 오르는 걸 적는 거예요. 그리고 가장 큰 원인 10단계에 화가 가장 적게 날 것 같은 상황을 적는 거예요. 왜 이런 걸 하냐면, 이 원이 다 완성되면 일상에도 적용을 해보려고 해요. 예를 들어 만약 10단계에 적은 상황이 걷다가 비가 와서 옷이 다 젖었을 때라고 해보죠. 카일라 씨는 분명히 옷이 젖어서 화가 날 거예요. 그렇지만 그때 이 종이에 적은 걸 한번 떠올려 보자는 거죠. 이게 정말로 내가 그렇게 화를 낼 일인가를 다시 생각해 보는 거예요. 그러면 화가 날 수도 있지만 화가 날 것을 아니까 그 전에 감정을 다스려 볼 수 있는 거죠. 제 말이 이해가 됐나요?"

나는 카일라에게 오늘 수업의 의미를 차근차근 설명하며 이해시켰다. 카일라는 고개를 끄덕이며 한층 더 진지한 얼굴이 되었다. 정말로 자신의 상태에서 벗어나고 싶어 하는 것 같아, 나는 더욱 의지가 생겼다. 그리고 조금의 시간이 지나자, 카일라는 다 적은 듯이 종이를 내밀었다.

"다 했어요. 이렇게 하면 되나요?"

"음, 10단계는 바닷가에 다녀오기…군요. 그리고 1단계는 펠렌 씨와 말을 하는 상황이네요?"

"네. 아무래도 펠렌 아저씨와 말을 하면 화가 나는 일이 많아서요…. 그리고 바닷가에 가면 항상 어머니가 생각이 나서요. 그래서 바다를 보면 항상 화가 나는 것 같아요."

"그렇군요…. 먼저, 10단계부터 이야기해 보죠. 바닷가에 다녀오면 화가 나는데 그렇다고 무작정 바닷가를 아예 안 갈 수도 없는 노릇이네요. 흠, 그러면 이렇게 해보면 어떨까요? 바닷가에 갔을 때 정말로 내가 느끼는 감정이 분노인지 생각해 보는 거예요. 그리고 또 다른 방법으로는 바닷가에서 기분이 좋아지는 추억을 만드는 거예요. 그렇게 추억을 만들면서 계속해서 바닷가에 가 안 좋은 기억과 분노를 옅어지게 만드는 거예요. 이 방법은 꾸준히 해야 해요. 그리고 정말로 기분이 좋지 않을 때는 아예 찾지 않는 것도 방법이에요. 맛있는 걸 사서 바닷가에 가서 먹는다거나 바닷물에 발을 담가 보기도 하면서 바람을 쐬는 거죠. 그리고 바닷가에 갔을 때에는 펠렌 씨를 생각한다거나 어머니를 떠올리지 않는 거예요. 나중에 카일라 씨의 분노가 해소되었을 때는 떠올려도 큰 타격은 없겠지만 지금 그런다면 역효과가 날 것 같아요. 그리고 정말로 기분이 좋지 않은지 생각해 볼 필요도 있어요. 만약 내가 바닷가를 찾았는데 단순히 바다를 봐서 기분이 나쁜 건지, 아니면 바닷가를 바라보는 건 괜찮은데 어머니나 펠렌 씨를 떠올려서 기분이 나쁜 건지 현재의 감정에서 한발 물러나 생각해 보아야 한다는 거죠. 카일라 씨는 지금 감정에서 한 걸음 물러나서 자신을 바라봐야 할 필요가 있어 보여요."

"그렇군요…. 그 생각은 해본 적이 없었어요. 확실히 섬 사람도 아니니 더 객관적으로 말해주는 것 같네요, 노아 씨가. 저는 한 번도 그래야겠다고 생각해 본 적이 없어서 방금 큰 깨달음을 느낀 것 같아요. 그리고 효과가 없을 것 같지도 않고요."

카일라는 생각에 잠긴 듯이 중얼거렸다. 나는 그런 그녀의 중얼거림으로 인해 오늘 수업은 반드시 효과를 볼 것이라고 생각했다.

"이틀 후까지 이번 수업 내용을 응용해 보죠. 이 종이는 보관하면서 잘 기억해 뒀다가 화가 날 것 같은 상황에서 활용해 보는 거예요. 저는 카일라 씨가 잘 해낼 수 있으리라 믿어요. 그리고 해낼 수 없을 것 같았다면 저도 도움을 주지 않았을 거예요. 그렇지만 전 묘

한 확신이 드네요. 제가 다음 항해를 나갈 때까지 카일라 씨가 다른 감정도 잘 느끼고 분노를 잘 해소할 수 있을 거라는 걸 말이에요."

"알겠어요. 이렇게까지 노아 씨가 해주는데 저도 한 번 노력해 봐야겠죠. 저도 노아 씨가 수업을 하는 데 도움이 될 만한 내용을 찾아볼게요."

"좋네요."

나는 기분 좋게 고개를 끄덕였다. 카일라가 의지를 가진 사람이라 다행이었다. 생각해 보면, 호세도 더 나아지려는 의지가 마음속에 존재했었다. 나는 자신의 의지가 있다면 분명히 더 괜찮아질 수 있을 거라고 생각했기 때문에 카일라가 후에는 분명히 웃을 수 있을 거라고 믿었다.

그렇게 나는 다시 여관으로 돌아왔다. 그리고 다음 수업 때는 무엇을 해야 할지 고민하기 시작했다. 감정 수업을 계획하는 건 쉬운 일은 아니었지만 보람찼고 또 의미 있었다. 무엇보다 누군가에게 감정을 가르치는 일이 재미있다고 느껴졌다. 그래서 내가 이 수업을 더 열정적으로 하는지도 모른다. 그렇게 고민하는 사이, 시간은 빠르게 흘러갔다. 나는 카일라가 내가 주어준 과제를 잘 해내기를 바랐다.

1901년 5월 9일, 날이 다시 밝았다. 오늘은 꽤나 날이 풀려 햇살도 화창하고 추위도 덜했다. 선선한 듯한 날씨에 나는 바람이 상쾌한 것 같다고 생각했다. 자리에서 일어난 난 카일라를 만날 준비를 했다. 이번에 계획한 수업은 좋은 아이디어인 것 같아 꽤나 만족스러웠다. 그리고 카일라에게도 도움이 될 것 같은 내용이라서 나는 발걸음을 서둘렀다.

"이틀만이네요."

"좋은 오후예요. 저번에 일상에서 활용해 보자고 한 건 잘 됐어요?"

"음… 쉽지는 않았어요. 생각보다 바로 되지는 않더라구요. 그리고 막상 화가 나니 다른 생각은 잘 나지 않았어요."

"원래 처음에는 다 그렇죠. 꾸준히 하는 게 중요해요. 바로 될 거였다면 카일라 씨의 분노는 진작에 해소되었겠죠. 그래도 시도를 했다는 건 굉장히 좋은 소식이네요. 그래도 꾸준히 하면 분명 효과를 볼 거라고 생각해요."

카일라는 저번의 만남 이후 더 호기심이 생겨 보였다. 그리고는 궁금한 얼굴로 내게 물었다.

"오늘 할 건 뭔가요?"

"저번에는 원으로 분노 단계를 나누어 봤죠? 그래서 오늘은 그 분노들을 건강하게 해소할 수 있는 방법을 알아볼 거예요. 오늘 준비한 건, 인정을 연습할 거예요."

"무엇을 인정하나요?"

나는 이번 수업을 준비하기 위해 꽤나 머리를 써야 했다. 여관에서, 나는 시간이 생길 때마다 틈틈이 고민했다. 분노를 건강하게 해소할 수 있는 방법을 생각해야 했던 나는 어떻게 해야 카일라가 건전한 방법으로 괜찮아질 수 있는지 열심히 고민하고 또 생각했다. 그리고 나는 조금 시간이 흐른 뒤, 꽤 괜찮은 방법이 생각나 기뻐지고 말았다.

"무엇을 인정하냐면 카일라 씨의 느낌, 그리고 감정, 생각을 인정해 보자는 거예요. 사실 분노는 사람이라면 자연히 느낄 수 있는 감정이죠. 그렇지만 화가 나기에 급급해 일단 그 감정을 내지르고 보면 후에는 남는 게 아무것도 없고 공허한 느낌을 받을 수 있어요. 그래서, 화가 난다면 먼저 카일라 씨의 감정을 스스로 인정해 주는 거예요. 예를 들어, 아, 난 지금 굉장히 화가 나서 소리를 지르고 싶구나. 하지만 소리를 질러서 내게 남는 게 뭐지? 목이 쉴 때까지 소리를 지르지 못한다면 차라리 다른 방법으로 지금의 감정을 풀어 나가는 게 맞지 않을까? 라는 식으로 생각과 감정을 인정하고 건전한 방법을 찾아서 마음속에 쌓인 앙금과 화를 해소하자는 거죠. 그래서 제가 카일라 씨에게 추천하고 싶은 방법은 매일 시간을 정해 일기를 쓰는 거예요. 짧아도 되고 별 내용을 담지 않아도 되니 하루 동안 느꼈던 것을 글로 적어 그 느낌으로부터 한 발자국 떨어져 보는 게 좋을 것 같아요. 어때요, 할 수 있겠어요?"

카일라는 항상 무언가를 준비하는 내가 굉장히 신기하다는 듯이 시선을 보냈다. 사실, 나도 이런 내 능력에 조금은 놀라고 있었다. 내가 누군가에게 이렇게나 도움을 줄 수 있다는 사실을 몰랐으니 말이다. 물론 내 성격이 이타적이어서도 있겠지만 지금까지 했던 감정 수업들을 준비할 수 있었던 게 꽤나 놀라웠다.

의미를 찾으면서 하니 지금까지 이러한 수업들을 할 수 있었던 것 같다. 아무런 의미도 찾을 수 없었다면, 나는 감정 수업을 하지 않았을 것이다. 하지만 나는 그 속에서 의미를 찾아내고 보람도 느낄 수 있었다.

그저 내가 한 행동들로 누군가는 도움을 받고, 나는 의미 있는 경험을 하고, 그걸 또 이렇게 일지로 적어내 또 다른 누군가에게 알릴 수 있다는 것이 정말 큰 의미가 있는 것 같다. 그리고 또 내 동생, 리샨에게도 부끄럽지 않은 형이 되고 싶었던 마음도 컸던 것 같다. 모험을 하면서 여러 모험기를 안고 그에게 들려주고 싶은 마음도 크지만 몇 년이나 얼굴을 보지도 못하고 고향에 방문하지도 못했던 형을 그리워하기를 바라는 마음에, 무언가 의미 있는 경험을 적어 그에게 주고 싶었다. 꼭 같을 필요는 없더라도, 리샨도 나처럼 누군가에게 도움을 줄 수 있는 마음의 공간이 큰 사람이 되었으면 하는 바람에 이렇게 감정 수업도 하고, 일지도 적어가며 모험을 하고 있는 것이다.

어쩌면 동생에게는 기약 없는 기다림이 될 수도 있겠지만 나는 동생이 남겨져서 기다리고 있다는 생각보다는 형이 자신이 사랑하는 것을 하며 행복하다면 리샨도 자신의 자리에서 지금 할 수 있는 행동을 하며 스스로의 행복을 찾아가기를 바랐다. 그리고 나는 내 동생이 충분히 그런 내 마음을 알고 있으리라 생각하고 있다. 우리는 형제이니까 말이다.

조금 시간이 지나며 내가 이런저런 생각을 할 동안, 카일라가 결정을 한 듯 내게 답했다.

"좋아요. 해보죠, 뭐. 노아 씨가 이렇게나 노력을 하시는데 제가 아무것도 안 하며 나태해질 수는 없죠. 그리고 저도 매일 저를 사로잡는 분노에서 벗어나 다른 감정들도 느껴보고 싶으니까요."

"좋아요! 그럼 일기를 쓸 시간을 정하고 매일 써보도록 하죠. 저는 카일라 씨가 충분히 괜찮아질 수 있을 거라 생각해요."

"정말이죠? 저도 그렇게 생각해야 한다는 걸 아는데 확신이 서지 않아서 매일 망설이는 것 같네요…."

"스스로에게 확신이 없다면 그 누구도 확신할 수 없어요. 대신해 줄 수 없는 거니까요. 누가 믿어주지 않아도 자신에게 긍정적인 확신을 가지고 살아간다면 충분히 지금의 상태보다 나아질 수 있을 거라고 생각해요. 어차피 인생을 살아가는 건 본인이잖아요? 확신을 가져요, 카일라 씨. 할 수 있을 겁니다."

"고마워요…."

나는 카일라의 마지막 대답을 듣고는 그만 기뻐지고 말았다.

"방금 제게 고맙다고 한 거 알아요?"

"네. 왜요…?"

"카일라 씨를 만나고 처음 들어봐서 기쁘네요. 지금 고마워하는 것도 기쁘지만, 나중에 분노를 잘 조절하게 돼서 카일라 씨가 다시 고맙다고 하는 날에는 더 기쁠 것 같네요, 하하."

나는 카일라가 어느 정도 분노라는 감정에서 물러설 수 있는 방법을 조금은 알게 된 것 같아서 아주 기분이 좋아졌다. 적어도 나와 함께할 때는 화를 내거나 하지는 않았지만 고맙다는 말은 처음 듣는 거여서 놀랍기도 하고 기쁘기도 했다.

나는 점차 기대감을 갖게 되었다. 카일라가 괜찮아지고 있다는 점이 내가 옳은 방향으로 수업을 하고 있었다는 것을 증명하고 있었다. 그래서 다음 항해를 떠날 때쯤이면 그녀가 웃을 수 있을 것이라고 기대하게 되었다.

1901년 5월 12일, 오늘은 휴식을 취하려고 마을 구경을 나섰다. 카일라와는 내일 만나기로 해서 나는 그때까지 조금 쉬기로 했다. 나도 지금까지 감정 수업을 하느라, 나도 모르게 피로도가 쌓여 있었던 것 같았다. 그래서 나는 다음 만남 때, 카일라와 할 것을 고민도 할 겸 휴식을 취하려고 찻집을 들렸다. 사람이 많지 않아서 고요함을 즐길 수 있었다. 그 고요함 속에서 나는 곰곰이 생각에 잠기며 차를 마시기 시작했다.

오늘은 허브차가 마시고 싶어서 페퍼민트 차를 주문했다. 추운 날씨에 밖은 찬 바람이 많이 불고 있었지만 찻집은 따뜻한 공기로 가득했다.

"페퍼민트 차 드릴게요."

차를 마시기 시작한 나는 점차 기분이 좋아지는 게 느껴졌다. 한 모금을 마시자, 입 안이 개운해지면서 청량감이 돌기 시작했다. 따뜻한 온기 속에서 마시는 민트 차는 추운 날씨와는 다른 느낌의 시원한 느낌이 들었다. 개운해지는 느낌에 나는 긴장이 풀리는 듯해서 마음이 더 여유로워지는 것 같았다.

사실 항상 어떻게 해야 감정을 잘 알려줄 수 있을까를 고민하다 보니 나도 모르는 사이에 답답함이나 피곤함이 마음에 쌓였던 것 같다. 하지만 이렇게 혼자 시간을 가지며 좋아하는 차를 마시니 지금까지 온 여정의 피곤함이 풀리는 것 같아 포근해졌다. 따뜻한 차는 내 마음까지 따스해지게 만들어 주는 것 같아서 매서운 날씨는 더 이상 나를 춥게 만들지 않았다.

나는 차를 마시다 잠시 창밖을 바라보며 경치를 감상했다. 살짝

씩 흩날리는 눈은 조용한 이곳을 더욱 고요하게 만드는 것 같았다. 창문에 달라붙은 눈 결정은 저마다 다른 모양을 하고 있어 구경하는 재미도 있었다. 각자의 눈 결정은 모두 예쁜 모양이어서, 나는 눈이 더 내리기를 바랐다.

'눈이 내리니 더욱 고요하군….'

나는 눈이 내리는 걸 싫어하지 않았다. 오히려 좋아하는 축에 속했다. 눈이 내리면 세상이 고요해지고 몽글몽글한 기분이 들었다. 춥지만 마음은 포근해지는 느낌에 눈이 내리는 게 좋았다. 어느새 차가 식어가고 있었다. 나는 미지근해지는 찻물에 조금 속도를 올려서 남은 차를 마시기 시작했다. 민트 특유의 개운한 향과 맛에 정신도 맑아지는 기분이었다. 환기되는 정신에 나는 다시 카일라와 무엇을 해야 할지 고민했다.

'그러고 보니 나는 참 운이 좋은 것 같군.'

곰곰이 생각을 하다가 문득 그런 생각이 머리를 스쳐 지나갔다. 이렇게 감정의 섬들을 발견했다는 점이 운이 좋은 것처럼 느껴졌기 때문이다. 만약 내가 모험가가 아니었다면 이러한 경험은 해보지 못했을 것이고, 그랬다면 나는 지금처럼 행복하지 않았을지도 몰랐다. 헤이치 제도를 모험하기로 결정한 것이 참 잘했다는 생각이 들었다. 그러다 보니 옛날 기억들도 떠오르기 시작하며 나는 잠시 추억들을 떠올렸다.

좋았던 기억들을 생각하니 기분도 좋아지는 것 같았다. 지금 만들어 가는 이 기억들도 후에는 추억이 될 것을 생각하니 조금 서글퍼지기도 했다. 점차 나이를 먹어가는 게 느껴졌기 때문이었다.

'만약 내가 나이를 많이 먹은 후에 모험을 하지 못하게 된다면 어떤 기분일까?'

그런 생각을 하니 들떴던 기분이 갑자기 차분해지는 느낌이었다. 정말 그렇게 된다면 속상하고 슬플 것 같지만, 나이 드는 것을 막을 수는 없었다. 하지만 곧 그런 생각은 접어두었다. 지금의 내가 모험을 하며 행복해하고 있으니 말이다. 나이가 들어서 더 이상 모험을 하지 못하게 되어도 슬퍼하지 않고 모험을 했던 추억들을 떠올리면 괜찮을 것 같았다. 내가 어떻게 할 수 없는 것을 자꾸 붙잡으며 힘들어해 봤자 바꿀 수 있는 것은 없으니 나는 내가 할 수 있는 것을 하며 행복해하고 싶었다. 그리고 그런 과정도 결국 모험과 인생의 일부라고 생각하기 때문이었다. 이런저런 생각을 하는 사이, 차를 모두 마신 나는 찻집의 문을 열고 나섰다. 차가운 바람이 불며 눈이 흩날렸지만 나는 기분 좋게 다시 여관으로 향했다.

1901년 5월 13일, 나는 일찍 눈이 떠져 여관을 나선 뒤, 식사를 했다. 만족스러운 식사에 나는 포만감이 느껴졌다. 그리고 나는 카일라를 만나기 위해 카일라의 집으로 향했다. 여전히 날씨는 추운 바람이 불고 있었다.

"카일라 씨. 오랜만이에요."

"그러게요. 노아 씨가 말한 대로 매일 일기를 써봤어요."

"오, 어땠어요? 확실히 분노의 원인을 알기 쉽지 않았나요?"

나는 카일라가 매일 일기를 썼다는 말에 그녀가 노력을 많이 하고 있는 것 같아서 기분이 좋아졌다.

"네, 확실히 무엇 때문에 기분이 좋지 않았는지 알 수 있어서 좋앉던 것 같아요. 그리고 화났던 일을 글로 풀어내니 더 차분해지는 느낌도 들었고요."

카일라는 무언가 홀가분해 보이는 얼굴이었다. 그녀 스스로 깨달음을 얻은 것 같아 보여서, 나는 기쁜 마음이 들게 되었다. 나는 곧 얼마 지나지 않아, 카일라가 분노를 다스릴 줄 아는 사람이 될 수 있으리라 생각했다.

"일기를 적으면서 생각해 봤어요…. 어째서 나는 분노할까. 그리고 어째서 나는 분노를 다스리지 못하는 걸까? 그 이유는… 아직은 찾지 못한 것 같지만, 한 가지는 알 수 있었던 것 같아요. 분노하는 건 때에 따라서 적절한 감정의 한계를 풀어낼 수 있는 방법일 수 있지만 저는 그 분노에 너무 매몰되어 있다는 걸요. 왜 그런 생각이 들었냐면 일기의 내용들 중, 거의 모든 내용이 제가 겪은 일들에 대한 화, 그리고 견딜 수 없는 감정들이었거든요."

역시 카일라는 현명했다. 스스로 자신의 단점을 알고 보완하는 것은 매우 어려운 일 중 하나다. 그리고 그렇게 하는 것은 나도 어쩌면, 잘하지 못하고 있을 수 있었다. 그렇지만 카일라는 스스로 자신의 감정에 대해 글을 적으며 알아가는 시간을 가졌고, 또 알아냈다. 그래서 카일라는 현명했다. 하지만 지혜롭지는 못했다. 자신의 상태에 대한 판단은 비교적 빠르다고 할 수 있었지만 그것을 처리할 수 있는 지혜로움은 또 다른 이야기였다.

나는 생각해 보았다. 어째서 카일라가 분노를 다스리지 못하는 것일지 말이다. 어쩌면 그 이유는 이 섬 자체에 있을지도 모른다고 생각이 들었다. 증오 섬은 모두가 서로를 미워하니 각자 자신의 사연에만 몰두하느라 타인의 아픔과 상처에는 공감하지 못했을 가능성이 높았다.

'그래…! 공감, 공감이야!'

나는 고민을 하다가 문득 스쳐 지나간 하나의 생각에 마치 머릿속에서 빛이 떠오른 것 같았다. 그리고 그 빛은 내가 앞으로 카일라를 돕는 데에 있어서 올바른 길로 갈 수 있도록 밝혀주는 실마리, 즉 불을 밝히는 역할이 될 수 있을 것 같다는 생각이 번뜩하고 들었다. 나는 서둘러 카일라한테 내가 생각한 것을 설명하기 시작했다.

"카일라 씨. 방금 좋은 생각이 떠올랐어요. 그리고 우리 모두가 갖고 있는 고민의 근원이 무엇일지 떠올랐죠. 그건 바로 공감이에요. 우리는 간과하고 있었던 겁니다. 분노라는 큰 틀에 얽매여서 말이죠."

"공감이요? 공감이 뭔가요…? 저희 마을과 섬에는 그런 말이 없는데 말이죠…."

나는 순간 낭패감이 들었다. 그리고 그제서야 동시에 이해가 되기도 했다.

'과연… 공감이라는 말이 없으니 그런 개념이 잘 잡히지 않아서 서로를 이해하지 못하고 존중하지 않았겠군. 이제 알았어…. 이 섬에는 애초에 그런 말 자체가 존재하지 않았던 거야. 설령 사람들 중 공감을 할 수 있는 이가 존재한다고 해도 분노에 휩싸여 그 수는 소수였을 거고 그마저도 분노에 묻혀 버렸을 거다.'

그렇게 생각이 든 나는 서둘러 카일라에게 공감부터 알려줘야겠다는 생각이 들었다. 지금 나와 카일라의 문제는 분노가 우선이 아니라는 생각이 들었다. 공감하지 못한다면 어차피 개개인은 자신의 상처와 분노를 우선시할 것이고, 만약 그렇다면 영원히 이 섬에서 상대의 상처에 공감하는 이가 나오는 일은 없을 것이었다.

"하, 하하. 카일라 씨. 우리의 문제는 분노가 1순위가 아니었습니다."

나는 황당함에 조금 헛웃음이 나오고 말았다. 카일라는 내가 왜 그런지 아직 이해하지 못해 어리둥절한 얼굴이었다.

"그게 무슨 말이죠? 그럼 뭐가 가장 문제란 말인가요?"

"공감, 아까 그런 말이 없다고 했죠? 물론 이 섬에 아예 공감을 하지 못하는 사람만 있지는 않을 겁니다. 공감은, 타인의 감정, 의견, 그리고 주장 등에 대해 자기 자신도 그렇다고 느끼거나 동의하고 동조하는 걸 말해요. 아마 모두가 공감을 못할 리는 없어요. 그럴 가능성은 희박하죠. 그렇지만 이 섬에서 공감이 제 기능을 못하고 있는 이유는 알 것 같네요. 먼저, 분노에 사로잡히니 상대방을 생각할 여유가 없는 겁니다. 그래서 공감을 하기도 전에 서로를 미워하고 화를 내는 것이죠. 그리고 공감이라는 단어가 존재하지 않으니까 공감을 할 수 있는 사람이 있다고 해도 별다른 큰 효과를 내지는 못했을 거예요. 원래 언어란 사람이 사용하고 직접 소리를 내는 말이 돼야 비로소 효과가 생기는 것이거든요. 생각해 봐요. 우리가 생각하는 어떠한 느낌이나 감정이 있다고 해도 그걸 이름 붙이지 않으면 본래의 효과를 내지 못할 수도 있잖아요? 지금 제가 말하는 게 바로 그런 겁니다. 이제야 문제점과 원인을 알아냈군요."

카일라의 얼굴은 이제 조금 심각해졌다. 심각성을 깨달은 것 같았다. 그녀는 이어서 내게 질문했다.

"노아 씨의 말은 이해했어요. 하지만, 이제 와서 어떻게 공감하라고 사람들에게 알리죠? 알린다고 해도 별로 소용은 없을 것 같은데요…."

나는 살짝 웃으며 걱정 말라는 투로 답했다.

"걱정 마요, 카일라 씨. 제가 생각해 둔 방법이 있으니까요."

그러자 카일라는 무척이나 궁금한 듯 나를 재촉했다.

"정말요? 그 방법이 뭔가요? 노아 씨는 정말… 지혜로운 것 같아요!"

나는 카일라의 반응에 웃음을 보였고 곧바로 내가 생각해 둔 방법을 설명해 주었다.

"이렇게 해보죠. 이 섬이 가진 특징을 이용하는 겁니다. 그러면 모두가 공감을 하게 하지는 못할 수도 있지만 적어도 지금보다는 나아질 거예요. 우선…."

나는 카일라에게 방법을 설명했다. 어떻게 해야 이 섬을 뿌리부터 고쳐낼 수 있는지를 말이다. 카일라는 열심히 내 설명을 듣고 이해하더니 꽤나 자신 있게 실행해 보겠다고 말했다. 나는 그런 카일라가 기특했고, 또 안쓰럽기도 했다.

꽤나 많은 걸 생각하고, 고민했던 나는 피곤함에 카일라와 헤어지고 나서는 바로 여관으로 돌아왔다. 일지를 쓰는 와중에도 피곤함이 계속 나를 지치게 만든다. 하지만 결코 희망 차지 않은 것은 아니다. 이러한 일들은 결국 나를 보람차게 만드니까 말이다.

1901년 5월 27일, 카일라에게 섬을 바꿀 방법을 알려준 지 어

어느새 2주가 지났다. 나는 그동안 카일라가 섬이 바뀐 후에도 분노를 다스릴 수 있는 방법이 뭐가 있을지 고민하며 시간을 보냈다. 그리고 카일라는 전날 밤, 꽤나 밝은 얼굴로 나를 찾아왔다. 그런 그녀의 얼굴은 내가 일러준 방법이 실패했을 것 같지는 않은 얼굴이었다.

카일라와는 오후에 다시 만남을 약속했다. 나는 이런저런 일들을 하며 시간을 보내다 오후 3시가 되어갈 때쯤이 되자, 카일라를 만나기 위해 다시 그녀의 집으로 향했다.

"꽤 오랜만이네요, 카일라 씨. 전날 밤에 보기는 했지만."

"그러게요. 무슨 이야기부터 할까요?"

카일라의 얼굴은 밝고 생기있어 보였다. 아마 자신이 한 일이 잘 진행돼서 보람을 느낀 것 같았다. 물론 본인은 아직 그 사실을 잘 모르는 것 같았지만 말이다.

"방법은 잘 진행됐나요?"

내가 그녀에게 물었다.

"그럼요. 노아 씨는 어떻게 그런 생각을 하셨나요? 정말 대단한 것 같아요. 그 방법이 성공할 줄은… 정말 몰랐으니까요."

"하하, 그런가요? 역시 카일라 씨가 섬 사람들에게 공감을 해주며 손님을 모은 건 확실한 효과를 본 것 같네요."

전말은 이러했다. 그 방법이란 건, 내가 공감하는 법을 카일라가 느끼는 분노의 밑에서 위로 꺼낸 뒤, 분노하지만 공감할 수 있게 도와준 것이다. 물론 거기서 끝은 아니었다. 공감할 수 있게 도와준 것은 시작일 뿐이었고, 나는 그 뒤로 카일라가 사람들을 만날 때마다 화가 나도 한 번쯤은 참아보려고 노력하라고 했다. 그리고 그 사람들의 이야기를 들어준 뒤, 그들의 말에 공감, 즉 동조하거나 동의하는 태도를 보이라고 했다. 그리고 내가 알려준 방법은 꽤나 효과가 좋았던 듯, 이틀 차에는 몇 명이, 일주일 차에는 열 몇 명이, 그 뒤로는 더 많은 사람들이 카일라를 찾으며 자신의 이야기를 들어주기를 원했다고 한다.

그리고 그렇게 카일라가 공감을 해주었듯이, 사람들도 카일라를 만난 뒤 누군가 자신의 이야기를 말하고 싶을 때는 본인도 일방적인 주장이 아닌, 공감을 해야 한다는 것을 깨달은 모양이었다.

"이번 일로 많은 걸 알게 된 것 같아요…. 물론 사람들이 처음에는 일방적으로 자신의 이야기만 하니 저도 화가 나기는 했지만, 점점 듣다 보니 은근 재미도 있는 것 같고 웃음이 날 것만 같은 이야기도 있더라구요. 특히, 찻집 주인아주머니가 남편 이야기를 하며 화를 낼 때 말이에요. 마치 주전자의 물이 끓는 것 같았다니까요? 그리고, 무엇보다도 노아 씨가 저를 도와준 것처럼… 저도 누군가를 돕는다는 생각에 무언가 어깨가 무거워지고 가슴이 묵직해지는 기분이었어요."

나는 꽤나 성공적인 효과들에 아주 보람찼고 만족스러웠다. 아마 카일라는 타인을 돕는다는 것에서 책임감을 느낀 것 같았다. 아직 그 정도까지의 깊이는 아닐 수 있어도, 나는 느낄 수 있었다. 그리고 알 수 있었다. 카일라가 점차 기쁨을 되찾아 가는 중이라는 것을.

"고생했어요, 카일라 씨. 카일라 씨를 찾은 사람들이 점차 행동하는 게 달라져 가는 것 같죠? 그건 결코 착각은 아니에요. 그건 다른 누구도 아닌, 카일라 씨가 변화시킨 거예요. 세상은 다수가 움직이는 것 같죠. 물론 그 말도 틀리지는 않아요. 많은 일들에서 그러니까요. 하지만 가끔은, 단 한 사람의 말과 행동이 많은 것을 바꾸게도 하는 법입니다. 그런 점에서 저는 카일라 씨가 굉장히 고생한 것을 알고 있고 또, 고생했다고 말하고 싶어요."

카일라는 이제 뿌듯한 표정이었다. 나는 빈말로 하는 말들이 아니었다. 정말로 카일라는 자신의 화를 참느라 고생했을 거다. 그리고 단기간이라지만 자기 이야기만 하겠다고 찾아오는 사람들을 상대하는 것도 꽤나 지치는 일이었을 것이었다. 하지만 카일라는 견뎌냈고 다스렸다.

그런 의미에서 나는 이제 고민은 그만 해도 되겠다는 생각이 들었다. 카일라가 분노를 다스릴 수 있도록 할 수 있는 방법들을 계속해서 고민해 왔지만 이제 그럴 필요가 없다는 것을 알게 되었다. 이미 그녀는 충분히 잘하고 있었다. 나는 더는 내 도움이 없어도 카일라는 자신이 가야 할 길을 잘 개척해 낼 것이라고 생각했다. 마치 저번 만남에서 내 머릿속이 불빛으로 반짝이며 길을 밝혀냈던 것처럼 앞으로는 카일라도 그럴 것이었다. 나는 작게 웃으며 이제는 때가 되었음을 알았다.

"카일라 씨, 이제 제가 할 일은 없을 것 같네요."

이번 방법을 성공하고 이야기할 때 내가 본 그녀는 이미 많은 감정을 느끼고, 또 분노하지 않았던 모습이었다. 카일라는 알고 있었을까. 마치 주전자의 물이 끓는 것처럼 화를 내는 찻집 주인에 대해 이야기할 때, 그녀는 이미 쿡쿡거리며 웃고 있었다는 것을. 카일라는 이미 자신의 기쁨을 찾고 있었고, 찾아냈다. 그런 의미에서 나는 그녀가 굉장히 대견하다고 생각했다.

"그게 무슨 말이에요, 노아 씨?"

"말 그대롭니다. 더는 제가 도와줄 일이 없어요. 카일라 씨는 이미 행복할 수 있는 길을 밝혀내고 있는 것 같아요."

"네? 제가요…?"

마치 호세와 아렐이 처음 웃었을 때, 자신들은 몰랐던 걸 이야기해 주니 놀랐던 것처럼 반응하는 카일라에 나는 웃음이 났다.

"아마 이제 제가 없어도 잘 해낼 수 있을 거예요. 그리고 무조건적으로 남에게 의지하는 것도 자신이 성장하는 데 도움이 되지 않을 수 있으니까요. 제가 드릴 수 있는 도움은 여기까지인 것 같네요. 지금까지 고생했어요, 카일라 씨."

나는 빙긋이 웃으며 말했다. 카일라는 많이 놀란 눈치였다. 하지만 곧 내가 무엇을 할지 깨달았다는 듯 그녀도 살짝 웃음을 지었다.

"떠날 생각인가 보네요."

"그렇죠. 다음 모험이 저를 기다리고 있으니까요."

"노아 씨는 좋겠어요. 그렇게 가슴이 설레이는 무언가가 있고, 또 그것을 좋아하니까요."

"카일라 씨도 분명 생길 겁니다. 지금까지 분노가 눈앞을 가려 보지 못했던 것뿐이죠. 찾다 보면 카일라 씨도 가슴이 설레이고, 두근거리는 순간, 그리고 어떠한 것을 찾을 수 있을 거예요. 물론 그것도 노력을 해야 해요. 가만히 있는 자에게는 아무것도 나타나지 않으니까요. 그리고 그게 제가 모험을 하는 이유입니다."

카일라는 내 말을 완전히 이해한 듯해 보였다.

"역시… 그렇군요. 노아 씨의 말은 이해했어요. 그럼 출항은 언제 할 생각이죠?"

"빠르면 이틀 뒤, 늦으면 4일 뒤에 할 생각이에요."

"알겠어요. 앞으로는 제힘으로도 무언가를 해결하고 또 찾아낼 수 있도록 해볼게요. 지금까지 정말 고마웠어요."

나는 더 이상 해줄 말이 없었다. 이미 내가 해줄 말을 그녀는 다 알고 있을 것이라 생각이 들었기 때문이었다. 나와 카일라는 어딘가 아쉬움이 남는 인사를 나눈 뒤 헤어졌다.

여관으로 돌아온 나는 다음 출항을 준비했다. 카일라와의 헤어짐은 호세와 아렐과의 헤어짐 때처럼 깊은 아쉬움이 남았지만, 그렇다고 내가 가야 할 길을 멈출 수는 없었다. 또 다른 즐거움과 기쁨이 나를 가슴 설레이게 하며 기다리고 있었기 때문이었다. 그 두근거림은 무엇으로도 나를 멈추게 할 수 없을 것이었다. 그건 내가 살아가는 이유기도 하니까 말이다.

1901년 5월 30일, 출항 준비가 모두 끝이 났다. 나는 마지막으로 카일라와 작별 인사를 하기 위해 정박해 둔 배 앞에서 그녀를 기다렸다. 그리고 얼마 시간이 지나지 않아, 멀리서부터 달려오는 형체가 한 명 보였다.

"노아 씨! 기다렸나 보네요."

"괜찮습니다. 그보다 이건 뭐죠?"

카일라는 내게 무언가를 건넸다. 확인해 보니 그건 압화로 만든 예쁜 책갈피였다.

"압화로 만든 거군요. 이런 재능이 있을 줄은 몰랐네요."

카일라는 조금 쑥스러워하며 말했다.

"아니에요. 그냥… 뭔가 이 섬을 추억할 만한 거라도 있으면 좋을 것 같아서, 준비해 봤어요."

"압화를 만드는 게 취미인가요?"

카일라가 내 반응을 살피며 작게 고개를 끄덕였다.

"그럼 벌써 좋아하는 걸 하나 찾은 거네요."

나는 입가에 웃음을 띤 채 책갈피를 조심히 받아 들었다. 카일라 또한 내가 좋아하자, 내심 좋아하는 듯했다.

"앞으로도, 제 인생에 제가 만족할 수 있을 때까지 찾을 거예요. 좋아하는 거든, 사랑할 수 있는 거든."

확신에 차서 말하는 카일라는 처음 봤을 때와는 정말 달라 보였다. 나 또한 그런 카일라에 모험을 하러 바다에 나온 걸 정말 다행이라고 여겼다. 그리고 몸 건강히 지금껏 모험을 할 수 있었던 것에 감사함도 느꼈다.

"그럼, 긴말은 하지 않을게요. 잘 지내고, 앞으로는 행복한 일이 많이 생기길 바랄게요. 카일라 씨, 자기 자신의 행복은 본인이 만들 수 있는 지분이 가장 크답니다. 그걸 꼭 기억해 두길 바라요."

카일라가 긴 곱슬머리를 귀 뒤로 넘기며 불어오는 바람처럼 싱그럽게 웃었다.

"걱정 마세요. 누구보다 더 웃으면서 살 테니까 말이에요."

그렇게 나와 카일라는 웃으며 작별 인사를 건넸고, 나는 배에 탑승해 출항을 시작했다. 멀리서도 카일라가 분노라는 감정이 아닌, 다른 감정을 충분히 느끼고 있다는 게 느껴졌다.

'이토록 보람찰 수가….'

모험을 하면서 느낀 보람은 정말 그 무엇과도 비교할 수 없을 것 같았고, 그 무엇과도 바꿀 수 없을 것 같았다. 그리고 내가 한계에 다다를 때까지 어디든 부딪혀 보며 새로운, 내가 모르고 있던 곳을 모험해 보고 싶다는 생각이 강렬하게 머릿속에서 피어났다. 그리고 짧은 인연이었지만 인상 깊었던 증오의 섬은 그렇게 점차 멀어져 갔다. 나는 멀어져 가는 증오 섬을 보며 많은 생각에 잠겼던 것 같다. 지금까지 모험을 하며 만난 인연들은 정말 소중했고 평생 간직할 추억이 되었다. 그래서 나는 한편으로는 앞으로 또 어떤 감정의 섬이 나올까 너무 기대가 되기 시작했다. 가슴이 두근거렸다. 파도처럼 요동치는 심장의 고동이 너무나 벅차올라서 나는 눈물이 날 것만 같았다. 수평선 위로 태양이 저물고 있었다. 그렇게 나의 새로운 모험은 또다시 이야기를 써 내려가는 중이었다.

제4장
슬픔의 섬

    1901년 6월 11일, 나는 곧 세 번째 섬인 체렌 섬에 도착할 것으로 예상했다. 망원경으로부터 본 것이 있었기 때문이었다. 구름이 낀 허공 사이로 멀리에 흐릿하게 보이는 섬이 그 이유였다. 날씨는 따뜻했다. 마치 봄처럼, 화사하게 피어나는 햇살은 아마 다음 섬은 날씨가 좋을 것 같다는 예감을 주었다. 체렌 섬은 어떤 감정의 섬일지 나는 너무나 궁금해졌다. 헤이치 제도를 탐험할 수 있는 것에 정말 행운이 넘친다는 생각을 하게 되었다. 앞으로의 여정이 정말 기대가 되고 있다.

    1901년 6월 14일, 나는 체렌 섬에 도착했다. 예상과 같이 체렌 섬 또한 감정에 관련된 섬이었다. 섬의 사람들은 모두 어떠한 이유로 슬퍼하는 것 같았다. 그 이유는 제각기 다른 것 같았지만, 나는 알 수 있었다. 모두가 깊은 슬픔에 잠겨 있다는 것을 말이다. 체렌 섬은 슬픔 섬이라고 이름 붙였다. 그리고 나는 사업가인 한 남자를 만날 수 있었다. 남자의 이름은 앤슨 아론, 이 섬에서 가장 많은 돈을 가진 사업가였다.

앤슨은 항상 슬퍼 보였다. 그렇게나 많은 돈을 가지고 있음에도 앤슨은 지나친 소비를 하는 것 같아 보이지는 않았다. 유일한 특징이라면, 앤슨은 키우는 고양이가 하나 있었는데 고양이 틸리는 앤슨에게 많은 보살핌과 애정을 받는 것 같아 보였다. 왜냐하면 어딜 갈 때는 앤슨은 항상 틸리를 동반해 이동했기 때문이었다.

'어쩌면 불안해서일 수도 있겠어….'

나는 앤슨이 틸리를 항상 데리고 다니는 이유가 그가 불안해서일 수도 있겠다는 생각이 들었다. 앤슨은 내게 호의적이었다. 그리고 그건 앤슨뿐만이 아니었다. 모두가 슬퍼하기는 했지만 대부분이 사교적인 성격을 지니고 있었다. 나는 그렇게 사교적인 이들이 어째서 그런 슬픈 얼굴을 하는지 알 수 없었다.

나는 섬을 조금 둘러보기로 했다. 어째서 사람들이 슬퍼하는지 알기 위해서였다. 나는 여러 사람들을 만나며 많은 대화를 나누어 보았다. 그리고 그중에서도, 가장 흥미가 가는 건 역시 앤슨의 사연이었다. 앤슨은 내가 대화를 요청하자 흔쾌히 수락했다.

"안녕하세요, 앤슨 아론 씨. 저는 여러 섬을 들리며 모험을 하고 있는 모험가 노아 리바이라고 합니다. 저는 헤이치 제도의 섬들을 모험하며 두 개의 섬을 거쳐왔죠. 그리고 이 섬은 모두가 슬픔에 빠져 있다는 것을 알게 되었습니다."

"흥미롭군요. 이전 섬들은 어땠습니까? 제게 들려줄 수 있으신가요."

앤슨은 내 이야기에 흥미를 보였다. 나는 미소를 지으며 답했다.

"당연히 들려드릴 수 있죠. 그러면 제가 이야기를 들려드리는 대신, 앤슨 씨도 제게 사연을 들려주시지 않겠습니까? 저는 앤슨 씨의 사연이 궁금하고, 앤슨 씨는 제 이야기가 궁금하니 꽤 괜찮은 제안이 되지 않을까 싶은데요."

앤슨은 내 말을 듣더니 처음으로 호탕하게 웃어 보였다. 나는 그런 의외의 모습에 더욱 그의 사연이 궁금해지기 시작했다.

"하하! 좋습니다. 노아 씨도 마침 제 이야기가 궁금하다고 하니, 들려드릴 수 있죠."

"좋습니다. 그럼 제 이야기부터 시작해 볼까요. 저는 헤이치 제도를 모험하며 첫 번째로 들른 섬에서 충격적인 모습을 볼 수 있었습니다. 그 섬은 모두가 우울해하고 있었으니까요! 그리고 저는 두 아이들을 만나 그들에게 감정을 가르쳐 주었습니다. 곧잘 제 수업을 따라온 그들은 금세 웃을 수 있게 되었죠. 그리고 헤어짐을 뒤로하고 간 두 번째 섬은 모두가 서로를 미워하고, 또 증오하고 있었습니다. 저는 거기서 한 여성을 만났습니다. 역시 그녀도 다른 이들과 마찬가지로 사연이 있었고, 한 남자를 증오하고 원망하고 있었죠. 저는 그녀에게 분노를 다스리는 법을 알려주었어요. 그리고 그 섬에는 공감이라는 개념이 없다는 것을 알 수 있었습니다. 저는 그들에게 공감이라는 개념에 대해 알려주었습니다. 뭐, 제가 할 수 있는 일은 다 했죠. 남은 일은 남겨진 그들이 어떻게 미래를 바꿔 가냐에 따른 것이죠. 저는 믿고 있습니다. 분명, 그들은 충분히 잘 해낼 것이라고 말이죠. 그래서 저는 앤슨 씨의 사연이 궁금했던 것입니다."

앤슨은 내 이야기를 듣고는 많은 생각에 잠긴 듯해 보였다.

"노아 씨는 돈도 많고, 많은 것을 누려본 내가 왜 슬퍼하는지 궁금해하는 거죠? 저도 처음부터 이랬던 것 같지는 않습니다…. 그리고 이 섬의 모두가 그랬죠. 하지만 언제부턴지는 몰라도 갑자기 모두 슬퍼하더군요. 저 또한 마찬가지였고요. 제가 왜 슬픔에 잠겼냐 하면… 사실 잘 모르겠습니다. 이야기를 들려준 노아 씨에게는 미안한 말이지만 아직 저도 그 이유를 찾지 못했어요. 그냥 언젠가부터 회의감이 극심하게 들더군요."

"음, 그렇군요. 모두가 슬퍼하니 그 슬픔이 옳은 건 아닐까요? 사실 모두가 슬퍼하지 않았다면 앤슨 씨도 이렇게나 슬퍼했을까요. 자신의 감정을 알아채는 것도 중요한 능력 중 하나죠. 맨날 같은 감정이 든다면 왜 그럴까를 생각해 보는 것도 중요하다고 생각합니다."

앤슨은 내 말이 맞다고 생각하는 듯 고개를 끄덕였다.

"저도 그 생각에 동의하는 바이지만, 여전히 그 이유를 찾지 못했습니다. 아마 내가 죽을 때까지 찾지 못할 테지요…."

"과연 그럴까요? 자주 찾아와서 말동무가 되어 드릴게요, 앤슨 씨. 저는 일지를 쓰고 있습니다. 고향에 있을 동생이 기다리고 있기에 제 모험기를 알려주기 위해 쓰고 있죠. 제가 앤슨 씨가 어째서 슬퍼하는지 이유를 찾아줄 테니 앤슨 씨는 모험기를 완성할 수 있도록 서로 도움을 주는 건 어떻겠습니까? 제게는 이 모험기가 가장 값지거든요."

나는 얕게 웃으며 말했다. 앤슨은 그 말을 들으니 눈빛이 달라 보였다.

"과연…. 값진 것을 벌써 찾다니, 노아 씨는 대단하군요. 누구는 이 나이 먹도록 가장 값진 것을 찾지 못했는데 말입니다."

"하하, 아닙니다. 그리고 과연 그럴까요? 저는 앤슨 씨가 소중하게 여기는 걸 벌써 알 것 같은데요."

그렇게 나와 앤슨은 그 대화를 마지막으로 헤어졌다. 나는 평소 일상이 적적하다고 한 앤슨의 말동무가 되어주기로 했다. 그리고 그 대신 앤슨은 내가 일지를 무사히 적을 수 있도록 앤슨 자신이 모험기의 내용이 되어주겠다고 했다.

나는 묵을 곳으로 돌아와 생각했다.

'앤슨은 어째서 슬퍼하는 걸까?'

아직 대화를 충분히 나눠보지 않았기에 알 수는 없었지만 나는 곧 그 이유를 찾을 수 있을 것 같다는 생각이 들었다.

1901년 6월 20일, 나는 다시 앤슨의 집을 찾았다. 역시 섬에서 제일가는 부자답게 그의 집도 아주 좋았다. 그의 집에 들어가니, 늙은 고양이 틸리가 나를 반겨주었다. 다른 고양이 같지 않게 사람을 좋아하는 것 같았다. 내가 쓰다듬어 주자, 틸리는 기분 좋은 소리를 내었다. 그리고 계단에서 내려오던 앤슨은 내가 온 것을 발견하고는 반가운 얼굴이 되었다. 나는 앤슨의 응접실에서 차를 마시며 대화를 시작했다.

"어떻게 지냈어요, 앤슨 씨? 여전히 슬픔이 괴롭게 하나요?"

"뭐, 그렇습니다. 여전히 많은 돈을 벌고 있는 중이지만, 돈은 나를 행복하게 만들어 주지는 않는 것 같아요. 물론 사람마다 무엇을 인생의 우선순위로 두는지는 다르겠지만, 제게는 아닌 것 같다는 생각이 드는군요."

앤슨이 말을 하는 동안 창밖으로부터 새들이 지저귀는 소리가 들려왔다. 화창한 봄 날씨였다. 열어둔 창문으로부터는 상쾌하고 따스한 봄바람이 불어오는 중이었다. 나는 그 바람이 참 기분 좋다고 생각이 들었다. 참 어울리지 않는다는 생각도 들었다. 슬픔 섬은 이토록 슬픔에 빠져 있는데, 날씨는 화창하고 따스한 바람이 분다니. 하지만 나는 슬픔 섬의 사람들의 마음속이 어쩌면 이런 날씨 같은 면도 있지 않을까, 하는 생각이 들었다. 그저 그 마음들이 슬픔에 묻혀 제 모습을 보이지 못하고 있는 것 같았다. 나는 앤슨이 고양이를 대하는 모습을 보고서, 이들이 무언가를 아낄 줄 아는 사람들임을 알 수 있었다. 저마다 슬퍼하는 이유는 각기 다르겠지만, 결국 그들의 슬픔은 결코 그렇게 다르지 않다는 것을 느낄 수 있었다.

"앤슨 씨는 슬픈 이유를 모르겠다고 했죠. 저는 그 속에 불안이 숨어져 있는 것 같다고 느끼는데… 앤슨 씨는 어떻게 생각하나요?"

"불안, 불안이라…. 어쩌면 그럴 수도 있겠군요."

"저는 앤슨 씨가 가장 마음을 주고 있는 게 틸리라고 생각이 들더군요. 하지만 틸리는 늙었고 또 아픈 몸을 가지고 있죠. 앤슨 씨는 틸리가 언젠가 곁을 떠날까 봐 슬퍼하는 건 아닐까요?"

앤슨은 놀란 표정이었다.

"틸리가 세상을 떠날 것을 생각은 하고 있었죠. 언젠가는 내 곁에 있지 않겠구나… 그런 생각을 하다 보면 슬퍼지긴 합니다만, 그것이 제가 진정으로 슬픈 이유는 아닌 것 같아요. 더 깊은, 무언가 제가 이성적인 생각을 하지 못하도록 막는 생각이 깊은 곳에 있는 것 같습니다."

나는 이제는 정말로 앤슨이 무엇 때문에 슬퍼하는지 궁금해졌다. 그는 틸리를 정말 아끼는 것 같았지만, 그 이유도 아니라 하니 도대체 무엇이 그를 그렇게나 슬프게 하는지 알 수 없게 됐다. 나는 시간을 들이고 천천히 생각을 해보기로 했다. 그렇게 앤슨과는 대화를 마치고 나는 마을을 둘러보러 길을 나섰다. 마을은 우중충한 분위기였다. 어느 집에서는 눈물을 훔치는 이를 볼 수 있었고, 또 다른 집에서는 생각에 잠겨 창밖만 바라보는 이도 볼 수 있었다. 나는 섬의 사람들이 궁극적으로 무엇을 두려워하며, 무엇에 슬퍼하는지 알고 싶었다. 그리고 나는 결국 사람들을 일일이 만나보며 대화를 해보기로 결정했다. 나는 지나가는 이들을 붙잡으며 슬퍼하는 이유를 듣고 싶다고 물었다. 그중, 열에 하나 정도는 짜증을 내기는 했지만 대부분은 그리 싫어하는 티를 내지 않고 내게 답을 해주었다. 그리고 그중 짜증을 내던 한 사람의 대답이 인상 깊었다.

"여기 섬 사람들은 어째서 슬픔에 잠겨 있죠? 나쁜 의도는 아니지만, 저는 순수하게 궁금해서요. 어쩌면 누군가한테 털어놓고 슬픔을 덜어내는 것도 좋은 방법이지 않을까요?"

"모험가 나리가 섬 사람이 아니어서 모르나 본데, 우리는 모두 슬퍼합니다. 그 이유는 제각기 다르겠지만 나리가 가벼운 마음으로 알려고 하는 거든, 무거운 마음이든, 우리가 슬픔을 덜어낼 수는 없을 겁니다."

"어째서입니까?"

"한 십 년… 전일까요. 엄청난 병이 섬을 덮쳤죠. 지금이야 모두 이겨냈지만 그 당시에는 많은 사람들이 원인 모를 병에 죽었죠. 여긴 섬이라 사람들이 많이 오지도 않는데 어째서 병이 섬을 덮쳤는지 알 수는 없었지만 우리는 죽어가는 사람들을 고칠 수도 없었고 그저 기도만 해야 했습니다. 그들이 더 이상 고통받지 않기를…. 그리고 우리는 한 가지 생각이 든 겁니다. 이 병이 지나가도 또 다른 병이 우리 섬에 온다면 다시 그때처럼 많은 이들이 죽는 건 아닐까, 하는 생각 말입니다. 아마 제가 기억하기론 그때부터 섬의 분위기가 달라졌을 겁니다. 모두가 슬퍼하기 시작했죠. 언제 목숨을 앗아갈지 모르는 병에 모두가 슬픈 생각을 멈출 수 없었습니다. 다음에 목숨을 잃는 사람이 혹시 나는 아닐까… 뭐, 그런 생각이요. 뭐, 저도 같은 이유로 슬퍼하고 있긴 합니다만, 우리에게 슬픔은 일상이 되었습니다. 빼려 해도 일부가 되어버렸죠. 그리고 그 병으로 가족을 잃은 이들도 많아서 더 슬퍼하는 사람들이 많을 겁니다. 이만하면 대답이 됐겠죠?"

그 사람은 까칠하게 내게 답을 해주었다. 그리고 나는 그 까칠함에서 무언가를 읽어낼 수 있었다. 그 사람이 까칠하지만 내게 답을 주었다는 건, 어쩌면 그 사람도 그러한 상태에서 벗어나고 싶은 마음이 있을 수도 있다는 것이었다. 그렇다면 그자는 내게 실오라기 같은 희망이라도 걸어보고 싶은 건 아니었을까. 섬을 바꿀 수 있도록 말이다. 나는 원래의, 병이 섬을 덮치기 전의 사람들의 모습들이 궁금해졌다. 아마 섬의 날씨처럼 화사한 얼굴들을 하지 않았을까. 지금은 비록 우중충하고 슬퍼하는 모습들을 하고 있지만 나는 그들이 언젠가는 슬픔을 극복해 낼 수 있을 것이라고 생각이 들었다. 며칠이 지나고 나는 다시 앤슨의 집을 찾았다. 앤슨은 늘 그랬듯 나를 반겨주었다.

"오랜만입니다, 앤슨 씨."

"네. 노아 씨는 마을 구경을 한 모양인가 봅니다. 사람들이 어떤 대답을 주던가요?"

"병에 대한 이야기를 들었습니다. 원래 섬은 이런 모습과는 많이 달랐나 봅니다."

"병…. 그렇죠. 나도 그 병에 내 여동생을 잃을 뻔했으니까요."

"여동생이 있으셨군요?"

앤슨의 가족 이야기는 처음 듣는 거라 나는 흥미가 생겼다. 앤슨은 가족 이야기를 잘 꺼내지 않았다. 그 이유는 알 수 없었지만 그만한 사정이 있으리라 생각해서 나는 더 묻지 않았었다. 앤슨은 다시 입을 다물었다. 아무래도 가족에 대한 이야기는 하고 싶지 않은 모양이었다.

"병에 대해 더 들려주셨으면 합니다. 병이 섬을 덮치기 전의 모습 같은 것이라든지, 사람들의 모습들 같은 거요."

"궁금한 거군요. 섬이 원래 어땠는지…. 이 섬은 원래…."

나는 앤슨으로부터 전해 들은 섬의 원래 모습을 상상한 이야기를 일지에 적었다. 원래의 섬은 대강 이런 모습이었을 것이다.

푸른 나무들이 자라는 땅 위에는 아이들의 웃음소리가 끊이지 않았다. 아이들은 제 나이답게 깔깔거리며 뛰어놀았고, 어른들은 그 모습을 흐뭇하게 바라보고 있었다. 식사 시간이 되면 맛있는 식사와 함께 도란도란 이야기를 나누고 또 자신들이 할 일을 했었다. 그렇게 평화로운 나날은 계속되었다. 그리고 계속될 줄 알았던 평온한 날들은 단 한순간에 무너져 내렸다. 이름 모를 병이 섬을 덮치고 나서부터였다. 섬 마을에는 끝없는 울음소리만이 들려왔고, 마을 분위기는 점차 황폐해졌다. 아픈 사람들은 늘어나고 병의 원인을 모르니 고칠 방도도 없었다. 절망으로 가득한 시간들이었다. 그저 고통받지 않도록, 아픈 이들이 덜 고통받으며 남은 삶을 살아내기를 기도했다. 사람들의 얼굴에서는 점점 미소를 찾아보기 어려워졌다. 웃음소리가 넘치던 마을은 울음소리와 신음소리로 가득해졌고 시체들은 늘어져만 갔다. 병이 옮을 수도 있으니 제대로 된 장례를 치를 수도 없었다.

그렇게 섬은 슬픔으로 물들기 시작했다. 병이 완전히 종식되었음을 알려도 사람들은 웃음을 되찾지 못했다. 오히려 또 다른 병이 섬을 다시 덮칠까 봐 두려워 더 슬픔에 물들었다. 한 번 물든 슬픔은 쉽사리 섬을 떠나지 않았다. 사람들은 다음 차례는 자신, 혹은 자신의 가족들이 되지는 않을까 슬퍼했다. 슬픔은 그렇게 사람들의 마음을 이곳저곳 옮겨 타며 섬에 뿌리내리기 시작했다. 그렇게 완전히 뿌리를 내린 지 얼마 지나지 않아, 섬은 슬픔에 완벽하게 지배당했다. 우중충한 분위기, 웃지 않는 사람들, 슬픔은 아늑한 둥지를 만들어 사람들이 벗어나지 못하도록 만들었다. 그 속은 안락한 공간 같아서, 사람들은 웃음을 되찾을 의지를 잃어버렸다. 의지를 잃은 사람들의 결말은 더욱 슬픔 속으로 파고드는 것뿐이었다. 병으로 인한 죽음은 사람들의 의지를 바닥나게 할 만큼 무서운 것이었다. 하지만 슬픔 속은 아늑했던 만큼, 많은 사람들은 슬픔에 취해 슬픔을 핑계로 성실함까지 잊어버렸다. 모두가 그런 것은 아니었지만, 많은 이들이 슬픔 속에 숨어 자신이 할 일을 하지 않았다.

'그래서 섬에서 성실히 일하는 사람을 찾기 어려웠던 거군….'

앤슨의 말을 토대로 적어본 이야기는 비극적이었다. 나는 부디 이 비극적인 이야기가 오래 가지 않기를 바랄 뿐이었다. 앤슨은 이야기를 끝내고는 더욱 침울한 표정으로 바뀌었다. 뭔가를 생각하고 있는 것 같았지만 그것을 내게 이야기해 줄 것 같지는 않았다. 그 정도의 이야기를 해줄 정도로 나를 신뢰하고 있는 것 같지는 않아서, 나 또한 더는 캐묻지 않았다. 그가 정말 말해주고 싶을 때가 되면 말해주기를 기다렸다.

앤슨은 생각이 많아 보였다. 하지만 한편으로는 나는 그 생각들이 그가 슬픔에 대한 답을 찾아가는 것 같아서 싫지는 않았다. 어쨌든, 생각을 하다 보면 앤슨은 슬픈 이유를 찾을 수 있을 것이었다. 나는 섬 사람들이 슬픔보다 웃음을 더 찾기를 바랐다. 내가 모험을 해서일지도 모르지만 나는 모험을 하며 슬펐던 적도 있고, 우울했던 적도 있었지만 결국 그 끝에는 웃을 수 있었다. 결국 모험은 나를 웃게 만들었던 것이다. 나는 이 섬의 사람들이 아니어도 다른 이들이 웃음을 짓게 만드는 무언가를 찾으려고 노력하기를 바랐다. 그건 분명, 자신의 의지가 있다면 찾을 수 있는 것이었다. 내가 이런저런 생각을 하는 동안, 앤슨은 조금 더 생각할 시간이 필요한지 다음 만남을 약속했다. 나는 그 길로 머무르는 곳으로 돌아와 조금 휴식을 취했다. 나는 사실 잘 알 수 없었다. 지금껏 지나쳐 온 섬들에서 만났던 이들이 느끼던 감정을 말이다. 그리고 그건 모르는 게 정상이라고 생각했다. 나는 결국 그들이 아니니, 그들만큼은 모르는 것도 당연했다. 하지만 확실한 건 내가 그들을 모르는 것처럼 그들도 그들을 모른다는 것이다. 나는 외부인이니까 그들을 보다 더 객관적으로 볼 수 있었지만 섬 안에만 있는 사람들은 자신들의 모습을 객관적으로 보기 어려웠을 것이다. 그래서 더욱 감정에 전이가 쉬우며 빠져드는 게 더 쉬웠을 것 같았다. 나는 잠시 침대에 기대며 생각했다.

'사람들이 자신의 모습을 볼 수 있다면 자신의 상태를 파악하는 게 더 쉬울 텐데….'

하지만 별다른 방법은 생각나는 게 없었다. 나는 곧 그대로 잠에 들고 말았다.

1901년 6월 29일, 나는 계속해서 앤슨과 만남을 가져왔다. 앤슨은 여전히 슬퍼 보였고 그가 살짝 미소 지을 때라고는 틸리와 함께할 때뿐이었다. 앤슨은 무슨 생각을 하고 있을까. 나는 그의 생각이 궁금해져 갔다. 내가 그의 집을 찾아갈 때는 항상 복도 맨 끝 쪽 방은 굳게 닫혀 열릴 기미가 보이지 않았다. 나는 그 방 안에 무엇이 있을지도 궁금해졌다. 앤슨은 가끔 그 방 안으로 들어가는 것 같아 보였지만, 내가 그 방에 무엇이 있는지 알게 된 건 조금 더 시간이 지나서였다. 후에, 앤슨은 이런 생각을 했다고 내게 알려주었다. 나는 일지에 미리 그 생각을 옮겨 적으려 한다. 앤슨은 하나뿐인 가족인 여동생을 매번 생각했다고 한다. 앤슨의 부모는 나이도 많았을 뿐더러 지병을 앓고 있어서 이미 세상을 떠났다고 했다. 그의 여동생인 아넬리 아론에 대한 앤슨의 생각을 일부 옮겨 적는다.

'아넬리가 어서 기운을 차려야 할 텐데…. 아넬리는 원체 밝은 아이였다. 그 '일'이 있고 나서부터 조금씩 기운이 사라지긴 했지만 나는 분명히 아넬리가 다시 원래의 햇살 같은 미소를 보여줄 수 있을 것이라고 굳게 믿고 있다. 아넬리는 그 모험가와 같이 모험을 좋아했지. 어쩌다 이렇게 되어 버렸을까…. 이미 시간이 너무 흘러 버린 걸까. 다시 웃음을 되찾기에는. 아니다. 아넬리는 결코 그렇게 무너질 아이가 아니야. 나는 그 단단한 마음이 다시 일어서는 걸 보았지만, 그 모습을 또다시 보여줄 거라고는 확신할 수는 없다. 그 때 그가 세상을 떠나지만 않았더라면, 그러면 무언가 조금 달랐을까. 어째서 이렇게 과거는 후회로만 가득한 것이지? 후회 없는 날을 보내고 싶었지만 내 마음대로 되지는 않았다. 다 내 잘못인 걸까. 내가 그 아이의 웃음을 잃게 만든 걸까. 모든 건 결국 내 잘못이었던 것인가. 다시는 죽음을 눈앞에서 보고 싶지는 않다. 그 햇살 같던 웃음을 다시 볼 수 없다고 생각하면 마음이 저려온다. 아넬리의 아이들도 그걸 바라지는 않을 테지만, 아넬리가 과연 다시 웃을 수 있을까? 내가 조금만 더 빨랐더라면…! 그랬다면 모두가 지금 웃으면서 다 같이 저녁 식사를 함께할 수 있지 않았을까. 자꾸만 자책하는 마음이 드는 건 어쩔 수가 없다. 후회스럽구나, 지난 나날들이…'

앤슨은 이런 생각을 했다며 후에 내게 밝혔다.

1901년 7월 3일, 내가 앤슨의 집을 다시 찾자, 그는 서글픈 표정으로 눈물을 흘리고 있었다. 나는 어째서 앤슨이 울고 있는지 알 수 없어 일단은 그가 진정되기를 기다렸다. 한참을 눈물을 흘리던 앤슨은 조금 진정이 되었는지 나와 이야기를 하기 위해 말을 꺼냈다.

"키우던 고양이, 틸리가 죽었습니다. 더 살아가기에는 너무 나이를 먹은 모양입니다. 다시는 죽음을 눈앞에서 보고 싶지 않다고 생각했는데, 역시 인생은 뜻대로 되지만은 않군요…. 어째서 이런 일들이 닥치는 걸까요. 정말로 제가 두려운 건 제 여동생 아넬리가 틸리처럼 죽어갈까 봐, 그게 두렵습니다."

"여동생하고 사이가 좋은 편인가 봐요. 앤슨 씨가 틸리를 그렇게 아꼈는데, 그보다 더 아낀다면 아넬리 씨를 아주 사랑하나 봅니다."

"아넬리하고는 어렸을 적부터 유대가 깊었죠. 틸리도 제 곁을 떠나버렸는데, 아넬리마저 그런다면 저는 도대체 무엇을 위해 살아야 하는 걸까요? 제가 사랑하는 무언가는 모두 제 곁을 떠나는 것 같아요…."

앤슨은 내게 처음으로 가족에 대한 이야기를 구체적으로 말해주었다. 나는 그저 조용히 그의 이야기들을 들어주었다. 틸리의 죽음으로 인해 정신적 충격이 큰 것 같았다. 정신 없이 말을 하는 앤슨의 모습은 정말 불안정해 보였다. 앤슨은 그렇게 계속해서 이야기를 이어 나갔다.

"아넬리는 어렸을 적부터 저와 친밀했죠. 모험을 좋아하는 아이였습니다. 하지만 몸이 약해 모험가가 될 수는 없었죠. 아넬리는 잠시 좌절했어요. 몇 날 며칠을 모험을 하고 싶다고 울기도 했고 절망하기도 했죠. 하지만 결국 이겨내는 건 아넬리였습니다. 그런 좌절에도 불구하고 다시 일어설 용기를 내어 웃기 시작했죠. 그리고 남편을 만나 행복한 결혼 생활을 이어 나갔습니다. 그리고 불행은 어느 날 닥쳤죠. 바로, 병이 섬을 덮치기 시작했을 때부터요. 아넬리의 남편은 병에 걸렸습니다. 원인 모를 병은 순식간에 아넬리의 가족들을 갉아먹기 시작했어요. 다행히도 아이들은 병에 걸리지는 않았지만 남편은 얼마 지나지 않아서 세상을 떠났습니다. 그때부터였죠. 아넬리가 마음의 문을 닫기 시작한 것은. 웃지 않기 시작했습니다. 슬퍼하기 시작한 거예요! 아넬리는… 스스로 마음의 문을 닫았죠. 그리고 그렇게 만든 건 모두 제 탓입니다….”

나는 어째서 아넬리가 마음의 문을 닫은 게 앤슨의 탓이 되는지 알 수 없었기에 궁금해졌다. 물론 유대가 깊었기에 자책감이 들 수는 있었겠지만 앤슨의 경우는 정도가 심해 보였다. 나는 조심스레 앤슨에게 그 이유를 물어보았다.

“어째서 그게 앤슨 씨의 탓이 되는 거죠?”

앤슨은 잠시 망설였다. 내게 이야기를 할지 말지 고민하고 있는 것 같았다.

“혹시라도 제가 앤슨 씨를 더 비난할 거라는 생각은 하지 마세요. 저는 그저 이야기를 들어 드리려고 하는 겁니다.”

앤슨은 그제서야 무겁게 입을 열었다.

“사실… 그 당시 의사가 한 명 있었습니다. 어디 먼 다른 섬에서부터 온 의사라고 들었는데, 병의 원인까지는 모르더라도 어느 정도 치료는 가능한 것 같았습니다. 그래서 아넬리의 남편을 낫게 하기 위해서 그 의사를 만나려고 했죠. 하지만 이미 그 의사한테는 밀려 있는 환자가 너무 많았습니다. 저는 돈을 더 얹어주고서라도 의사에게 만나달라고 요청했지만, 그 의사는 돈 때문에 먼저 왔던 자신의 환자를 외면할 수는 없다며 제게 기다리라고 했습니다. 그 의사를 원망하는 건 아니지만…. 결국 시간이 지날 동안 아넬리의 남편은 세상을 떠났죠. 그 이후부터 아넬리는 마음의 문을 닫았고, 저는 마치 그 이유가 저 때문인 것 같아서 아넬리에게는 일부러 말을 건네지 않았습니다. 괜히 제가 말을 건넸다 아넬리가 더 상처받을까 봐…. 그리고 이제는 틸리마저 제 곁을 떠나버렸죠. 저는 두렵습니다. 아넬리가 정말로 영원히 마음의 문을 닫아버릴까 봐요. 아넬리는 마음이 죽어가고 있는 것 같습니다….”

나는 그제서야 앤슨이 슬퍼하는 상황이 이해가 되었다. 그리고 나는 아넬리가 앤슨을 원망하고 있을 것 같지는 않다는 생각이 들었다. 이건 결코 앤슨의 잘못은 아니었다. 앤슨이 슬퍼하는 이유는 이해가 갔지만 그건 앤슨이 계속 자책해도 괜찮다는 의미는 아니었다.

"앤슨 씨, 당신은 두려운 거군요? 아넬리 씨가 당신을 미워할까 봐 말이죠. 그로 인해 자책하며 슬퍼지는 거고요. 하지만 말이죠, 저는 앤슨 씨처럼 생각하지 않아요. 아넬리 씨가 정말로 앤슨 씨를 미워할 것 같습니까? 틸리가 세상을 떠났지만 여전히 당신 곁에는 사랑할 수 있는 존재가 남아 있어요. 그리고 꼭 사랑할 수 있는 존재가 있어야만 세상을 살아갈 수 있는 건 아닙니다."

나는 단호한 어투로 앤슨에게 당부했다. 그저 앤슨이 내 말을 이해해 주기를 기다렸다. 당장 이해가 가기를 바라는 건 아니었다. 하지만 내가 이 섬을 떠나기 전까지는 부디 앤슨이 알던 세상과는 다른 세상도 있다는 것을 알아주기를 바라는 마음이었다. 나는 앤슨이 혼자 생각할 수 있는 시간을 가질 수 있도록 가볍게 인사를 건넨 뒤, 그의 집을 나섰다.

"앤슨 씨는 조금 생각할 시간이 필요해 보이는군요. 다음에 다시 오겠습니다. 너무 슬퍼하지는 마세요."

신발의 낮은 굽 소리가 길가를 더욱 쓸쓸하게 만드는 것 같았다. 봄 날씨지만 섬은 너무도 황량했다. 마치 사막의 한가운데 있는 것처럼 건조한 듯 보이는 마을이었다. 앤슨은 아마 혼자서 많은 생각을 할 것이다. 그리고 그 생각이 앤슨을 바꿀 수 있을지는 모르는 것이었지만 아마 그는 스스로를 변화시킬 수 있을 것이다. 그렇게 나는 믿고 있었다. 다시 따스한 바람이 뺨을 스치는 게 느껴졌다.

죽음은 많은 것을 느끼게 만든다. 하지만 그렇다고 무작정 슬퍼해야만 하는 것은 아니었다. 분명, 떠나간 이에 대해서는 슬픔을 느낄 수 있겠지만 그게 내 일상을 무너뜨릴 수는 없는 것이었다. 죽음이 가진 의미는 다양했다. 그리고 결국 그 의미는 내가, 혹은 누군가가 부여하는 것이었다. 그런 의미에서 나는 아넬리가 무작정 앤슨을 싫어할 것 같지만은 않았다. 그렇게 생각하다 보니, 신발 굽 소리는 어느새 통통 튀는 것처럼 들리는 듯했다.

1901년 7월 6일, 화창한 봄날의 오후였다. 오늘은 앤슨의 집으로 향하지는 않았다. 앤슨은 틸리의 무덤을 만들기 위해 볕이 잘 드는 언덕에 가 있었다. 나는 그런 그를 만나기 위해 언덕으로 향했다. 역시 예상대로 그는 슬퍼하며 틸리의 묘 앞에서 앉아 있었다. 앤슨은 그 당시 무슨 생각을 하고 있었을까. 아마 여러 생각이 들었을 것이다. 나는 그의 곁에 조용히 가 옆자리에 앉았다. 앤슨은 나를 잠시 쳐다보더니 다시 틸리의 묘 위에 놓여진 비석을 보며 슬픈 눈을 했다. 나는 잠시 말없이 그의 옆에 있다가 조금 시간이 지나고 말을 꺼냈다.

"틸리도 앤슨 씨가 계속 슬퍼하는 것을 원하지는 않을 겁니다."

"하하, 그런가요. 그렇겠죠···. 틸리는 사람을 좋아했으니, 저는 더욱 좋아했을 겁니다. 그런 녀석이 이제는 세상에 없다고 생각하니 슬픈 마음이 드는 건 어쩔 수가 없군요."

앤슨은 그렇게 말하며 비석을 잠시 매만졌다. 나는 앤슨이 얼마나 틸리를 아꼈는지 알 수 있었다. 틸리는 아마 앤슨의 끝없는 사랑을 받으며 행복한 일생을 보냈을 것 같았다. 하지만 슬픔은 털어내야 했다. 언제까지고 슬퍼하는 건 결국 남겨진 이가 하는 것인데, 슬퍼하느라 남은 삶을 제대로 살아내지 못하는 건 또 다른 이야기였다. 죽음에 대한 추모로 슬퍼할 수는 있겠지만, 그게 영원해서는 안 됐다. 결국 남은 이는 자신의 생을 살아내야 했다. 하지만 슬픔으로 인해 아무것도 하지 못한다면 그것은 틸리도 바라는 건 아닐 거라고 나는 생각했다.

언제나 죽음 뒤에는 남겨진 사람들이 있다. 하지만 남은 이들에게는 남은 일생이 있고, 그건 결국 우리가 풀어나가야 하는 숙제 같은 것이었다. 죽음은 많은 걸 생각하게 만들지만, 그로 인해 내 일상이 무너져서는 안 된다는 생각을 했다. 지금 앤슨의 모습처럼, 슬픔에 취해 모든 것을 내려놓으면 결국 자신의 삶을 책임지지 않는다는 것이 되니까 말이다. 주어진 삶을 책임지는 것은 결국 자신의 몫이다. 그 안에는 죽음, 행복, 슬픔, 절망, 기쁨 등이 존재하겠지만 그 감정에만 지배되어 내 삶을 책임지지 못하는 건 먼저 세상을 떠난 이들도 바라지는 않았을 것이다. 결국 나는 죽음을 받아들이는 자세가 중요하다는 생각이 들었다. 어떠한 생각을 가지고 타인, 혹은 무언가의 죽음을 마주할 때 후에 따라오는 나 자신의 행동이 가장 중요하다는 생각이 들어서, 나는 한편으로는 앤슨이 안타깝기도 했다. 하지만 안타까운 건 안타까운 것이고, 결국 앤슨의 인생은 그가 만들어 가는 것이었다. 앤슨은 아렐과 호세, 카일라처럼 어리지 않았다. 그는 명백히 어른의 나이였고, 자신의 인생 정도는 책임지고 이끌어 나가야 하는 나이였다. 오히려 남은 생에 대한 대비를 하며 어떻게 남은 일생을 가치 있게 보낼 수 있는지에 대해 고민해야 하는 시간들만이 그에게 남아 있었다. 하지만 그런 아까운 시간을 죽음과 슬픔에만 치우쳐 보낸다면 이후에 그에게 남는 것은 그저 절망적인 감정들밖에 없을 것이다. 나는 슬픔에만 젖어 그런 생각을 하지 못하고 있는 앤슨이 안타까웠다. 하지만 주변에서 아무리 조언을 해도, 그러한 생각들을 결국 스스로 깨달아서, 몸소 느껴봐야 했다. 그래서 나는 앤슨이 자신에게 주어진 시간이 얼마나 귀한 것인지를 느껴봤으면 하는 마음이었다. 물론 죽음은 그 자체로 슬픔을 동반한다. 하지만 남겨진 이에게는 남은 삶이 있는 것이고, 그 삶에 슬픔이 조금 섞일 수는 있어도 내 삶 자체를 슬픔에 맡겨서는 안 되는 것이었다. 나는 그저 앤슨이 그런 생각을 빨리 깨달을 수 있기를 바랐다. 더 나아가, 앤슨 외에도 섬 사람들 모두 슬픔에만 치우쳐서는 안 된다는 것을 알았으면 하는 마음이었다.

그리고 앤슨은 아넬리가 무조건적으로 자신을 싫어할 것이라고 생각하며 모두 자신의 탓이라고 생각하는 경향이 강했다. 하지만 나는 그 부분에서 이런 생각이 들었다.

'그런 생각을 아넬리한테도 물었을까? 그리고 아넬리가 정말 그게 앤슨의 탓이라고 생각할까? 나는 그렇게 생각하지 않는다. 슬픔 섬의 사람들은 모두 슬퍼하는 것 외에도 한 가지 공통적인 특징을 가지고 있다. 그건 마음속으로 슬픔에 대한 이유 중 어떠한 것을 두려워한다는 것이다. 기본적으로 두려워하는 마음이 크기에 이들은 상대의 의견을 먼저 묻기보다 자신이 확정적인 생각을 가지며 나 자신의 탓으로 돌리는 게 먼저였을 것이다. 그렇기에 아넬리도, 앤슨도 누가 먼저 서로의 생각을 묻지 않았겠지. 더군다나 아넬리는 마음의 문까지 닫아버렸으니 더더욱 앤슨의 생각을 먼저 묻지 않았을 것이고. 앤슨은 자신의 탓이라는 생각이 강해 아넬리의 의견까지 물을 생각은 하지 못했을 것이다. 만약 이들이 처음부터 서로의 생각을 묻고 탓을 하지 않았더라면 현재의 결과는 달랐겠지. 그리고 이건 비단 앤슨과 아넬리만의 이야기는 아니다. 섬의 모두가 해당되는 이야기지. 나는 그런 점이 안타깝다는 생각이 든다. 섬 사람들이 슬픔과 두려움에 지배되지만 않았더라면 섬은 더 발전하고 귀한 시간을 이렇게 허비하지는 않았을 텐데…'

슬픔 섬은 다른 섬들에 비해 발전이 늦어진 편이었다. 나는 그 이유가 섬 사람들이 나태해진 것과 관련이 있을 것이라고 생각이 들었다. 슬픔과 두려움은 그렇게 섬을 갉아먹었다. 발전이 늦어진 건 결국 사람들의 두려움이 컸기 때문이었다. 어쩌면 이건 내 생각일 뿐이지만, 섬의 사람들은 변화가 두려웠을지도 몰랐다. 그 변화 속에서 달라지는 일상이 두려웠을 수도 있다는 생각이 들었다. 결국 병이 섬을 덮친 것도 변화 중 하나였을 뿐이었고, 그로 인한 수많은 사람들의 죽음에 사람들은 변화에 대한 두려움이 커졌을지도 모른다는 생각이 들었다. 하지만 두려워만 해서는 아무것도 바꿀 수 없었다. 결국 사람들은 성실함을 잃었고, 그것이 섬의 발전이 더딘 이유였다.

'참 비극적인 이야기로군.'

나는 생각했다. 앤슨은 여전히 슬픔에 잠긴 것 같았다. 나는 한숨을 작게 내쉬고는 말을 꺼냈다. 앤슨은 내가 한숨을 쉬는지도 모르는 모양이었다.

"앤슨 씨, 아넬리 씨와는 대화를 한 지 얼마나 지났습니까?"

앤슨은 의외라는 표정을 지었다. 아마 내가 아넬리에 대한 이야기를 꺼낼 것이라고는 생각하지 못한 듯했다. 앤슨은 몇 번 고민하더니 내게 답했다.

"조금 오래되었죠. 제가 말을 걸면 아넬리가 싫어할 것 같아서, 저도 말을 많이 걸지는 않았습니다. 몇 년 동안, 별다른 이야기들을 주고받지는 않았어요. 저는 그저 아넬리가 어서 마음을 회복할 수 있도록 식사를 잘 챙겨주고는 했습니다."

역시나였다. 이미 예상했던 대답이기에 나는 그에게 제안을 했다.

"근데 아넬리 씨가 직접적이든, 간접적이든 앤슨 씨를 싫어하는 티를 냈나요?"

"어…. 아뇨. 그렇지는 않은 것 같습니다만, 그냥 그럴 것 같아서…."

"그러면 아넬리 씨가 정말로 앤슨 씨를 좋아하지 않는지 알 수는 없는 거네요? 그렇다면 이제는 서로 마음을 터놓고 대화해 보는 건 어떻습니까? 언제까지고 아넬리 씨가 괜찮아지기를 바라며 기다릴 수는 없는 거죠. 더군다나 아넬리 씨의 아이들도 자신의 엄마가 계속 그런 상태이기를 바라지는 않을 테고요. 아넬리 씨가 앤슨 씨를 미워할 거라는 건, 그저 앤슨 씨의 생각이지 않습니까."

앤슨은 내 말을 듣고는 놀란 얼굴이었다. 한 번도 이렇게 생각해 보지는 않은 것 같았다. 그저 싫어할 것이라며 혼자 확정 짓고는 피했으니까 말이다.

"확실히… 그렇군요. 제 생각이라… 정말 그럴 수도 있겠다는 생각이 듭니다. 노아 씨가 말했듯, 저는 한 번도 아넬리의 의사를 묻지는 않았어요. 저는 그저 제가 의사를 부르지 못했으니 아넬리가 저를 싫어할 거라고, 당연히 그렇게 생각하고 있었어요."

"그러니까, 그건 결국 앤슨 씨만의 생각일 뿐이지 않나요? 앤슨 씨는 두려워서 피하고 있던 겁니다. 질책을 받을까 봐 두려웠던 거죠. 하지만 저는 아넬리 씨가 앤슨 씨를 미워할 거라고 생각하지 않아요. 비록 아넬리 씨가 죽음으로 인해 마음이 많이 아프다고 해도 앤슨 씨와 아넬리 씨는 워낙 친밀했지 않습니까. 분명 의사를 부르지 못했다고 해도 앤슨 씨를 탓하지는 않을 겁니다."

앤슨은 그런 내 말에 얼굴에는 화색이 돌았다. 처음으로 보는 앤슨의 진심이 섞인 밝은 표정이었다. 지금껏 앤슨은 밝은 표정일 때는 있었지만, 그건 진심이 섞인 표정은 아니었다. 만들어 낸 표정은 아무리 밝아도 진심인 얼굴과는 달랐다. 나는 앤슨의 진심을 보는 것 같아서 기분이 좋아졌다. 언덕 위로는 따스한 바람이 불어오고 있었다. 머리카락이 바람에 흩날렸지만, 그건 결코 싫은 기분은 아니어서 나는 그저 머리카락이 바람에 나부끼도록 그대로 놔두었다. 앤슨이 앞으로 어떻게 미래를 만들어 나갈지는 그에게 달린 것이었지만, 나는 최대한 좋은 결과가 나올 수 있도록 도울 생각이었다. 처음에는 가벼운 마음으로 그의 말동무가 된 것이었지만 이제는 정말 그가 괜찮아지기를 바랐다. 절망에 빠진 표정보다는 기쁘게 웃는 모습이 더 보기 좋으니 말이다. 그리고 부모님이 떠올랐기도 했다. 나를 사랑으로 보살펴 주신 부모님이 앤슨처럼 절망했다면 나 또한 슬펐을 것이다. 어쩌면 앤슨처럼 자책했을지도 몰랐다. 하지만 나의 부모님은 그렇지 않았고, 그렇기에 내가 남을 도울 수 있는 사람으로 자란 것 같았다. 누군가를 도울 수 있다는 건 결국 내가 그만큼 단단하다는 말이기도 하니까 말이다. 나는 쉽게 무너지는 사람은 아니었다. 그리고 그런 마음을 가지고 있다는 것은 내 정신이 건강하다는 말이고, 그렇기에 내가 헤이치 제도의 감정의 섬들을 모험하면서 짙은 감정들에 스며들지 않았다는 말이 되기도 했다. 물론 나는 외부인이니 더 객관적으로 바라보는 게 쉬웠을지도 몰랐다.

처음에는 돈이 많은 사업가인 앤슨을 보며 무엇 때문에 그렇게 슬퍼하는지 알 수 없었다. 하지만 사람에게는 저마다의 사정이 있는 것이었고, 나는 그 사정을 이해했다. 나 또한 마음이 더 단단해지고 싶었기에 남들을 도왔을지도 몰랐다. 모험은 결코 무른 마음으로 할 수 없었다. 모험을 하다 보면 위험한 상황이 닥치기도 하고, 나를 알던 사람들은 내 곁에 없으니 더 외로운 마음이 될 수도 있었다. 하지만 그렇게 앞으로 나아가다 보면 결국 나는 알 수 있었다. 모험은 위험하고 어떤 일이 일어날지 모르지만 그렇기에 나는 모험을 더 사랑한다는 것을 말이다. 매번 같은 일상이 반복되는 것보다는 내가 내 손으로 미래를 만들어 갈 수 있는 모험이 더욱 즐거웠고, 기쁘게 만들었다. 또한 이런 경험을 할 수 있다는 것도 내가 모험을 하는 중이었기에 가능한 것이었다.

 언덕으로부터 저물어 가는 태양이 보였다. 노을은 아주 눈부셨고, 또 짙었다. 노을을 바라보며 나와 앤슨은 각기 다른 생각을 했겠지만, 결국 우리가 바라는 지향점은 같을 것이다. 행복하고 싶은 마음, 그건 인간이라면 누구나 바랄 것이었다. 노을을 보니 감동이 내 마음속으로부터 스멀스멀 차올랐다. 나는 무심코 카일라와 했던 대화가 떠올라 나도 모르게 미소가 새어 나왔다. 붉은 태양이 마치 내게 잘하고 있다는 듯 따스한 햇살의 손길을 내미는 것 같아 나는 웃음이 지어졌다. 모험을 하다 보면 내가 올바른 길로 가고 있는 것이 맞는지 의문이 들 때가 있었다. 하지만 이런 노을을 보니 결코 내가 가는 길이 틀리지는 않을 것 같다는 생각이 들었다. 나는 잠시 눈을 감고 오늘 하루의 마지막 햇빛을 느꼈다. 눈을 감으니 마치 나는 배 위에 있는 것 같았고, 옆에서는 파도 소리가 들리는 것 같았다. 자연스레 웃음이 나오는 황홀경의 시간이었다. 앤슨도 아마 여러 생각을 하고 있었을 것이다. 그렇게 나와 앤슨은 잠시 말없이 언덕 위에 앉아서 시간을 보냈다. 틸리의 무덤 위의 비석도 저물어 가는 햇살을 받으며 하루를 마무리했다. 어느새 노을은 모두 눈을 감았고 청량한 달이 모습을 내비쳤다. 그리고 나와 앤슨은 가벼운 얼굴로 인사를 나누고 각자의 갈 길로 가며 헤어졌다.

1901년 7월 7일, 앤슨의 집에 다시 가니 앤슨은 하루 동안 많은 생각을 한 얼굴이었다. 어쩌면 어떤 고민을 가지고 몇 날 며칠을 고민할 때보다 단 하루의 고민이 더 효과적일 때도 있다. 지금이 바로 그런 경우인 것 같았다. 앤슨은 전보다 더 밝은 표정이었다. 아직 완전히 슬픔이 가시지는 않은 것 같았지만, 그는 내 이야기에 희망을 걸은 것 같았다. 나는 그 희망이 아주 가느다란 것이어도 상관없었다. 희망이 생겼다는 것 자체로 좋은 소식이었기 때문이었다. 앤슨은 나와 함께 마실 차를 내왔다. 맑은 허브차가 정신까지 환기되게 만들어 주는 것 같았다. 잠시 음미하며 차를 마시던 중, 앤슨이 먼저 내게 말을 꺼냈다.

"노아 씨, 하루 동안 많은 고민을 해보았습니다. 노아 씨가 해준 말들이 인상 깊더군요. 어떻게 아넬리의 의견을 물을 생각을 하지 못했을까요? 제가 먼저 손길을 건넸더라면, 지금의 결과가 조금은 달랐을까요. 후회스럽지만, 노아 씨의 말대로 계속 후회만 할 수는 없겠죠. 후회되는 만큼, 앞으로 후회하지 않은 나날을 만들어 가려고 합니다."

꽤나 자신 있게 이야기하는 앤슨에 나는 미소가 지어졌다. 하지만 두려움이라는 게 그렇게 쉽사리 물러나는 감정이 아니라는 것을 나는 알았다. 아마 앤슨은 덤덤하게 말하고 있지만 한편으로는 계속해서 두려운 감정이 스멀거리며 피어오르고 있었을 것이다. 나는 그런 앤슨이 애써 괜찮아하는 것 같아서, 그의 말이 정말로 현실이 되기를 바랐다.

"앤슨 씨, 두려운 건 두렵다고 말해도 됩니다. 감정만큼 자신을 솔직하게 만드는 게 또 어디 있겠습니까. 정말 괜찮은 것 같아도 두려움과 슬픔 같은 감정들은 결코 단시간에 사라지는 감정이 아닙니다. 지금도 많이 노력하고 있는 것 같아 보여요. 하지만 극복은 해내 가는 게 좋겠죠, 아무래도. 영원히 그런 상태로 살 것은 아니니까 말이에요."

앤슨은 내 말에 동의하는 듯이 고개를 살짝 끄덕였다.

"아마 저는 죽음을 두려워하고 있었던 것 같습니다. 노아 씨의 말을 듣고, 곰곰이 생각하다 보니 제가 근본적으로 두려워하는 것은 바로 죽음인 것 같다는 생각이 들더군요."

"그 죽음이란 건 마음도 포함되는 것이죠?"

앤슨은 답 없이 조용히 고개를 끄덕거렸다.

"어쩌면 몸이 죽어갈 때의 고통이 마음이 죽어갈 때의 고통과 비례하지 않을까, 하는 생각이 듭니다. 마음의 고통도 결코 좌시할 수는 없는 것이죠. 그렇게 생각하다 보면 결국 몸과 마음은 어떠한 길을 통해 이어져 있다는 생각이 들었습니다. 마음이 지치면 몸도 지치는 것처럼 말이죠."

"생각해 보니 그런 것 같습니다. 노아 씨는 평상시에 생각을 많이 하는 편인 것 같군요. 저도 이 나이가 되어서 깨닫는 것을, 노아 씨는 이미 알고 있으니 말이에요. 한편으로는 부럽다는 생각도 드는 것 같습니다. 저도 그 나이 때 조금 더 성숙했더라면 병이 섬을 덮칠 때도 혼란스러운 시간을 덜 보내지 않았을까요?"

나는 앤슨이 생각보다 많은 것을 느낀 것 같아서 조금 놀라웠다. 역시 세월을 헛되이 흘려보낸 것 같지는 않았다. 나이를 먹다 보면 알고 싶지 않아도, 결국 알게 되는 것들이 있기 때문이었다. 그리고 앤슨의 나이는 노후를 준비하는 나이였다. 그도 자신의 삶을 살아가면서 모르고 싶었던 것들을 알게 되는 순간들이, 어쩌면 나보다 더 많았을 수도 있고, 적었을 수도 있었다. 하지만 그것의 양을 떠나서 알게 된다는 것 자체만으로도 충분히 의미가 있는 것이라고 생각이 들었다.

"그때로 돌아가고 싶어도 돌아가지 못한다면, 그런 생각은 불필요하게 감정을 소모하는 것일 뿐이에요. 제가 본 앤슨 씨는 자꾸 과거로 헤엄쳐 가는 것 같아 보입니다. 미래라는 파도를 또 망쳐 버릴까 봐 말이죠. 하지만 그 파도를 겁내서는 아무것도 이뤄낼 수 없잖습니까? 과거를 향해 가는 건 그만큼 과거에 좋은 기억들이 많았다는 의미도 있지만, 과거만 바라봐서는 미래를 살아갈 수 없죠. 제가 굳이 말을 하지 않아도 앤슨 씨도 알고 있지 않습니까? 어차피 제가 인생을 살아오며 느낀 것들을 앤슨 씨도 느껴봤을 테니까요. 그게 모든 건 아닐지라도, 공통된 부분은 있겠죠. 그렇지 않나요?"

"그렇군요…. 과거를 향해 헤엄친다라…. 노아 씨의 말을 듣고 나니 저는 참 겁쟁이 같다는 생각이 드는군요, 하하."

앤슨은 억지웃음을 지으며 말했다. 나는 그가 굳이 웃음을 만들 필요까지는 없을 것 같다고 생각했지만 자신에 대해 무언가를 알게 된다는 건 나쁜 건 아니었으니, 그저 그렇게 말하도록 놔뒀다.

"앤슨 씨는 그러니까 누군가, 혹은 무언가가 죽어가는 것을 또 보기 싫은 것 같아요. 하지만 앤슨 씨도 알다시피 우리는 살면서 죽음이라는 것을 절대 피해 갈 수는 없다는 걸 알고 있지 않습니까."

"그렇죠. 그래서 이미 죽은 틸리는 편안하게 보내주기로 마음을 먹었습니다. 저는 그저 아넬리가 더는 괴로워하지 않기를 바라고 있을 뿐입니다."

결국 방법은 하나밖에 남지 않은 상태였다.

"앤슨 씨, 두려워도 아넬리 씨와 진심인 상태로 대화를 해보세요. 저는 지금 상황을 해결하기 위해서는 서로가 진심인 상태로 대화를 통해 쌓인 오해를 풀어나가는 게 가장 중요하다는 생각이 듭니다."

앤슨도 그렇게 생각을 하고 있었는지 조금 생각을 하다가 무겁게 입을 뗐다.

"역시 그렇겠죠? 아넬리와 대화를 해봐야겠습니다."

"좋은 생각이에요. 결국 사람은 표현하지 않으면 오해가 쌓이는 법이니까요."

그렇게 대화를 마친 나는 조금 쉬기 위해 머무르는 여관으로 돌아왔다. 유달리 슬픔 섬은 나를 지치게 만드는 기분이었다. 어쩌면 감정의 섬들을 계속해서 지나쳐 와서 그럴지도 몰랐지만, 유난히 피곤함이 느껴지는 슬픔 섬의 밤이었다. 그나마 날씨가 화창하고 따스해서 기분이 유지된 것 같다는 생각도 들었다. 아마 날씨마저 우중충했더라면 나는 정말로 슬픔 섬에 이입해 버렸을지도 몰랐다. 나는 공감은 잘하는 편이었지만, 이입은 그닥 잘하지 못하는 편이었다. 그래서 내가 감정의 섬들에서 감정들에 영향을 별로 받지 않은 것 같았다. 섬 사람들의 감정은 마음에 와닿긴 했지만 결국 그건 나와는 별개의 이야기였다. 나는 '구분'을 잘할 줄 알았기에 감정의 섬들을 모험하면서도 정신이 지나치게 피로하다는 느낌을 받지는 못했다. 아마 타인이나 환경의 영향을 많이 받는 사람이 감정의 섬들을 경험했다면, 그대로 동화되어 섬이 가진 특징적인 감정에 휩쓸렸을 수도 있었다. 그렇게 생각을 하니, 한편으로는 감정의 섬들이 마냥 즐겁게 모험할 곳으로 보이지는 않게 되었다. 그리고 그러한 생각에 나도 감정의 섬들을 다니며 조금 변화한 느낌을 받았다. 아예 헤이치 제도를 경험하지 않았을 때와, 그 이후의 내 모습과 생각을 비교해 보면 이전과는 달라진 것 같았다.

'나도 성숙해져 가고 있다는 의미겠지.'

그렇게 생각한 나는 마음이 한층 더 단단해진 것이 느껴지는 듯했다. 고요한 밤에 조용히 눈을 감고 가슴속, 내가 생각하는 마음의 공간을 떠올리다 보면 차츰 그 모습이 보이는 것 같은 느낌도 들었다. 그리고 나는 그 공간이 헤이치 제도를 경험하기 전과는 사뭇 다른 모습임을 느낄 수 있었다. 그리고 그런 느낌은 내가 성숙해져 가고 있다는 것 같아서, 내심 기분도 좋아졌다. 그렇게 시간을 보내며 휴식을 취하니 피로감도 조금 풀리는 듯했다.

1901년 7월 10일, 앤슨의 집을 찾아가니, 어떤 여성도 같이 내게 인사를 건넸다. 나는 단번에 그 여성이 아넬리임을 알 수 있었다. 외모도 앤슨과 꽤나 닮아 있어, 그들이 남매인 것을 못 알아채기는 어려웠다. 아넬리는 내가 생각한 것보다 밝은 얼굴이었고, 내게 인사를 건네는 말투도 상냥하다고 느껴졌다.

　"당신이 노아 씨군요. 반가워요. 아넬리 아론이에요. 저희 오라버니가 말하기를, 자신이 변화할 수 있도록 용기를 준 사람은 노아 씨라고 하더군요. 덕분에 우리 사이의 오해가 풀렸어요. 저도 굉장히 고맙게 생각하고 있어요."

　아넬리는 꽤나 차분한 성격인 것 같아 보였다. 아니면, 내게는 그저 차분한 모습만을 보여주는 것일 수도 있었다. 아직까지는 아넬리가 어떤 인물인지 확실히는 알 수 없었다. 하지만 앤슨의 말한 이야기 속의 아넬리와는 다른 모습이라는 것은 알 수 있었다. 아넬리의 아이들도 그녀가 기운을 되찾으니 기뻐하는 모습을 보였다. 나는 앤슨과 다시 대화를 나누기 위해 그의 방으로 향했다.

　"앤슨 씨, 대화가 잘 풀렸나 보군요."

　내가 미소를 지으며 말했다.

　"모두 노아 씨 덕분입니다. 노아 씨가 제게 말해주지 않았다면, 저는 아넬리의 의견을 물을 생각을 하지 못했을 겁니다. 아넬리와는 많은 대화를 나눌 수 있었어요."

　앤슨이 턱을 매만지며 답했다. 그런 그의 표정은 여러 감정이 섞여 있는 것 같았다. 이제 슬픔을 그의 얼굴에서 찾아보기는 어려울 것 같았다.

"아넬리 씨가 앤슨 씨에 대해 어떻게 생각하고 있던가요?"

"생각보다 저를 미워하고 있지 않아서 놀랐습니다. 그저, 남편이 죽은 일로 슬퍼하는 마음이 큰 것 같았습니다. 제가 그랬죠. 의사를 부르지 못해서, 내가 밉지는 않느냐고. 그런데, 아넬리는 고개를 젓더군요. 저는 그 부분에서 충격을 받았습니다. 지금껏 저를 당연히 미워할 거라고 생각해 일부러 말을 덜 걸고, 피해 주었는데 사실은 그게 아니랍니다. 그래서 저는 너무 미안했습니다…. 지금껏 오해를 하느라 슬퍼하는 아넬리를 방치한 것 같아서…! 아넬리는 그런 제 손을 따스하게 잡아주더군요. 그 온기가 너무 따뜻해서, 다시는 놓지 말아야겠다고 다짐했습니다. 이제는 아넬리가 슬퍼해도 무슨 일이냐고 물어볼 수도 있을 것 같습니다. 물론, 아넬리가 더 이상 슬프지 않도록 하는 게 중요하겠지만요. 그리고 그건, 저도 포함하는 말입니다. 저도 이제 슬픔을 내려놓으려고 합니다. 아이들과 아넬리랑 함께 지낼 앞날을 그려야 하는데 계속 슬퍼해서도 안 되는 것이겠죠. 슬픔에 붙잡혀 사는 건 이제 그만해도 될 것 같네요."

앤슨은 생각보다 큰 다짐을 한 것 같았다. 나는 그런 앤슨을 보며 한편으로는 대단하다고 생각했다. 사실, 아넬리와 대화를 할 수 있도록 한 건 물론 내가 말을 해준 탓도 있지만, 직접적인 용기를 낸 건 앤슨이었다. 그가 용기를 내지 않았다면 아무것도 바뀌지 않았을 것이다. 그렇지만 앤슨은 크나큰 용기를 냈고, 결국 자신의 과제를 풀어냈다. 또한 동생과 동생의 자식들을 위해 슬픔을 내려놓는다는 게 그에게는 얼마나 큰일인지 나는 이해가 갔다. 슬픔 섬에서 슬픔을 배제하고 살아간다는 게 쉬운 일이 아니라는 것을 나는 알았다. 그런 부분에서 나는 그가 대단하다고 생각이 들었다. 나는 문득 그런 생각이 들었다.

'만약 내가 슬픔 섬에서 살았다면, 이렇게 바뀔 수 있었을까?'

그 물음의 정답은 떠오르지 않았다. 내가 슬픔 섬에서 살아본 적이 없기도 했지만, 과연 내가 앤슨만큼 용기를 낼 수 있었을지도 잘 모르는 부분이었다. 그러면서 나는 앤슨이 참 마음이 따뜻한 사람이라고 생각했다.

'오해를 잘 푼 것도 다행이지만, 두 사람 다 마음이 따뜻한 사람들인 것 같군….'

아넬리에게 미안했다는 앤슨의 말에 그가 얼마나 그녀를 생각하는지 알 수 있었다. 어찌 됐든, 두 사람 간의 오해는 서로 표현을 하지 않아서 생긴 것이었다. 그저, 상대가 이렇게 생각하겠거니, 하며 상대의 말을 들어보지 않은 채 자신의 생각대로 확신을 정해버린 게 문제였다. 앤슨은 어쩌면 누군가가 자신의 옆에서 또 죽어가는 것이 두려웠을 것이다. 그게 몸이든, 마음이든 말이다. 하지만 나는 알 수 있었다. 앤슨이 의사를 부르지 못했다 하더라도 결코 아넬리 남편의 죽음이 앤슨의 탓은 아니라는 것을 말이다. 앤슨은 자신의 위치에서 최선을 다했다. 최선의 노력을 했음에도 불구하고 일이 잘 되지 않았으면 그건 어쩔 수 없는 것이었다. 하지만 아넬리와 앤슨은 모두 어쩔 수 없는 일에 대한 받아들임이 부족했다. 하지만 그건 슬픔 섬의 특성 때문일 수도 있었다. 때로는, 내가 모든 행동을 했음에도 어쩔 수 없는 일이 생긴다면 그저 놓아줄 줄도 알아야 했다. 이미 지나가 버린 일에 대해서 어쩔 수 없음에도 계속해서 붙잡고 있는다면 결국 괴롭게 되는 건 바로 자신일 뿐이었다.

"앤슨 씨, 슬픔 섬의 사람들은 어쩔 수 없는 일에 대해 그저 받아들일 수 있는 능력이 많이 부족한 것 같더군요. 저는 그게 어쩌면 이 섬의 중요한 특징 중 하나일 것이라고 생각이 들었습니다. 이 섬의 모두는 슬퍼했고, 또 지금도 마찬가지이니까요. 하지만 때로는 후회가 가득하다고 해도 최선을 다했는데 내가 어쩔 수 없는 일이라면 그저 놓아버리는 것도 하나의 방법입니다. 그건 앤슨 씨만 해당하는 것이 아니라 아넬리 씨뿐만 아니라 이 섬의 모두들에게 해당하는 말이죠. 후회와 미련이 가득해도 그걸 계속 붙잡고 있는다면 결국 힘이 들고 괴로워지는 건 본인일 뿐이니까요. 물론 쉽게 하는 말은 아닙니다. 저도 이 섬에 도착하고 나서, 계속해서 드는 생각이 있었죠. 만약 제가 이 섬에서 계속해서 살았었다면, 과연 제가 앤슨 씨처럼 용기를 내어 바뀔 수 있을지는 모르겠더군요. 앤슨 씨가 엄청난 용기를 낸 것은 알고 있습니다. 하지만 어디에 살던, 그 사는 곳의 환경이 어떻든, 어쩔 수 없는 것에는 그저 놓아주는 것도 괜찮은 방법이라고 생각이 듭니다. 사실, 이미 세상을 떠난 이를 다시 살릴 수는 없는 노릇 아닙니까? 그렇다면 그 사람과의 기억들은 추억으로 간직하며 편안하게 잠들 수 있도록 보내주는 것이 좋죠. 떠나간 이들도 남은 이들이 자신들 때문에 슬퍼하며 괴로워하는 것을 원하지는 않을 겁니다. 어쨌거나, 남은 이들에게는 남은 삶이 있지 않습니까. 남은 삶을 계속해서 살아가야 하는 것은 결국 살아있는 이들인데, 이미 존재하지 않는 사람들을 떠올리느라 괴로

위한다면 그건 남은 이들에게나, 떠나간 이들에게나 좋지 않다고 생각을 했습니다. 저는 앤슨 씨와 대화를 나눴던 날들 동안, 아넬리 씨가 이러한 것을 어서 알았으면 하고 바랄 뿐이었죠."

"남은 이들에게는 남은 삶…. 그렇죠. 노아 씨의 말마따나 결국 현재를 살아가는 건 살아있는 사람들이지, 죽은 사람들은 아니죠. 아넬리는 어쩌면, 지난날들을 남편과의 추억 속에서 살아갔던 건 아닌가 싶습니다. 기억이라는 게 정리하고 싶다고 해도 그렇게 빨리 정리되는 건 아니니까요. 하지만 아넬리는 더욱 괜찮아질 겁니다. 그 옆에서 저도 도울 것이고요. 지난 기억들을 추억으로 간직할 수 있도록, 괴로운 기억들은 차츰 옅어질 수 있도록 제가 도울 겁니다. 그리고 아넬리는 책임져야 할 게 있지 않습니까. 어쨌든 남겨진 아이들은 그저 자신의 하나뿐인 부모만 보고 살 텐데, 그 아이들을 위해서라도 아넬리는 괜찮아질 겁니다. 그녀는 책임감이 없는 사람은 아니니까요. 사실 서로의 오해가 쌓이는 동안, 그저 흘러간 세월이 아깝다면 아까울 수는 있겠지만, 사람과의 관계는 돈을 버는 것과는 또 다르지 않습니까. 저는 돈을 버는 데서는 훌륭했을지는 몰라도, 사람과의 관계에서 배움을 얻는 것은 부족했던 것 같습니다. 계속 말했듯이, 노아 씨가 제게 용기를 주지 않았더라면, 저는 계속해서 슬픔에 잠식되어 살았겠죠."

앤슨이 조금은 씁쓸한 얼굴이 되어 말했다.

"제가 용기를 준 건 사실이지만, 그 용기를 활용할 수 있었던 건 앤슨 씨의 능력입니다. 그리고 자신의 부족한 점을 깨달을 수 있다는 것도 아주 중요한 능력이죠. 대부분의 사람들은 자신의 단점을 알아도 쉽게 고치지 못합니다. 때로는, 자신의 단점조차 보지 못하는 이들도 있죠. 단점을 인정해 버리면, 지난날들을 떠올릴 때 괴로워지니까요. 하지만 그걸 극복하고 나아가는 사람만이 자신의 장점들을 더욱 부각시킬 수 있다고, 저는 생각합니다. 저 또한 단점이 있습니다. 세상에 완벽하고 장점만 있는 사람이 어디 있겠습니까? 그래도 자신의 단점을 인정하고 미래를 볼 줄 아는 사람이라면 그 사람의 장점은 더 빛날 겁니다. 세상에 자신을 객관적으로 바라볼 수 있는 사람은 많지 않습니다. 제가 지나온 섬들의 사람들은 그런 것이 더욱 안 됐었죠. 섬의 환경에 이미 깊게 빠져들어 버렸기 때문이었죠. 하지만 결국 벗어날 수 있는 사람은 벗어났습니다. 모든 사람들이 바뀔 수는 없어도, 바뀌고자 하는 의지가 있는 사람은 그것이 먼 미래의 일이라도, 결국 바뀔 수 있습니다. 사실상 의지가 가장 중요하다고 봅니다. 앤슨 씨도 아넬리 씨가 더 나아졌으면 하는 바람과 관계를 개선하고자 하는 의지가 강해서 이렇게 바뀔 수 있지 않았습니까. 자신을 객관적으로 바라볼 수 있다는 건 큰 힘이자, 더 나아질 수 있는 능력입니다. 앤슨 씨는 제가 아니었어도, 무언가 앤슨 씨의 능력을 촉발시킬 수 있는 작은 계기가 주어졌다면 충분히 바뀔 수 있었을 겁니다."

　나는 빙긋이 웃으며 앤슨에게 답했다. 앤슨은 다소 자신을 과소평가하는 경향이 있었다. 하지만 나는 정말로 앤슨의 능력은 대단하다고 생각했다. 자신의 단점을 인정할 수 있는 사람은 많지 않았기 때문이었다. 단점을 인정해 버리면 과거에서 자신이 한 일에 대해 부정적인 감정이 생겨버릴 수밖에 없기 때문에 대부분의 사람들은 자신의 단점을 잘 알지 못하고, 또 알아도 인정하고자 하는 의지가 잘 생기지 못한다. 그렇기에 나는 앤슨이 정말로 대단해 보였다. 어쩌면, 그건 감정의 섬들에서 사람들에게 감정을 알려준 나조차 잘하지 못하는 것일 수도 있었다. 나는 이제 슬픔의 섬을 떠나도 되겠다는 생각이 들었다. 더는 내가 도와줄 것이 없었기 때문이었다. 슬픔의 섬을 구경하는 것도 충분히 했고, 일지도 적당히 채웠다는 생각이 들어서 나는 곧 출항 준비를 해야겠다고 생각했다. 앤슨 덕에 슬픔의 섬 부분 일지는 잘 적어 나갈 수 있었다. 나는 어서 다음 섬이 궁금해지기 시작했다. 또 어떤 감정들이 얽힌 섬이 나를 흥미롭게 해줄지 궁금해졌다. 대화를 마친 나와 앤슨은 아넬리와 그녀의 아이들과 조금 더 시간을 보냈다. 그리고 나는 다시 여관으로 돌아왔다. 벌써 꽤나 빽빽해진 일지는 나를 뿌듯하게 만들었다. 나의 모험기가 결코 헛되지는 않은 것 같아서, 보람찼다. 나는 오랜만에 별다른 피곤함을 느끼지 않은 채 잠에 들었다.

 1901년 7월 15일, 나는 그동안 앤슨의 집을 방문하면서 그들과 편안한 시간을 보내며 휴식을 취했다. 그리고 출항 준비를 할 것이라고 알렸다. 그들은 못내 섭섭해하며 내가 조금 더 머물기를 바랐지만, 나는 아직 해야 할 모험이 많이 남아 있었다. 이별의 아쉬움은 어쩔 수 없는 것이지만 나는 그들이 나에 대한 기억을 좋은 추억으로 간직할 것이라고 믿었다.

 "벌써 가시는 거군요…."

 아넬리가 조금은 아쉬운 얼굴이 되어 말했다. 앤슨도 꽤나 섭섭한 모양이었다.

"조금 더 머물다 가도 됐을 텐데요."

"제게는 아직 많은 모험이 남아 있으니까요. 일지도 더 채워야 하고요."

나는 너털거리게 웃으며 답했다.

"노아 씨, 벌써 가는 거예요? 아쉽네요…."

"그러니까요. 저희랑 이렇게 즐겁게 시간을 보내준 건 노아 씨가 처음이에요."

아넬리의 아이들도 아쉬운 얼굴로 붙잡듯이 말했다. 나도 아쉽지 않았다면 그건 거짓이었다. 나 또한 이별의 미련은 많이 남지만, 앞으로의 모험이 나를 얼마나 성장하게 하고, 즐겁게 할지 알기 때문에 모험을 미룰 수는 없었다.

정박해 둔 배가 바닷물에 넘실거렸다. 한낮의 슬픔 섬은 따스했고, 바닷바람은 온기 있게 불어왔다. 짠 내음은 콧속에서 맴돌았고, 파도 소리는 청량하게 귓가에 흘러 들어왔다. 나는 이런 경치가 너무나도 좋았다. 모험을 시작할 때의 설렘, 기쁨, 즐거움. 나를 두근거리게 만들지 않을 수 없었다. 나는 배에 탑승하려 했고, 그런 내게 앤슨이 다가와서 말했다.

"노아 씨, 이걸 받으시죠."

"이게 뭔가요?"

주머니에 조금 묵직한 무언가가 들어있어, 나는 궁금증이 들어 물었다.

"이 섬의 화폐입니다. 슬픔 섬을 떠나도, 저희를 기억해 주기를 바라며 드리는 거예요. 이 화폐를 볼 때마다, 저희를 추억해 주시기를 바랍니다."

"아, 당연히 그래야죠. 감사합니다. 저 또한 슬픔 섬에서의 기억을 잊지 못할 것 같습니다."

"하하, 저도요. 앞으로도, 아넬리와 즐거운 마음으로 살아가겠습니다. 남은 이들에게는 남은 삶이 있는 것이니까요."

앤슨이 그렇게 말하며 내 어깨를 툭툭거리고 털어주었다. 나는 잠시 가슴이 뭉클해져 잠시 수평선을 바라보았다. 그렇게 작별 인사를 나눈 뒤, 배는 출항을 시작했다. 나는 다시 모험을 시작했다. 이별의 아쉬움과 미련은 뒤로 하고, 미래를 그리며 앞으로 나아갔다. 나의 마음속 흰색의 종이에는 점차 인생이 담긴 지도가 그려지고 있었다. 그 지도의 길은 구불거리기도 하고 어딘가는 막힌 곳도 있었지만 착실하게 경로를 그려 나가는 걸 멈추지는 않았다. 감정의 섬들을 모험하는 것은 지도의 큰 부분을 차지했다. 감동적이었던 슬픔 섬의 모험기에 나는 마음이 몽글몽글해지는 것을 느꼈다. 나는 화폐가 든 주머니를 소중하게 들어 우울 섬에서 받았던 편지와 증오 섬에서 받은 압화 책갈피가 들어 있는 나무 상자 안에 집어넣었다. 소중한 것들은 내 마음속을 가득 차게 만드는 중이었다.

제5장

질투의 섬

    1901년 7월 23일, 나는 다음 섬을 향해 가고 있었다. 다음 섬은 마치 가을 날씨같이 선선할 것이라고 예상했다. 왜냐하면, 지금 배로 불어오는 바람이 추풍 같았기 때문이었다. 바다는 고요했다. 잔잔한 파도는 마치 내 마음 같아서, 요동치지 않는 이 고요함이 좋았다. 많은 섬을 다녀갔다는 게 새삼 느껴져서 나는 다시금 추억을 떠올릴 수 있었다. 파도 소리가 이제는 노랫소리같이 느껴졌다. 잔잔한 자장가를 부르는 듯해 나는 조금 나른해지는 걸 느낄 수 있었다. 네테론 섬에 도착하는 데 오래 걸릴 것 같지는 않았다. 곧, 섬에 도착할 수 있을 거라는 생각에 나는 가슴이 설렜다. 또 어떤 모험이 나를 두근거리게 만들어 줄지 기대가 되었다. 나는 지나쳐 온 섬들에서 만난 이들이 함께 있지 않아도 잘 지낼 수 있기를 바랐다. 짧은 시간들이었지만 정이 많이 든 것 같았다. 이별에서 오는 아쉬움은 언제나 뒤를 돌아보게 만들었다. 배를 타다가도 무언가 미련이 남아 뒤를 돌아보면 그들이 미소 짓는 것 같아서 나 또한 입꼬리가 올라갔다. 더 이상 같이 있지는 못해도 나는 분명 그들이 잘 지내리라 믿었다. 그런 확신이 들었다. 내게 보여준 미소들을 나는 끝내 잊지 못할 것이다. 그들의 진심이 담긴 미소는 잊을 수 없을 것이다. 만약 일지를 적지 않았더라도 감정의 섬들을 모험한 것은 평생 잊지 못할 것 같았다. 그만큼 헤이치 제도는 내게 많은 깨달음을 주었고, 많은 의미를 가지게 했다. 나는 그 의미들에 담긴 추억들을, 아마 남은 일생 동안 잊지 못하고 되새길 것 같았다.

 1901년 7월 29일, 나는 네테론 섬에 도착할 수 있었다. 이 섬은 무슨 감정의 섬일지 궁금한 마음에 섬 내부를 돌아보았다. 그 결과, 네테론 섬의 사람들은 매우 시기심과 질투심이 강하다는 것을 알 수 있었다. 나는 네테론 섬에 질투 섬이라는 이름을 새로이 붙여주었다. 그런데 섬에는 한 가지 놀라운 특징이 있었다. 그건 바로, 다른 섬들에 비해 굉장히 발전된 모습을 보여주고 있었다는 것이다. 섬 사람들은 굉장히 유식해 보였으며, 집집마다 있는 가구들이 만들어진 방식이나 교육 시설 등이 아주 발전해 있다는 것을 알 수 있었다. 가구들의 무늬는 굉장히 세련되었으며, 만든 방식 또한 정교했다. 그리고 가장 충격적이었던 것은-나쁜 의미로 충격적인 것은 아니다-아이들을 가르치는 교육 시설이었다! 교육 시설은 남녀노소 할 것 없이 모두에게 평등하게 교육을 받을 기회를 제공하고 있었다. 나는 이 섬이 무언가 굉장히 특이하다고 생각이 들었다. 여관의 방을 잡은 뒤, 나는 여관도 세련된 장식에 정교한 가구들로 이루어져 있다는 것을 알 수 있었다. 질투 섬은 내가 새로운 느낌을 받을 수 있게 만들었다. 나는 나머지 구경은 이후에 하기로 하고, 그 동안 쌓인 피로를 풀려고 조금 휴식을 취했다.

1901년 8월 1일, 꽤나 휴식을 취하니 몸이 개운해진 게 느껴졌다. 나는 양해를 구한 뒤, 학교를 구경할 수 있는 기회를 얻게 되었다. 학교에는 남자아이 비율이 더 높기는 했지만, 결코 여자아이들이 적지는 않았다. 그리고 섬이라는 것의 특성상, 대륙 같은 곳보다 발전이 뒤떨어지기 마련인데, 질투 섬은 전혀 그런 모습이 보이지 않았다. 나는 그런 질투 섬이 너무나 신기했고, 또 흥미로웠다. 학교에서는 생각보다 더 많은 것을 배우고 있었고, 체계적인 틀이 잡혀 있었다. 과목을 보니, 공장이나 생산직을 하고자 하는 아이들에게는 그것에 대한 맞춤 수업을, 세무적인 일이나 사무직을 하고자 하는 아이들에게는 그런 것에 맞는 수업을 가르치고 있었다. 예상보다 더 잘 잡혀져 있는 체계에 나는 감탄하지 않을 수 없었다! 그리고 나는 구경을 하던 중, 수업을 들으며 유난히 겉도는 소녀 한 명을 발견할 수 있었다. 그 소녀는 똑똑해 보였다. 그렇지만 식사를 하는 시간이나 쉬는 시간에 다른 또래 아이들과 어울리지 못하는 것 같았다. 나는 어째서 그 소녀가 다른 아이들과 똑같이 어울리지 못하는지 궁금해졌다. 무언가 불만족스러움이 가득해 보이는 표정인 소녀는 표정이 좋지 않았다.

　"안녕, 나는 오늘 학교를 구경하기로 한 모험가 노아 리바이라고 해. 넌 이름이 뭐니?"

　"저는 헤일 브레디예요. 무슨 일이세요?"

　"너는 왜 다른 아이들과 함께 어울리지 않니? 아, 그냥 궁금해서 물어보는 거야."

　헤일은 곧, 서글픈 얼굴이 되어 답했다. 그 표정에는 여러 감정이 섞여 있는 것 같아서, 나는 헤일이 스트레스가 많다는 것을 알 수 있었다.

"제가 껴도 제 말을 들어주지 않을 테니까요. 저를 무시하는 것 같아요. 왜냐하면, 제가 저 아이들만큼 똑똑하지 못하니까요!"

헤일은 생각보다 열등감이 높은 것 같았다. 더불어, 시기심과 질투심도 마음속에 가득 있는 것 같았다.

"실제로 저 아이들이 네 말을 들어주지 않았니?"

"아뇨…. 그런 건 아니지만 그럴 것 같아요. 그냥 저 아이들의 시선이 제게 닿을 때마다 저를 무시하는 것 같아서…."

헤일은 똑똑했지만, 다소 자신을 폄하하는 경향을 보였다. 나는 그 이유가 질투 섬의 특징 때문일 것이라고 생각했다. 그리고 헤일은 이미 열등감에 많이 잠식되어 있었다. 학교에서는 매달 시험을 치른다고 들었다. 하지만 헤일은 가장 상위권에 있는 아이들과 자신을 비교하면서 자신은 안 될 것이라는 패배감에 물들어 있었다. 또한 학교를 구경하면서 알게 된 사실들이 몇 가지 있었다. 섬이 발전해 있는 것은 사실이었지만 사람들의 이기심과 질투가 너무 강한 나머지 결코 서로를 존중하거나 배려하는 모습을 찾아볼 수 없다는 것이었다. 그건 비단 학교만의 모습은 아니었다. 섬 전체의 모습에서 그런 것들을 찾아볼 수 있었다. 사람들은 자신보다 더 머리가 좋아 보이는 사람을 질투했으며 겉으로는 사이가 괜찮은 것 같아 보여도 속으로는 다른 마음을 품고 있는 것 같았다. 이 섬에서는 친구라는 개념은 옅어져 있었다. 서로를 존중할 수 없으니 겉으로는 괜찮아 보여도 정말로 신뢰하고 가까운 사이인 사람들을 찾아볼 수 없다는 것을 알 수 있었다. 나는 이렇게까지 장점과 단점이 극단적으로 드러나는 감정의 섬은 처음 경험해서 굉장히 흥미롭다는 생각이 들었다. 헤일 또한 누군가 자신에게 말을 걸면 웃으면서 말을 하기는 했지만 정말로 친근해 보이지는 않았다. 이 섬의 모든 사람들은 서로를 경쟁자, 혹은 자신이 이겨야 하는 사람으로 생각하는 것 같았다. 나는 그런 헤일에게 가장 호기심이 생겼다. 질투 섬은 어른, 아이 할 것 없이 질투심에 가득 차 있었다. 나는 헤일이 어째서 그런 상태인지 알 것 같아 대화를 시도했다. 때는 수업을 하다가 잠시 쉬는 시간이었다.

"헤일, 너가 왜 그런 상태인지 아니?"

내 말을 들은 헤일은 잠시 인상을 찌푸렸다.

"노아마저 저를 놀릴 건가요? 그런 거라면 저는 이야기하고 싶지 않아요!"

"진정해 봐, 헤일. 지금 상태에서는 공부가 잘 되지 않을 거야. 그렇지 않니?"

"맞기는 해요…. 어째서인지는 잘 모르겠지만요."

나는 그런 헤일에 빙긋이 웃으며 다시 이야기를 시작했다.

"최적의 상태에서 공부를 하고 싶다면 학교 끝나고 잠시 나를 찾아오렴. 그러면 이야기해 줄게."

그렇게 말한 나는 잠시 학교 구경을 더 하다가 밖으로 나섰다. 헤일이 찾아올지 오지 않을지는 알 수 없었지만 나는 기묘한 확신이 들었다. 반드시, 헤일은 내 이야기를 들으러 올 것이라는 확신 말이다. 그날은 헤일이 학교에서 시험을 치르는 날이었다. 나는 헤일이 시험을 치르고 나를 찾아올 것이라는 생각이 들어, 그동안 잠시 밖을 더 둘러보았다. 그리고서 나는 조금 인상 깊은 광경을 볼 수 있었다. 나는 찻집에 앉아 있었는데, 연구원으로 보이는 두 사람이 대화를 하며 시간을 보내는 모습이 아주 기억에 남았다. 두 사람의 대화를 이 일지에 일부 옮겨 적는다.

"자네, 이런 체계는 공장을 더 세우고 생산직을 더 배치하는 게 맞네. 그래야 섬이 더욱 발전할 수 있지. 이 공장은 저번에 수익률이 지지부진했으니, 다음에는 저 공장을 더 많이 세우는 게 맞다고 본다네."

제도나 체계적인 섬의 틀에 대해 연구하는 사람들 같아 보였다. 낡은 지도를 펼쳐서 공장들에 대해 논의를 진행하는 두 사람은 꽤나 치열하게 서로의 주장을 내세웠다.

"아니죠. 공장을 더 세운다는 의견에는 동의합니다만… 무조건적으로 공장만 세우다 보면 노동력을 낭비하게 됩니다. 그 시간에 이미 있는 공장들에 대해 더 체계적인 틀을 세우는 게 맞다고 봅니다. 어쨌거나 노동을 하는 사람들에게는 임금을 줘야 하지 않습니까? 갑자기 너무 확장 공사를 하면 들어가는 임금이 너무 커집니다."

"자네, 왜 그러나? 지금 내 말에 토를 다는 건가?"

"토를 다는 게 아니라, 제 주장을 말하는 거죠. 저는 의견도 내밀지 못합니까?"

"자네의 의견은 형편없네. 내 말을 따르는 게 훨씬 낫지."

"형편없다니요! 그 의견은 폐기하는 게 맞다고 제가 몇 번을 말합니까. 제 말이 옳다는 걸 곧 알게 될 겁니다."

결국 입씨름으로 번진 두 사람의 논쟁은 결론 없이 끝이 났다. 나는 듣는 동안, 두 사람의 의견 모두 타당하다고 생각했지만, 그들은 그렇게 생각하지 않는 것 같았다. 나는 순간 무언가 번뜩하고 생각이 났다. 그건 깨달음이었다. 질투 섬의 사람들은 인정하는 걸 하지 못하는 것 같았다. 그게 자신에 대한 생각이든, 타인의 의견이든 그들은 모두 인정하는 것을 하지 못했다. 헤일도 자신이 머리가 좋다는 사실을 인정하지 못했고, 대화를 나누던 두 사람도 서로의 의견을 인정하지 못했다. 너무나 치열한 경쟁 탓에 그럴 것이라 생각이 들자, 나는 이제는 섬이 어떻게 그렇게 발전할 수 있었는지 알 수 있었다. 결국 말싸움을 하게 된 두 사람은 모두 얼굴이 화로 인해 붉어진 상태로 찻집을 나섰다. 질투 섬에서는 의견이 같은 사람끼리만 뭉쳤을 것이라는 생각이 들었다. 의견이 다르면 경쟁자로 취급해 받아들이지 못하고 무조건적으로 반대만 하니, 의견이 같은 사람들은 서로 뭉쳐서 다른 의견을 가진 사람들과 계속해서 경쟁하고 싸웠을 것이다. 그런 생각이 들자, 나는 너무 치열한 경쟁은 좋지 않다는 생각도 들었다. 서로를 인정하지 못하는 그 모습들이, 좋아 보이지는 않았다. 두 사람이 찻집을 나가고, 꽤나 시간이 흘렀다. 이제 학교도 끝날 시간이 된 것 같았다. 나는 헤일이 오기를 기다리고 있었다. 창밖으로는 점차 휑해지는 나뭇가지들이 보였다. 길가로는 색이 빠진 낙엽들이 굴러다녔다. 괜스레 쓸쓸해지는 느낌이었다. 나는 그런 느낌에 헤일도 이렇게 쓸쓸하겠거니, 하고 생각했다. 헤일뿐만 아니라, 이 섬의 사람들은 모두 고독해 보였다. 인정받지 못하니 그럴 수밖에 없었다. 자신보다 더 좋은 의견을 가진 사람이 나오면 자신의 주장은 묻혀 버리니 모두 외로울 수밖에.

'사람들이 서로에 대해 조금씩만 인정해도 이 섬은 감정적으로 풍요로워질 텐데. 섬이 발전해도 사람들은 그 자리에 머물러 있구나….'

나는 생각했다. 그리고 조금의 시간이 흐르자, 헤일이 찻집에 도착했다. 헤일의 얼굴은 망연자실해 보였다. 나는 어째서 헤일의 표정이 좋지 않은지 알 수 없었다. 하지만 무언가 좋지 않은 일이 있었다는 것은 알 수 있었다. 헤일은 터덜거리는 발걸음으로 내게 다가와 내가 앉은 자리의 앞자리에 앉았다.

"헤일, 왜 그렇게 표정이 좋지 않니?"

나는 헤일의 기분이 좋지 않은 이유가 궁금해 곧바로 물었다.

"시험을 잘 못 봤어요…. 저한테는 엄청 중요한 시험이었는데, 성적이 안 좋을 것 같아서… 너무 속상해요."

"그렇구나. 그 시험이 네게는 큰 의미가 있었나 보다. 헤일, 왜 그렇게 다른 아이들을 이기고 싶어 하니? 사실 네 성적도 좋은 편 같은데. 그들을 꼭 이겨야만 하는 이유가 있니?"

나는 근본적인 이유를 헤일에게 물었다. 헤일은 조금 고민하더니 내게 그 이유를 답해주었다.

"이 섬에서는 멍청한 사람은 곧, 도태되게 되어 있어요. 조금이라도 더 많은 권력과 돈을 가지고 싶다면 머리가 좋아야 하죠. 자신이 가진 능력을 가장 돋보일 수 있는 사람이 이 섬에서는 잘 살 수 있어요. 머리가 좋지 않으면 공장으로 들어가 매일 기계같이 일을 하며 자신이 좋아하는 일 같은 건 할 수 없죠. 저는 그런 도태된 사람이 되고 싶지 않아요. 섬에서 잘 살고 싶은 마음이 커서 더 많은 돈도 벌고 싶은 마음이에요. 하지만 이대로 성적이 계속해서 오르지 않는다면 저는 이후에 다 커서 뭘 할 수 있을까요? 생각만 해도 끔찍해요. 그게, 제가 시험을 잘 봐야만 했던 이유예요."

나는 헤일의 말을 끝까지 듣고는 적잖이 충격을 받을 수밖에 없었다. 헤일은 욕심이 아주 많은 아이 같았다. 물론, 욕심이 많은 게 꼭 나쁜 것만은 아니었다. 뭐든지 갖고자 하는 욕심이 있어야 의지도 생기는 법이었다. 하지만 헤일은 꼭 나쁜 기억이 있는 사람처럼 머리가 좋아야 한다는 것에 집착이 있어 보였다. 그리고 헤일에게는 정말로 좋지 못한 기억이 있을 수도 있었다. 굳이 캐묻고 싶지는 않아 더 자세히 묻지는 않았지만, 헤일은 정말로 성적에 대한 갈망이 커 보였다.

"헤일, 그래서 넌 좋아하는 게 있니? 이를테면, 성인이 된 후에 하고 싶은 일 같은 것 말이야."

"있어요. 저는 교사가 되고 싶어요. 하지만 다른 사람을 가르치려면 그만큼 제가 아는 게 많아야 하는데, 과연 제가 할 수 있을까요?"

"충분히 가능하지. 넌 이미 성적이 좋지 않니? 더 노력한다면 반드시 될 수 있을 거야. 하지만 그 전에 네 마음을 비우는 연습부터 해야겠지."

헤일이 궁금하다는 표정으로 내게 물었다.

"무엇을 비워요?"

"지금 네 마음속에는 질투심과 시기심, 그리고 다른 사람들에 대한 생각으로 꽉 차 있어. 그리고 그런 걸 처리하지 않는다면 공부에 쏟아야 할 시간을 엉뚱한 데 쏟게 될 거야. 물론 다른 사람을 보며 배울 점을 알아내고 목표를 정한다면 그건 좋은 일이지. 하지만 네가 생각하고 있는 것들은 공부를 하는 데에 있어 썩 도움이 될 것 같지는 않아 보이는구나. 너는 지금 심리적으로 매우 긴장하고 있는 상태인 거야. 그 긴장감은 좋은 것도 있지만 좋지 않은 것도 있지. 내가 있던 고향에서는 그 말을 스트레스라고 불렀단다. 스트레스에 대해 더 알고 싶지 않니?"

내가 말을 끝내자, 헤일은 그런 말은 처음 들어봤다는 듯이 신기해했다. 그러면서 더 알고 싶다는 표정이 되어 얼굴에는 호기심이 가득해졌다. 헤일은 다시 내게 물었다.

"그 스트레스라는 걸 어떻게 풀어내나요? 그러니까, 제가 지금 스트레스라는 걸 많이 가지고 있다는 거죠?"

"그렇지. 넌 지금 극도의 스트레스를 받는 중인 거야. 하지만 스트레스라고 꼭 나쁜 것만 있는 건 아니란다. 좋은 스트레스들의 경우, 무언가를 하고자 하는 의지를 극대화시킬 수 있고, 또 어느 정도 사람을 고양된 상태로 만들지. 그러면 하던 일이 잘 되기도 하고 하는 데 큰 어려움을 느끼는 상태를 벗어나게 되는 거야. 하지만 나쁜 스트레스는 사람을 무척이나 갉아먹는단다."

"그러면 저는 나쁜 스트레스를 받고 있는 중인 거네요?"

헤일은 역시 이해가 빨랐다. 내가 하는 말을 단번에 이해하고는 자신의 상태를 파악하는 중이었다. 나는 그런 헤일이 기특해 보여서 웃음이 났다.

"너는 지금 시험을 망쳤다는 생각에 스트레스를 더 받고 있을 거야. 그리고 나쁜 스트레스들은 매우 결합력이 좋아서 한 번 생기기 시작하면 꼬리를 물고 계속해서 생겨나지. 그런 나쁜 스트레스들은 사람의 정신을 먹고 자란단다."

나는 잠시 말을 끊으며 머리를 손가락으로 톡톡 두드렸다.

"이 정신이라는 게 여러 생각도 있지만, 특히 여러 감정들이 있어서 스트레스들한테는 군침이 도는 먹거리인 거지. 사람의 감정을 먹고 자라기도 하거든. 감정은 한 번 폭발하면 잠재워지기까지 오래 걸려서 그동안은 나쁜 스트레스들이 신나게 감정을 먹고 또 다른 부정적인 감정을 만들어 내지. 그러면 부정적인 감정들은 더욱 몸집을 키워서 그 사람을 힘들게 한단다. 그래서 나쁜 스트레스들을 제때에 잘 해소해 주는 게 아주 중요해. 계속 가지고 있으면 몸 안에서 크기를 불려서 나중에는 감당하기 어려울 정도로 커지거든."

헤일은 내 이야기를 집중해서 들었다. 모두 자신의 이야기인 것처럼 맞는 말이었을 것이다. 나는 헤일의 상태를 아주 잘 알 수 있었다. 그녀는 지금 극도의 질투심과 좌절감으로 인해 엄청난 스트레스를 받는 중이었다. 그리고 그 스트레스를 적절히 해소하지 못한다면 자칫 마음이 망가져 버릴 수도 있었다. 다행인 점은, 헤일이 아직 어려서 마음이 말랑거린다는 점이었다. 아직 어리다면, 충분히 괜찮아질 수 있었다. 아직 살아가야 할 날의 수도 많고 그만큼 앞날은 창창했다. 그러니 그녀는 스트레스를 해소하기 위해 노력을 한다면 다시 건강한 마음 상태로 돌아올 수 있었다.

"그러면 나쁜 스트레스들은 어떻게 해소하나요? 계속 갖고 있으면 좋지 않다면서요. 이미 저는 많이 가지고 있는 것 같지만요."

"사실 스트레스라는 건 언제나 자신과 함께란다. 스트레스가 생기지 않거나 없는 상황은 거의 없어. 아까 말했듯이 좋은 스트레스들도 있기 때문이야. 나쁜 스트레스를 해소하는 방법은 개개인마다 다 다르지. 어떤 이는 운동을 하며 해소하기도 하고, 어떤 이는 그림을 그리며 해소하기도 해. 그건 자신이 찾기 나름이란다. 헤일, 넌 좋아하는 활동 같은 게 있니?"

헤일은 잠시 고민했다. 고민을 하며 자신이 좋아하는 활동이 무엇이 있는지 생각하고 있는 것 같았다. 나는 그런 헤일이 충분히 고민할 수 있도록 잠시 차를 마시며 생각을 할 동안 기다려 주었다.

"음, 저는 노래를 부르면 기분이 좋아지는 것 같았어요. 가끔씩 기분이 좋지 않을 때, 노래를 부르다 보면 어느새 기분이 풀려 있었거든요. 그러면 저한테는 노래를 부르는 게 스트레스를 해소하는 방법이군요!"

헤일은 이미 기분을 좋아지게 할 수 있는 자신만의 방법을 알고 있었다. 나는 그런 부분에서 참 다행이라고 생각했다. 어떤 사람들은 스트레스 해소를 위해 할 수 있는 방법조차 모르는 사람도 있었기 때문이었다. 하지만 헤일은 이미 자신의 해소 방법이 있었다. 물론 노래를 불러서 기분이 풀리지 않는 날도 있을 테고, 노래를 부른다고 해소되지 않는 스트레스도 있겠지만 일단 알고 있다는 점에서 다행스럽다고 생각이 들었다. 그런 점에서도 나는 헤일이 상당히 똑똑한 아이라는 것을 알 수 있었다. 그리고 한편으로는 이미 충분히 머리가 좋은데, 성적에서 보이는 집착과 갈망이 조금은 안쓰럽기도 했다. 그렇게 강박적으로 생각하지 않아도, 노력하다 보면 결과가 따라줄 텐데, 지나친 조급함을 보이는 헤일에 안타까움도 느껴지는 듯했다.

"잘 알고 있구나. 이미 넌 너만의 방법을 찾은 거야. 물론 그 방법만으로 풀리지 않는 스트레스들도 있겠지. 그건 네 마음속에 다른 사람을 지나치게 신경 쓰는 부분이 있어서 그럴 수도 있어. 일단, 내가 보기에는 헤일, 넌 열등감을 풀어내는 과정이 가장 중요할 것 같다고 생각이 들어."

"저도 제가 다른 사람들을 지나치게 신경 쓴다는 것쯤은 알고 있어요. 하지만 마음은 제 뜻처럼 되지 않아요. 아무리 그만 신경 쓰고 할 일을 하자고 생각해도 저보다 성적이 좋은 애들을 보면 마음속이 부글거리면서 끓는 것 같아요. 동시에 가슴이 내려앉는 느낌도 들고요."

헤일이 그런 느낌을 받는 것은 질투심과 시기심 때문이었다. 그녀는 다른 사람을 신경 쓰느라 공부에 쏟는 시간이 점차 줄어들었을 것이다. 하지만 자신이 어째서 공부에 집중하지 못하는 이유를 모르니 많이 답답함을 느꼈을 것이다.

"헤일, 공부에 집중이 잘 되지 않아 답답하지 않았니? 그리고 다른 아이들의 성적을 신경 쓰느라 할 일을 잘하지 못했을 때는 없었니?"

"있었어요. 요근래 공부를 할 때 집중이 안 되는 느낌이 더 심해지더라고요. 왜 그런지는 아직 모르겠어요. 그래서 더 답답한 것 같아요."

역시 내 생각이 맞았다. 헤일은 내 말이 모두 자신이 느꼈던 경험 같으니 신기해하는 얼굴이었다. 나는 질투 섬이 발전할 수 있었던 것은 모두 질투심 덕분이기는 했지만 섬 사람들이 조금은 질투심을 줄여도 좋을 것 같다는 생각이 들었다. 그런 탓에 질투 섬에는 여러 장인들이 많이 있어 보였다. 가구를 만드는 장인도 제 분야에서는 굉장히 유식해 보였고, 심지어는 화가나 음악가 같은 사람들도 아는 게 아주 많아 보였다. 그런 질투심 덕분에 모두가 더 아는 게 많아지고 섬도 발전할 수 있었겠지만 나는 모두가 행복할 것 같다는 생각은 들지 않았다. 실제로 질투 섬에서는 환하게 웃거나 아주 크게 미소 짓는 사람을 찾아보기 어려웠다. 모두들 사회적인 미소를 짓고 있기는 했지만 진심으로 웃는 사람은 볼 수 없었다. 그도 그럴 수밖에 없는 게, 자신의 주장은 무시당하기 쉽고 모두가 자기 주장만 내세우며 서로에 대한 배려나 존중 따위는 하지 않는데, 그 누가 행복하겠는가. 섬의 생활이 계속해서 이렇게 흘러간다면 후에 정말로 기뻐하는 사람을 찾는 것은 더욱 어려워질 것 같았다. 물론 자신의 주장이 채택되고 실행된다면 당장은 기쁘겠지만, 언젠가 그 주장보다 더 좋은 의견이 나와서 채택되고 오래되고 낡은 의견이 버려진다면 다시 불행해질 것이었다. 이런 식이라면 섬 사람들은 끝내 진정으로 행복하지 못할 것이라고 생각이 들었다. 나는 헤일에게 타인을 존중하는 법부터 알려줘야겠다고 생각했다. 당장은 헤일만 그 방법을 알겠지만, 헤일이 섬 사람들에게 존중하는 법을 알려준다면 섬은 금세 바뀔 것이다. 그리고 섬 사람들도 어디서 온지도 모르는 외부인인 내 의견보다 섬에서 나보다 오래 지낸 헤일의 말을 더 잘 들을 것 같았다. 그렇게 하나하나 알려주다 보면 언젠가는 섬은 크게 바뀔 수 있을 것이라고 나는 생각했다.

'헤일에게 내가 존중하는 법이나 열등감을 줄이는 방법 같은 걸 알려주다 보면 나중에라도 섬은 더 좋은 방향으로 바뀔 수 있을 거야. 계속해서 이런 방식으로만 발전한다면 섬 사람들은 아무도 행복하지 못할 것 같다.'

그런 생각이 든 나는 곧 마음을 정했다. 헤일에게 그러한 방법들을 알려주겠다고 말이다.

"헤일, 엉뚱한 데에 쏟는 시간을 공부하는 데 활용하고 싶지 않니? 지금 네 마음을 비우면 아마 공부하는 데 방해가 덜 할 거라고 생각이 들어. 내게 그 방법을 배우지 않을래?"

내 제안을 들은 헤일은 잠시 고민하기 시작했다. 차는 어느새 다 식어서 미지근해져 있었다. 나는 새로이 차를 주문하고는 다시 기다려 주었다. 헤일은 꽤 오래 고민했다. 새로 나온 차를 마시기 시작하고서야 그녀는 다시 내게 답했다.

"좋아요. 배워볼게요. 저도 그 아까운 시간들을 공부하는 데 더 사용하고 싶으니까요. 이제 저는 마음 편하게 공부에만 매진하고 싶어요."

헤일이 씁쓸하게 웃으며 말했다. 나는 그런 헤일에게 빙긋이 웃어 보이며 고개를 끄덕였다. 그 뒤, 나는 다시 여관으로 돌아왔다.

나는 휴식을 취하며 헤일에게 어떤 것을 먼저 알려줄지 고민하기 시작했다. 헤일에게 알려줄 건 많아 보였다. 그중에서도, 단연 가장 먼저 알려줄 만한 것은 열등감을 줄이는 법이었다. 나는 우울 섬에서 호세와 아렐을 가르칠 때처럼 수업 계획을 세웠다. 헤일은 똑똑한 아이여서 내가 가르치는 것을 금방 배우고 습득할 수 있을 것처럼 보였다. 물론 호세와 아렐이 머리가 좋지 않다는 것은 아니었다. 그들도 내가 가르쳐 준 것을 금방 배웠다. 그런 만큼, 헤일도 금세 배울 것이라고 생각이 들었다.

1901년 8월 4일, 나는 헤일과 만남을 가지며 첫 번째 수업을 시작했다. 다시 만난 헤일은 무엇을 배울지 궁금한 얼굴이었다. 나는 첫 번째 수업을 구성하며 굉장히 고민을 많이 했다. 사실, 마음이라는 건 뜻대로 되는 게 아니라서 어떻게 해야 헤일의 열등감을 죽일 수 있는지 생각을 해야 했다. 그러던 중, 좋은 수업 내용이 떠올랐다. 나는 헤일에게 오늘의 수업 내용을 설명하기 시작했다.

"헤일, 오늘은 파악을 하는 수업을 해볼 거야."

"무엇을 파악해요?"

"그건 바로 헤일, 네 장점을 찾아보고 너 스스로를 인정하는 연습을 해볼 거란다. 내가 이 섬을 둘러보면서 가장 먼저 알아챈 특징이 무엇인 줄 아니? 그 특징은 바로 섬 사람들은 서로를 인정하지 않는다는 거야. 사람은 누구나 인정받고 싶어 하는 욕구가 마음속에 자리하고 있지. 그런데, 자꾸만 거부당하고, 배척하니까 인정받지 못해 모두가 고독한 거야. 조금만 서로를 이해하려고 한다면 아마 이 섬은 많이 바뀔 수 있을 거란다. 그리고, 그러려면 먼저 자신을 인정하고 받아들이는 자세가 필요해. 그래서 오늘 할 건 자신의 장점을 찾아본 뒤, 스스로를 인정해 주는 연습을 할 거야."

나는 차근차근 수업 내용에 대해 설명했다. 헤일은 여전히 궁금증이 많은 얼굴이었다.

"그런데, 정말로 그런 방법이 제게 도움이 될까요? 노아의 말이 틀린 것 같지는 않지만 정말로 도움이 될지는 모르겠어요…. 그런 방법으로 스트레스가 잘 풀릴까요?"

"그럼. 가능하단다. 자, 먼저 이 종이에다가 너가 생각하는 스스로의 단점을 먼저 적어보자. 그런 뒤에 선이 그어져 있는 옆 부분에는 장점을 적어보는 거야. 천천히 고민해 보고 적으렴. 시간은 많으니까 말이야."

"네."

헤일은 내게 답하고는 신중히 고민하는 것 같았다. 막상 하려니 잘 떠오르지 않는 것 같기도 했다. 그래도 헤일은 그만두지 않고 끝까지 고민했다. 나는 그런 헤일이 기특했다. 꽤 시간이 흐르고 나서야, 헤일은 적는 것을 끝냈다. 나는 종이를 가져다가 읽기 시작했다. 내 예상을 크게 벗어나지 않는 내용들이 적혀 있었다. 나는 그녀가 단점 부분에서는 많이 적고, 장점 부분은 많이 적지 못할 것이라고 생각했다. 그리고 그 예상은 들어맞았다. 섬의 특성상, 사람들은 자신조차 인정하지 못하는 경향이 강했다. 무슨 일을 하려고 해도 더 좋은 것이 나오면 자신의 것은 거부당하니 나중에 가서는 스스로의 것도 인정하지 못하는 상황에 이르렀을 것이다. 헤일도 마찬가지인 것 같았다. 단점 부분은 더욱 부각되어 적혀 있었고 장점은 거의 적혀 있지 않았다. 장점을 장점으로 인정하지 못하니 이런 상황이 생기는 것이었다. 나는 결국 종이를 한 장 더 꺼내 들어 글씨를 적기 시작했다. 혜일은 내가 무엇을 적는지 궁금한 눈치였다.

"노아, 뭘 적는 거예요?"

"내가 생각하는 네 장점과 단점을 적고 있어. 이렇게 서로 적어 보고 비교해 보자."

혜일은 내가 다 적을 때까지 기다렸다. 몇 분이 지나고 나는 그녀의 장점과 단점을 모두 적었다.

"혜일, 내가 아직 너를 알게 된 지 얼마 되지 않아 잘 모른다고도 할 수 있겠지만 내가 생각한 장점은 벌써 이렇게나 많단다. 어째서 단점만 많이 적었니?"

"그냥… 단점은 생각이 잘 나는데 제 장점은 생각이 잘 안 나더라구요. 그냥 머리가 백지인 것처럼 장점을 생각하려고 할 때는 아무것도 떠오르지 않았어요. 그것도 겨우 적은 거예요."

"그렇구나. 자, 그럼 이제 비교해 보자. 네가 생각한 네 장점은 욕심이 많은 것… 그리고 단점도 욕심이 많다는 거네? 왜 그렇게 생각했니?"

"욕심이 많아서 제 경쟁 심리를 더 높아지게 할 수 있다는 점은 뭔가 장점 같았는데, 또 욕심이 많으니까 저 스스로를 갉아먹는 것 같기도 해서 단점으로도 적었어요. 노아가 생각한 제 장점은 머리가 좋다는 거랑, 의지가 강한 것, 그리고 공부에 대한 욕구가 강하다는 거네요."

나는 혜일의 말에 고개를 끄덕였다. 혜일은 어떤 면에서는 자신을 잘 아는 것 같으면서도 어떤 면에서는 잘 모르는 것 같았다. 질투 섬의 사람들은 어쩌면 자신의 단점을 더욱 잘 알았기에, 이렇게 섬이 발전한 걸지도 몰랐다. 계속해서 단점을 보완하려는 시도가 질투 섬을 발전하게 만든 것 같았다. 하지만 단점만 알아서는 섬은 발전할지 몰라도 자기 자신은 행복하지 않았을 것이다. 그 누가 단점만 파고드는데 행복할 수 있겠는가. 스스로를 인정할 줄 모르는 사람들은 결국 자신을 아낄 줄 몰랐을 것이었다. 그래서 질투 섬의 사람들은 유독 자기혐오가 강해 보였다. 나는 그런 혐오감이 경쟁의식이 너무 강해서일 것이라고 생각했다. 그리고 자기혐오뿐만 아니라 자신과 의견이 다른 타인에 대한 배척감도 심해 보였다. 그 배척감은 아마 자신의 주장이 채택되어야 한다는 강박감에서 나온 것일 확률이 높았다. 질투 섬의 사람들은 표정에서부터 고독감이 배어 나왔다. 그건 성인, 어린아이 할 것 없이 그랬다. 섬 사람들의 음울한 표정은 마치 길가에서 휘청이는 낙엽 같았다. 금방이라도 건들면 부서질 듯, 위태로워 보였다.

"맞아. 헤일, 네 생각보다 넌 장점이 많은 아이란다. 그걸 꼭 알아두렴. 자신을 사랑하지 못하는 사람은 결코 행복할 수 없단다. 자, 과제를 줄게. 다음 수업 때까지 공부를 할 때 하루에 목표한 시간 동안만 해보렴. 계속 매달리기만 해서는 잘 안 될 수도 있어. 그리고 다른 사람을 생각하느라 공부에 집중을 하지 못할 수도 있지. 그러니까 내가 주는 과제는, 공부를 할 때는 정확히 공부만 해보렴. 그리고 남은 시간에는 다른 사람을 질투해도 되고 놀아도 된단다. 오로지 네가 하고자 하는 일을 할 때는 그것에만 집중해 보는 연습을 해봐. 할 수 있겠니? 말은 쉽게 해도 생각보다 어려울 거란다. 그러니 처음에는 공부 시간을 조금 적게 설정해 두는 것도 괜찮을 거야. 이미 너는 충분히 잘하고 있지 않니."

내가 공부를 할 때는 공부만 하라고 하는 건 의미가 있는 일이었다. 헤일이 만약 정말로 공부를 하며 생각과 행동을 구분할 수 있다면 아마 타인에 대한 열등감이나 질투심은 줄어들 수 있는 확률이 높아질 것이었다. 공부를 끝내고 남는 시간 동안 헤일은 정말로 타인을 생각하며 그 시간을 질투와 시기에만 빠져 시간을 보낼까? 그것의 답은 '아니오'일 확률이 높았다. 지금은 공부가 헤일에게 타인에 대한 시기심을 불러일으키는 일종의 매개체 역할을 하고 있었다. 그런데 공부를 할 동안은 다른 생각을 하지 않고 다른 시간에 갑자기 질투심을 불러일으키려 한다면 그건 어려울 수 있었다. 현재는 공부가 가장 질투심과 열등감을 불러오는 역할을 하고 있었다. 그래서 나는 헤일에게 시간을 정한 뒤, 그 시간만큼은 하고 있는 일에만 집중하라고 과제를 내준 것이었다. 헤일은 공부 시간을 정해두지 않고 그저 시간이 날 때마다 공부하고 있었다. 그래서 일부러 이런 과제를 내서, 헤일이 조금이라도 덜 열등감을 느낄 수 있도록 구분하게 두는 것이었다. 헤일은 내 말에 알겠다고 답했다. 그녀는 성적이 좋아지고자 하는 갈망이 있었기에, 내가 내준 과제에 의욕을 느끼는 것 같았다. 일단은 마음이 안정돼야, 무언가를 할 때 안정적으로 할 수 있으니 말이다. 그렇게 헤일과 헤어진 나는 일지에 기록할 것들을 보기 위해 다시 섬을 이곳저곳 돌아다녔다.

1901년 8월 11일, 나는 헤일이 내가 내준 과제가 효과를 볼 때까지 충분히 기다려 주기 위해 시간을 주었다. 아마 이 과제가 바로 효과를 보기는 어려울 것이다. 그렇게 사람을 바꾸는 일이 쉬웠다면 아마 감정의 섬들은 감정에 지배되지 않았을 것이었다. 사람의 생각과 마음을 바꾸는 건 그만큼 어려운 일이었다. 나는 헤일이 내가 내준 과제를 할 동안, 섬을 돌아다니며 여러 모습을 볼 수 있었다. 먼저, 특이했던 점들 중 하나는 모여서 노는 아이들이 없다는 것이었다. 아마 서로를 경쟁자라고 생각하니 친근하게 만나서 놀 수는 없는 것 같았다. 나는 그런 아이들이 조금 안타깝다고 생각이 들었다. 웃으면서 뛰어놀아야 할 나이에 오직 경쟁만을 생각하니 얼마나 힘들지 상상이 가지 않았다. 그리고 옷 가게든, 식료품점이든, 가게의 주인들마저도 옆 가게와 경쟁을 하느라 바빠 보였다. 질투 섬의 모든 이들은 경쟁을 하느라 힘들어 보였다. 적어도 내 눈에는, 그렇게 경쟁을 하는 모습들에 사람들이 지쳐 하는 게 보였다. 사실 지칠 수밖에 없었을 것이다. 매일 매일 타인을 의식하며 더 좋은 것, 더 나은 것을 선보여야 하는데 그렇지 못하다면 불안감과 패배를 할 수도 있다는 압박감에 시달릴 것 같았다. 나라도 매일 그렇게 산다면 아마 지쳐서 나가떨어졌을 가능성이 높았다. 그런데 질투 섬의 사람들은 경쟁의식 때문인지 버티는 힘이 아주 강한 것 같았다. 아득바득 살아야 한다는 강박관념 속에서 매일 매일 줄타기를 하는 것 같았다. 나는 그런 섬 사람들이 아주 지치고 힘들 것 같다는 생각이 들었다. 한편으로는 조금 대단하다는 생각도 들었다. 어찌 되었든, 질투 섬이 이렇게나 발전할 수 있었던 까닭은 모두 섬의 사람들 덕분이니 말이다. 그래서 나는 섬의 사람들이 매우 머리가 좋은 이들임을 알 수 있었다. 질투 섬은 모든 것들에서 경쟁을 하는 것을 찾아볼 수 있었다. 식료품점 주인은 다른 식료품점들에 비해 뒤떨어지지 않도록, 더 많은 손님을 끌어모을 수 있도록 비책을 내놓기도 했다. 그리고 그건 그 식료품점만 해당되는 이야기는 아니었다. 가구를 고치는 가게 주인도, 가구 판매점의 주인도 모두 서로만의 비책을 내보이며 손님을 더 많이 끌 수 있도록 경쟁했다. 나는 그런 경쟁이 나쁘다고만 생각하지는 않았다. 하지만 뭐든지 과하면 좋지 않듯이, 섬의 경쟁의식은 과하다 못해 넘쳐흐르고 있었다. 그러다 보니 모두가 피폐해지는 게 느껴질 정도였다. 그러는 사이, 어느새 시간은 흘러가 다시 헤일과 만남을 약속한 날이 되었다. 나와 헤일은 약속한 찻집에서 다시 만남을 가졌다.

"헤일, 어땠니? 내가 내준 과제를 잘 수행할 수 있었니?"

헤일은 가볍게 고개를 끄덕이며 답했다. 나는 그런 헤일에 내가 내준 과제가 그녀에게 그리 어렵게 느껴지지는 않았음을 알 수 있었다.

"네. 생각보다 어렵지는 않았어요. 그냥 공부를 해놓기로 정한 시간에 공부에만 집중하면 저보다 더 성적이 좋은 아이들을 이길 수 있을 거라고 생각하니까 잘 안 되지는 않았어요. 어쨌거나, 지금 제가 느끼는 감정들을 저만 느끼는 건 아닐 거잖아요? 분명히, 그 아이들도 느끼고 있을 거라는 생각에 사실 그 아이들도 저와 별반 다르지 않을 거라고 생각했죠. 그러다 보니 제가 조금만 더 노력한다면 그 아이들을 꺾을 수 있을 거라고 생각이 들었어요."

내가 생각한 방향으로 과제를 수행한 건 아니었지만 헤일은 분명 노력을 한 것같이 보였다. 내가 생각한 방향은 헤일이 자신을 인정하고 타인을 덜 의식하는 것이었지만 그녀는 오히려 질투심을 활용하는 방법을 택했다. 이미 자신의 마음속에 가득한 질투심과 시기심을 적절하게 활용한 것 같아 보였다. 또한 다른 아이들의 마음을 벌써부터 이해하고 있었다! 나는 그러한 부분에서 놀라지 않을 수 없었다. 질투 섬에서 타인을 이해하는 사람은 찾아보기 어려웠기 때문이었다. 하지만 헤일은 어느새 타인을 이해하고 있었다. 물론 모든 면을 이해한 건 아니었고 질투심 부분에서만 월등하게 이해심이 높은 편이었지만 나는 그런 변화가 결코 나쁜 것은 아닐 거라고 생각했다. 어쨌거나 타인을 이해하는 데는 섬세함과 인정이 필요했다. 그녀는 그런 섬세함을 이미 가지고 있는 것 같았다. 타인을 이해하는 건 쉬운 일이 아니다. 오히려 어려운 편에 속하는데, 헤일은 자신이 느끼는 감정을 같이 느끼는 타인에 대해서는 이해심을 가지고 있는 것 같았다.

"그렇구나. 잘 생각했어. 오늘은 무슨 수업을 할 거냐면, 유대감 느끼기 수업을 해볼 거야. 여기 사람들은 타인과 유대감을 형성하는 데 조금 어려움이 있어 보여. 그도 그럴 게, 모두를 경쟁자로 생각하니 비슷한 생각을 가진 듯해 뭉치다가도 내일은 다른 주장을 내세울 수 있으니 서로를 믿기 어려운 거지. 그래서 오늘 할 건 내가 표정을 지을 때마다 그 표정을 그려본 뒤, 그 표정에서 느껴지는 감정을 말해볼 거야. 왜 이런 걸 하냐면 이러한 활동을 통해 상대를 이해할 수 있게 되고 더 나아가 가까워지며 유대감도 형성될 수 있기 때문이야. 자, 그럼 해보자."

"네. 노아의 표정을 그려보고 그 표정에서 느껴지는 감정을 알아차리면 되는 거죠?"

"그렇지. 잘 이해했구나."

헤일은 알겠다고 답했다. 나는 먼저 입꼬리를 내리며 눈썹도 축 처지게 만들었다. 헤일은 내 표정을 보더니 열심히 그리기 시작했다. 헤일의 그림 실력은 생각보다 괜찮았다. 내 특징적인 부분을 잘 잡아내는 것 같아서, 헤일이 그림을 잘 그린다는 것을 알 수 있었다. 곱슬거리는 갈빛 머리칼부터 높고 뚜렷한 코, 깊게 파여 있는 눈꺼풀 부분도, 얇게 말린 입꼬리까지, 나의 특징들을 모두 잘 알아내는 것 같아서 나는 헤일이 관찰력이 좋은 아이임을 알게 되었다.

"다 그렸구나. 이건 무슨 감정을 느끼고 있는 표정 같니?"

"음, 속상함이나 미안함을 느끼고 있는 것 같아요. 제 답이 맞나요?"

"맞아, 정답이야! 관찰력이 뛰어나구나. 그럼 다시 표정을 지어 볼 테니까 그려보자."

"네."

나와 헤일은 그렇게 표정을 짓고 그리며 맞추기를 반복했다. 그러는 동안, 나와 헤일은 꽤나 가까워진 듯한 느낌을 받았다. 헤일은 중간중간 가끔씩 옅게 웃음을 보이기도 했다. 나와 헤일 사이에 유대감이 형성되는 중이었다. 나는 내가 느끼는 이런 느낌을 헤일도 받을 수 있기를 바랐다. 그림을 그리며 맞추는 시간 동안, 헤일도 꽤 즐거워 보였다. 공부라는 압박에서 벗어나 처음으로 진심인 것 같아 보였다. 나는 그런 헤일에 지금까지 얼마나 압박감에 시달렸을지 상상이 가서 그녀가 조금 안쓰러워졌다.

'이렇게 웃을 수 있는 아이인데…'

질투 섬의 경쟁 구도는 사람들의 웃음을 점차 앗아갔을 것이다. 그러다 보니 점점 섬에서는 진심으로 행복해하는 사람은 사라져 갔을 것 같았다. 나는 헤일과 수업을 하며 사실은 그녀도 다른 보통 아이들과 별로 다를 건 없다는 걸 알 수 있었다. 그녀도 결국 한 명의 아이였다. 놀기를 좋아하고 웃음을 보여줄 수 있는, 그런 소녀였다. 헤일의 그런 모습들에 나는 사람이 자라나는 환경이 그 사람에게 얼마나 중요하게 작용하는지 알게 되었다. 환경이 끼치는 영향은 너무나 큰 것 같았다. 만약 헤일이 내 고향인 크렐슨에서 자랐다면 또 다른 모습으로 컸을 것이다. 그만큼 사람에게 자라나는 환경은 중요한 것 같았다. 헤일은 나와 시간을 보내는 동안 편안해 보였다. 나는 그녀가 압박감과 열등감에서 벗어날 수 있는 시간을 보내는 것 같아서 그저 즐겁게 시간을 보낼 수 있도록 내버려 두었다. 헤일은 어느새 시간이 훌쩍 지나가 헤어질 때는 조금 아쉬운 얼굴이 되기도 했다. 나는 그런 그녀의 표정에 호세와 아렐이 생각나 웃음이 지어졌다. 그리고는 그들이 그리워지기 시작했다. 아무래도 첫 번째로 섬을 돌다 만난 사람들이 그들이다 보니 더욱 그리워지는 듯했다.

'지금쯤 호세와 아렐은 무엇을 하고 있을까?'

문득 그런 생각이 든 나는 드리워지는 그림자와 함께 달빛 아래서 여관으로 돌아가는 길을 걸었다. 빽빽하게 자라난 나무들은 달빛을 받아 짙은 녹빛으로 빛났다. 보름달이 뜬 밤은 유난히 밝았다.

조금은 서늘한 바람이 뺨을 스쳐 지나갔다. 나는 그 불어오는 바람이 기분 좋아서 그대로 바람을 맞으며 걸어갔다. 하늘에 보이는 달은 청명했고, 은은하게 빛나는 얕은 언덕 위는 여관으로 향하는 발걸음을 가볍게 만들어 주었다. 밤공기가 선선한 탓에 머리가 맑아지는 기분이 들었다.

1901년 8월 16일, 여관 앞의 나무에 작게나마 꽃이 잠시 피었다. 나는 그 나무에 때 지나 피어난 작은 꽃이 마치 헤일의 마음속 꽃봉오리 같아서 작게 미소가 지어졌다. 그 작은 꽃은 곧 꽃잎을 떨구겠지만, 헤일은 꽃잎을 시들게 하지는 않을 것 같다고 나는 확신했다. 작은 꽃의 발견으로 기분이 좋아진 난 곧장 헤일을 만나러 길을 나섰다. 오늘 할 수업을 생각하느라 어젯밤 고민했지만 보람이 있으니 힘들다는 생각은 들지 않았다. 그동안 헤일과 수업을 하면서 내가 알려주는 내용을 빠르게 습득하는 그녀를 보며 큰 보람을 느꼈다. 헤일이 바뀌면, 더 나아가 섬의 사람들도 바뀔 수 있으리라 생각했다. 그들이 더욱 행복할 수 있는 방향으로 말이다. 헤일을 만난 나는 수업을 시작했다.

"헤일, 오늘 할 수업은 모방과 무시 수업이란다."

"무엇에 대한 건가요?"

"네가 가장 스트레스를 받는 원인은 남과 비교하며 스스로를 깎아내렸기 때문이란다. 그래서 오늘 할 것은 닮을 건 닮고 무시할 건 무시하는 걸 할 거란다. 먼저, 이 종이에다가 너가 평상시에 다른 아이들을 보며 느꼈던 감정을 적어보자."

"네, 해볼게요."

헤일은 종이를 받아 들더니 잠시 진지하게 고민했다. 그리고는 이내 내가 말한 것에 대한 내용을 적어 내려가기 시작했다. 얼마 시간을 주고 기다리자, 헤일은 다 적었다는 듯이 종이를 내게 내밀었다.

"다 적었나 보구나. 그래, 다른 아이들을 보며 느꼈던 감정에는 질투, 대단함, 절박함, 초조함 등이 있네. 여러 감정을 느끼고 있었구나. 자, 그러면 여기서 닮을 건 닮고 무시할 건 무시해 보자. 사실, 타인이 뭘 하고 무어라 하든, 넌 너의 일을 하면 된단다. 남을 의식하느라 공부에 써야 할 시간을 허비한다면, 그거야말로 아깝지 않겠니? 아, 물론 그렇다고 남을 무시하라는 말은 아니란다. 그저 타인에게서 배울 건 배우고 무시해야 하는 무례한 것들은 배제하자는 이야기지."

"어떤 걸 배워야 좋을까요?"

헤일이 궁금한 얼굴이 되어 물었다. 나는 싱긋 웃으며 다시 이야기를 시작했다.

"다른 아이들이 공부를 할 때 가지는 마음가짐이나 질투심을 덜어내는 법, 그리고 다른 아이들이 시험을 볼 때에 가지는 마음에 좋은 영향을 끼치는 생각 같은 건 배워도 좋을 거란다. 성적이 좋은 아이들은 어쨌거나, 그만한 이유가 있지 않겠니. 분명 다른 점이 있을 거란다. 그런 모습 같은 것은 배워두면 분명 네게 도움이 될 거야."

"그러면 무시해야 하는 건 어떤 건가요?"

"만약 다른 어떤 아이가 네 생각을 형편없다고 말한다고 하자.

그러면 넌 어떻게 생각할 것 같니?"

"음, 처음에는 반박을 하겠지만 나중에 혼자 있을 때 생각이 나면 정말로 제 생각이 형편없는지 고민해 볼 것 같아요. 아, 정말 내 생각이 별로인 건가? 하고 말이에요."

"그렇구나. 바로 그런 점을 무시하면 된단다. 물론 정말로 네 생각보다 좋은 게 있어서 그럴 수도 있겠지만 그렇다고 무례하게 말하는 걸 정당화할 수는 없어. 좋은 말로 돌려 말할 수도 있는 걸 기분이 나쁘게, 혹은 폄하하듯이 말하는 건 무시하는 게 오히려 마음에 이롭지. 내가 섬을 둘러보며 느낀 건 사람들은 상대방에 대한 존중 없이 말한다는 거야. 존중은 상대방을 자신과 같이 소중하게 대한다는 건데, 이 섬의 사람들은 자신조차 소중하게 여기지 못하니 상대방을 소중하게 여길 수가 있을 리 없지. 헤일, 너뿐만 아니라 이 섬의 사람들은 상대방을 존중하는 법을 알아야 한단다."

"존중하는 건 어떻게 해야 하나요? 말로는 쉬워도 사실 행동으로 하는 건 어려울 수도 있잖아요."

헤일의 말에 나는 빙긋이 웃었다.

"존중하는 법은 크게 어렵지 않아. 오히려 상대를 이해하는 게 더 어렵다고 할 수도 있지. 하지만 헤일, 넌 상대를 이해할 줄 알고 있으니 존중도 할 수 있을 거야. 존중하는 법에는 여러 방법이 있어. 그중에서 효과가 큰 방법들은 먼저, 상대방이 말하는 걸 비난하거나 꾸짖지 않고 들어주는 거야. 상대가 하는 말이 끝마칠 때까지 듣는 거지. 그리고 상대방의 말에 동의를 해주는 거야. 물론 무조건적으로 동의만 하라는 건 아니란다. 반대 의견이 있을 수도 있고 반박할 거리가 생길 수도 있지만 너도 어느 정도 맞다고 생각하는 말에는 동의를 해주라는 거지. 이곳에서는 상대의 말에 동의를 해주는 사람을 거의 찾아볼 수 없었어. 서로를 인정하지 못하니까 말이야. 인정을 해준다면 아마 너를 인정하지 않던 상대방도 바뀌기 시작할 거야."

헤일이 내 말을 정말로 이해했는지까지는 알 수 없었지만 나는 그녀가 분명 바뀔 것이라고 생각했다. 헤일은 똑똑한 아이니까 말이다. 나는 이 섬의 사람들이 가장 먼저 해야 할 것은 상대방을 인정하고 존중하는 것이라고 생각이 들었다. 서로에 대한 인정이 없으니 유대감은커녕, 신뢰감도 쌓기 어려울 것 같았다. 헤일은 내 말을 듣고 무언가 느낀 것 같기는 했다. 아마 자신의 경험을 빗대어 내 말을 들은 것 같았다. 그리고 그런 과거의 경험에서 무언가 생각나는 게 있는 듯해 보였다.

바람이 세게 부는 날이었다. 덕분에 길가에는 낙엽들이 한창 쌓이고 있었다. 앙상한 나뭇가지들은 힘 없이 흔들리며 메마른 잎사귀들을 떨어트렸고, 점차 말라가는 중이었다. 아마 여관 앞의 피어난 꽃도 모두 졌을 것이라고 생각이 들었다. 조금은 아쉬운 마음이 드는 중이었다. 꽃이 얼마 못 갈 것이라는 건 알고 있었지만 이 섬에 피어난 희망 같아서, 나는 조금 기대감이 들었다. 하지만 졌을 것이라고 생각하니 아주 조금, 쓸쓸해지는 마음이 들었다. 하늘은 구름 한 점 없이 말갰다. 푸르게 펼쳐져 있는 하늘에 마치 바다 같다고 생각이 든 참이었다. 그리고 불어오는 바람은 파도 같다고 생각하니 나는 조금 웃음이 났다. 끝없는 항해를 하는 것 같아서, 이 모험이 값진 것이라는 생각이 새삼 들었다. 달큰한 찻물이 입 안을 적셨다. 혀끝에서 맴도는 달달함에 저절로 미소가 지어졌다. 꽃잎으로 우린 차를 마시고 있는 중이었는데, 확실히 말린 꽃잎 때문에 차가 더 다채로운 맛으로 느껴졌다. 헤일은 내 말을 이제는 더 이해한 것 같아 보였다.

"노아의 말은 이해했어요. 하지만 상대방도 바뀔 수 있을까요? 그냥 저만 바뀌어 버리면 어떡하죠?"

헤일은 조금 걱정스러운 표정으로 물었다.

"너가 먼저 바뀐다면 다른 아이들도 바뀌기 시작할 거야. 사람의 심리라는 게 더 좋은 게 있으면 가지고 싶어 하잖아? 그런데 네가 힘들어하다가 내가 알려준 방법으로 더 이상 스트레스를 받아 하지 않고 건강한 정신을 갖게 된다면 다른 아이들도 분명 호기심이 생길 거야. 왜냐하면 그 아이들도 지쳤을 거거든. 너만 지친 건 아닐 거란다. 내가 관찰한 결과, 이 섬의 사람들은 모두 지쳐 있는 것 같아. 내색을 하지는 않았어도 성적이 좋은 아이들이나, 그렇지 않은 아이들이나 모두 감정적으로 메말라 있을 가능성이 높단다."

"그렇군요. 다른 사람들도 저와 같을 거라구요…."

"그렇지. 결코 다르지는 않을 거란다. 그러니 일단 변화해 보는 거야. 너의 변화로 인해 섬이 달라질지 누가 알겠니? 희망에 걸어 보는 거지. 모두가 바뀌지 않을 거라고 단념하며 아무도 변화하지 않는다면 그 무엇도 바뀌지 않을 거야. 그러니 일단 달라지는 것부터 시작해 보자고."

"네. 알겠어요."

"그러기 위해서는 너무 타인을 의식하지는 마. 넌 타인을 그렇게 의식할 필요 없을 정도로 충분히 괜찮은 아이란다. 오히려 남을 의식하느라 안 좋은 방향으로 바뀌어 버린다면 그게 더 좋지 않은 변화인 거야. 그러니 자신의 자아를 키울 필요가 있어."

헤일은 내 말에 고개를 크게 끄덕였다.

"과제를 하나 더 내줄게. 앞으로 다른 사람과 대화할 때는 경청하고 동의해 주는 연습을 해봐. 분명히 그 아이들도 나중에는 바뀔 거야. 너가 먼저 손을 내밀어 주는 거지. 이런 연습을 하나하나 하다 보면 어느새 너도 많이 바뀌어 있을 거란다. 덜 힘들고 덜 지치는 쪽으로 말이지. 너희는 아직 어리지 않니. 충분히 변화가 많이 있을 수 있는 나이야. 성인이 되고 그 사람의 습관이나 생각을 바꾸는 건 어려울 수 있겠지만 어린 만큼 아직 바꾸기 쉽다는 말도 돼. 저번에 내준 과제도 수행하면서 이번에 내준 과제도 한 번 잘해 보렴."

"네, 노아의 말대로 해볼게요. 저도 달라지는 걸 느끼고는 있으니까요."

헤일은 조금 밝은 얼굴이 되었다. 헤일이 변화를 느낀다니, 참 다행인 소식이었다. 내가 알려준 게 헛되지는 않은 것 같아서, 나 또한 뿌듯함을 느낄 수 있었다. 그렇게 헤일과 나는 다음 만남을 약속하고는 서로의 길로 헤어졌다.

1901년 8월 25일, 그동안 나는 헤일이 과제를 잘 수행하기를 바라며 조금 휴식 시간을 가졌다. 헤일은 머리가 좋은 아이니까 내가 한 말을 흘려듣지는 않았을 것이다. 나는 헤일이 좋은 방향으로 변화하기를 바랐다. 아직 어린아이인데 치열하게 살아가는 모습이 조금 힘들어 보여서, 마음이 더욱 편안해지기를 바라게 되었다. 조금 시간이 지난 뒤, 만나게 된 혜일은 한결 편안해 보이는 얼굴이었다. 내가 알려준 방법이 도움이 되었나 해서, 나는 조금 기뻐지고 말았다. 뿌듯한 마음도 드는 것 같았다. 그녀는 이제 별로 초조해 보이지 않았다. 나는 혜일과 다시 대화를 나누기 시작했다.

"혜일, 어떻게 지냈니?"

"지내면서 조금 편안해진 기분이 들었어요. 노아의 말대로 하니까 일단 제 마음은 괜찮아지는 것 같았어요. 아이들이 바뀌는지는 아직은 잘 모르겠지만 뭐, 노력하다 보면 언젠가는 다들 바뀌겠죠?"

"하하, 그렇지. 한순간에 모두가 쉽게 바뀌지는 않을 거야. 하지만 네 말대로 노력하면서 변화를 추구하다 보면 사람들은 점차 바뀔 거란다. 잘하고 있었구나, 그동안."

"노아가 알려준 대로 공부 시간에는 공부에만 집중하다 보니까 다른 시간에는 시기심 같은 감정들이 많이 생각나지는 않더라구요. 노아 말대로 구분하는 것을 잘하게 된 것 같아요. 그러다 보니까 굳이 생각나지 않을 때는 떠올리지도 않게 된 것 같고요. 그렇게 지내니까 스트레스도 풀리는 것 같았어요. 그러니까 마음도 더 편안해진 기분이에요."

혜일은 내가 알려준 것을 잘 활용한 모양이었다. 자신에게 온 변화를 느끼는 중인 것 같았다. 그 덕분에 스트레스가 해소되는 느낌도 받은 듯해 보였다. 나는 다행스런 마음에 웃음이 났다. 혜일이 변화할 수 있었던 가장 큰 이유는 스트레스 때문이라고 생각이 들었다. 극한의 스트레스를 받는 상황이었다면 당연히 스트레스를 받지 않는 쪽으로 변화하고 싶었을 것이다. 그러니 그녀는 당연히 긍정적인 쪽으로 변화하는 것을 택했고 실제로도 긍정적으로 변하게 된 것이다. 물론 그 과정이 쉽지는 않았을 것이었다. 하지만 그녀는 무던히 노력을 했고 결국 조금이라도 변화가 가능하게 되었다. 나는 그런 과정과 결과들을 결코 무시할 수 없다고 생각했다. 사소한 노력이라도 꾸준히 한다면 큰 결과물을 만들어 낼 수 있으니 말이다. 그런 의미에서 나는 헤일이 대단한 부분도 있다고 느꼈다. 사실 어른도 쉽지 않을 수 있는데, 아직 어린 헤일은 마음을 먹고 해냈다. 나는 그런 그녀에게 칭찬을 건네고 싶었다.

"잘했구나, 헤일. 앞으로도 그렇게 노력한다면 분명히 너도 더 좋은 쪽으로 변할 수 있고 사람들도 변할 수 있을 거야."

"그렇겠죠? 저도 그렇게 믿고 있어요. 확실히, 학교에서도 다른 아이들과 조금 더 가까워진 느낌이 들었어요. 그래서 싫은 기분은 아니었어요. 오히려 좋은 쪽에 가까웠죠. 그래서 그 아이들에게도 스트레스를 해소하는 방법을 알려주고 싶었어요."

헤일은 생각보다 이타심이 있는 것 같아 보였다. 지금까지는 열등감과 질투심에 묻혀 있던 이타심이 스트레스를 조금 걷어내니 빛을 보이는 것 같았다.

"그러니? 그럼 알려주면 되잖아. 그 아이들도 싫어할 것 같지는 않은데 말이야."

"그래서… 제가 노아한테 부탁할 게 있어요."

그렇게 말하는 헤일이 조금 생기 있는 얼굴로 웃었다. 나는 그 부탁이란 게 무엇인지 궁금해 그녀에게 다시 물었다.

"그 부탁이 뭐니?"

"제가 노아한테 부탁할 건, 바로 노아가 저희 학교의 선생님이 되어주는 거예요. 아, 물론 긴 시간은 아니고 단 하루만이라도요. 그래서 다른 아이들에게도 스트레스를 해소하는 법이나 제게 알려준 다른 여러 방법들을 알려줬으면 해요. 무조건 해달라는 건 아니지만, 부탁이에요. 저는 섬 사람들이 그만 괴로워했으면 좋겠어요. 다들 매일 같이 경쟁에 치여 사느라 지쳤으니까요…."

헤일은 심성이 착한 아이인 것 같았다. 다른 사람들을 생각하는 마음이 기특해 그녀의 부탁을 나는 거절할 수 없었다. 나는 잠시 고민하고는 답을 내놓았다.

"그래, 알겠어. 그렇게까지 부탁하는데, 거절할 수도 없지."

"정말요? 고마워요, 노아!"

고맙다고 말하며 웃는 헤일은 정말로 기뻐 보여서, 나도 함께 웃었다. 이렇게나 타인을 생각할 수 있는 아이가 치열한 경쟁의 구도에 서느라 괴로웠을 걸 생각하니 마음이 좋지 않았다. 그렇게 나는 헤일의 부탁을 들어주기로 하고, 다음 만남은 학교에서로 약속을 잡았다.

1901년 8월 29일, 나는 학교에서 아이들에게 무엇을 알려줘야 할지 수업 계획을 짰다. 헤일을 담당하는 교사로부터는 수락을 받은 상태였다. 그 교사는 헤일을 통해 내게 이런 말을 전했다.

"저도 이 섬이 조금은 달라져야 한다고 생각했어요. 섬의 모두는 이제 지쳤으니까요. 사람들이 이 이상 괴로워한다면 결국 섬의 결말은 파멸뿐일 거예요. 저는 섬이 그렇게 되는 걸 원치 않아요. 건강한 방식으로 발전하기를 원하고 있죠. 그렇지 않아도 아이들까지 경쟁 구도에 참여하게 하는 건 너무 과하다고 생각이 들었어요. 그러니 이제는 모두 바뀌어야겠죠."

나는 그런 교사의 말에 인상 깊은 느낌을 받았다. 결국 모두들 지쳐 있었던 것이다. 내색하지는 않았어도 이렇게 도움을 청할 정도로 괴로웠던 것이다. 나는 그런 도움을 바라는 손길을 내칠 정도로 무정하지 않았다.

"자, 여러분. 오늘은 모두에게 도움을 주기 위해 초청한 분이 있어요. 인사해요, 이 섬에 잠시 들른 모험가 노아 리바이 씨예요."

"반가워요, 노아."

"그래, 반가워. 모두들."

나는 어떤 수업을 해야 아이들이 가장 도움을 받을지 고민했었다. 그리고 고민을 하던 중, 기막힌 생각이 떠올랐다.

"오늘 할 수업은….."

"그런데 노아가 정말로 도움을 줄 수 있어요? 어떻게요?"

내가 말을 하려고 하던 중, 말을 끊은 어떤 아이가 물었다. 나는 그런 모습을 보며 마치 헤일을 처음 만났을 때가 떠올라 잠시 웃었다.

"줄 수 있단다. 어떻게 줄지는 이제부터 설명을 시작할 테니 잘 들어봐. 다른 사람의 말을 경청하는 것도 이번 수업에 포함된 내용이란다. 오늘은, 주제를 정해놓고 토론을 할 거란다. 그리고 토론을 들으면서 답변을 한 사람에게는 비난은 하지 않고 칭찬을 한마디씩 건네는 거란다. 한 명씩 돌아가면서 하면 칭찬을 받지 않은 아이는 없겠지? 그게 오늘 수업의 목표란다. 배제된 사람 없이, 모두가 칭찬을 듣고 서로에게 좋은 말을 건네주는 게 오늘 수업을 하는 목적이야. 아, 물론 반박을 할 수는 있지만 절대 비난은 안 되고, 반박을 하더라도 칭찬 한마디씩은 꼭 해야 한단다. 그럼, 시작해 볼까? 주제는 여기 선생님께서 정해 주실 거야."

아이들은 많이 낯선 듯했다. 아무래도 서로 경쟁만 하고 반박하는 것만 하다 보니 칭찬을 해야 하는 게 어색한 듯해 보였다. 교사는 곧, 아이들에게 토론 주제를 내주었다.

"자, 여러분. 오늘 토론 주제는 상대방의 말을 경청하려면 어떤 태도가 중요한지에 대해 토론을 해볼 거예요. 자신이 생각하는 경청에 필요한 태도를 하나씩 말해보도록 해보죠. 한 명씩 답을 하도록 하고 반박을 할 때는 손을 들고 말해보도록 해요. 그리고 노아 씨의 말대로 반박을 하든, 하지 않든 칭찬은 꼭 하도록 해보죠. 비난은 금물이에요. 여러분, 비판과 비난은 잘 구분할 수 있겠죠?"

"네."

아이들이 모두 입을 모아 답했다. 그 뒤로, 열띤 토론이 시작되었다. 아이들의 대답은 제각기 달랐고, 또 나를 웃음 짓게 만들었다.

"먼저 휴부터 말해볼까?"

"음, 저는 경청하는 태도 중 중요한 점은 자신의 고집만 내세우면 안 될 것 같다는 생각이 들었어요. 아무래도 자기 고집만 주장하면 다른 사람들은 주장을 하기 힘들 것 같다고 생각했어요."

"잘했어! 이렇게 하면 되는 거야. 자, 그럼 셀린하고 빅턴이 칭찬을 건네보자."

나는 명부에 적힌 아이들의 이름을 보며 호명했다. 셀린하고 빅턴은 곧, 조금 당황한 듯싶더니 아직은 어색한 느낌의 칭찬을 건네기 시작했다.

"휴의 생각이 맞는 것 같아. 음… 좋은 생각이야."

"나도 동의해. 고집만 내세우면 결국 서로가 피곤해지니까 말이야."

셀린과 빅턴이 칭찬을 건네면서 나는 어떠한 사실을 알 수 있었다. 그들은 모두 경청하는 법에 대해 알고 있다는 것이었다! 심지어는 빅턴의 칭찬에는 섬 사람들이 고쳐야 하는 점도 담겨 있었다. 결국 나는 질투 섬 사람들은 이미 고쳐야 할 부분의 정답을 알고 있는 것 같다고 생각했다. 그저, 질투심이 너무 강해 그러한 부분이 활약을 못한 것으로 보였다. 한마디로, 머리로는 알고 있지만 마음이 따라주지 못한 경우였다.

"잘했어. 셀린, 빅턴. 다음은… 레티나가 말해보자. 경청하는 태도에 중요한 건 뭐라고 생각하니?"

레티나는 잠시 고민했다. 그리고는 곧, 답을 내놓았다.

"경청하려면 서로가 동일하게 생각하는 주제로 말하는 게 좋을 것 같다는 생각이 들어요. 만약 서로가 다르게 생각하는 주제로 말하게 된다면 동의하기도 어렵고 결국에는 휴가 말한 것처럼 서로의 고집만 세우다가 싸우게 될 것 같아요. 비슷하게 생각하는 주제로 말한다면 싸우게 되는 일도 생기지 않지 않을까요?"

레티나는 똑똑한 아이인 것 같았다. 경청하는 방법의 핵심 중 하나를 알고 있었기 때문이었다. 그녀의 말은 정답이었다. 어찌 되었든, 서로가 반대되는 생각만 가지고 대화를 한다면 그 주제를 가지고 말싸움을 하게 될 가능성이 높았다. 그러니 애초에 그런 가능성을 차단한다면 서로 싸울 일도 생기지 않을 것이었다. 공통된 생각을 담고 있는 주제로 대화한다면 서로 관심사도 통하게 되어 더 가까워질 수 있었다. 그저 생각이 다를 것 같으면 아예 말을 꺼내지 않는 것도 하나의 방법이라면 방법일 수 있었다.

"좋은 대답이야, 레티나! 아주 좋은 부분을 말해주었단다. 아주 똑똑하구나. 그럼 이번에는 헤일과 베스가 칭찬을 해보자."

나는 헤일에게 기대를 걸고 있었다. 헤일은 내게 이미 많은 것을 배웠기 때문에 칭찬을 하는 법도 다른 아이들과는 다를 것 같았기 때문이었다.

"어… 좋은 대답이었어. 레티나. 나는 그런 생각을 하지 못했는데, 대단한 것 같아!"

베스가 건넨 칭찬도 아주 좋았다. 이제 헤일이 말할 차례였다.

"맞아, 나도 네 생각에 동의해. 하지만 어쩔 수 없는 경우도 있을 것 같다는 생각이 들었어. 피치 못한 경우에 서로의 생각이 다른 주제로 대화한다면 지금 이런 상황처럼 일단 상대방을 이해해 준 뒤, 그다음 내 생각을 전하는 것도 좋을 것 같아."

역시, 내 예상대로 헤일의 칭찬은 다른 아이들과는 사뭇 다른 느낌을 주었다.

"헤일, 아주 훌륭했어! 반박을 하더라도 먼저 상대를 이해해 주고 그 뒤에 자신의 생각을 전하며 이해하게 만드는 방법, 아주 좋았단다. 나와 함께했던 날들이 헛되지는 않은 것 같아서 아주 기쁘구

나. 후에, 네가 내게 배웠던 것들을 다른 아이들에게도 알려줬으면 해. 이건 내가 네게 주는 또 다른 과제란다."

　내가 싱긋 웃으며 한쪽 눈을 살짝 깜박였다. 헤일은 웃으며 알겠다고 답했다. 그녀도 칭찬을 들으니 기분이 좋은 것 같았다. 그 뒤로, 아이들은 전에 말한 답변에서 칭찬하는 법과 이해하는 법 등을 스스로 학습하며 더 좋은 답변과 칭찬들을 내놓았다. 나는 뿌듯하지 않을 수 없었다. 내가 알려주는 대로 잘 따라가는 아이들을 보니 가슴속이 풍요로워지는 듯한 느낌이 들었다. 이 감정은 마치 호세와 아렐이 처음으로 웃었을 때를 보는 것 같았다. 나는 다시금 벅찬 감정을 느낄 수 있었다. 모든 아이들이 내가 진행하는 수업에 잘 적응하며 따라왔다. 특히 헤일의 존재감이 유독 돋보였다. 그건, 아마 이미 내 수업을 들은 적이 있어서 그런 것 같았다. 그렇게 몇 시간이 지나고, 오늘 내가 준비한 수업은 막을 내렸다. 헤일의 반을 담당하는 교사가 내게 고생했다며 고마움의 말을 전했다. 결국 내가 원했던 대로 모든 아이들이 빠짐없이 답변을 하며 모두 칭찬을 받았다. 아이들의 반응은 각기 달랐다. 수줍어하는 아이도 있는가 하면, 뿌듯해하는 아이도 있었다. 그리고 반응은 모두 달랐어도, 그 반응들이 절대 부정적인 감정을 일으키는 반응은 아니었다는 것이다. 토론이 끝난 뒤, 모두들 한층 가까워진 티를 냈으며 몇몇 아이들은 아직도 기쁨의 여운이 가시지 않았는지, 옹기종기 모여서 자신들만의 토론을 이어갔다. 물론, 서로에 대한 칭찬도 빼먹지 않았다. 나는 그런 모습들에, 너무나 가슴이 벅찼다. 질투 섞인 긍정적인 방향으로 변화하는 모습을 눈앞에서 바라보니, 기분 좋은 감정이 마음속에서 꽃잎처럼 피어났다.

　질투 섬은 이제 막 꽃이 피어나기 시작한 나무와도 같았다. 새싹은 틔어 있었지만, 한껏 움츠린 꽃봉오리들이 가득한 섬이었다. 그리고 나의 한 발자국, 헤일의 한 발자국으로 인해 그 주눅 들어있던 꽃봉오리들이 만개할 준비를 하는 중이었다. 아마 꽃이 모두 개화한다면 질투 섬은 그 어떤 곳보다 빛이 날 것이었다. 이미 발전된 섬은 원래도 독특한 느낌을 주었지만 섬 사람들까지 긍정적으로 변화한다면 질투 섬은 환하게 빛이 나는, 웃음이 끊이지 않는 섬이 될 것이다. 그리고 그 꽃들은 결코 시들거나 져버리지 않을 것이었다. 사람의 마음속에 피어난 꽃은 잠시 잎을 접는 한이 있어도 절대 사라지지는 않으니까 말이다. 나는 그런 질투 섬의 꽃이 만개한 모습을 보지는 못하고 떠날 생각에 조금은 서운했지만, 그래도 내가 이 변화에 한몫했다는 점에 의미를 두기로 했다.

　내가 건넨 손길과 내가 디딘 한 발자국으로 질투 섬은 바뀌기 시작했다. 나는 그런 의미에서 이 여정이 감동적이지 않을 수 없었다. 여관으로 돌아와서도 여운이 가시지 않아, 나는 한참을 창밖을 바라보며 들뜬 마음을 진정시켜야만 했다. 이제 나와 수업을 함께 한 사람들은 모두 질투 섬이 긍정적으로 변화할 수 있도록 함께 걸어 나갈 것이었다. 나는 그 발걸음들이 헛되게 변질되지 않도록 바랐다. 그저, 옳은 길로 쭉, 계속해서 앞으로 향해 나갈 수 있도록 마음속으로 바라고 있었다. 그 의미 있는 발걸음들이 좌절하거나 실패하지 않도록. 혹은 발이 접질리는 한이 있어도 절대 무릎을 꿇지는 않도록. 내 소망이 그들의 한 줄기의 희망이 되어주기를 원했다.

겨우 마음을 진정시킨 나는 따뜻하고 마음을 진정시키는 말린 꽃잎으로 우린 차를 한 잔 마신 뒤, 잠을 청했다.

　1901년 9월 10일, 나는 다시 출항 준비를 하기 시작했다. 헤일이 내게 배울 건 다 배웠다는 생각이 들어서였다. 그리고 섬이 변화하는 모습도 시시각각으로 보이고 있었다. 그래서, 더 이상 내가 무언갈 알려주지 않아도 질투 섬은 잘 바뀔 수 있으리라 생각했다. 가장 눈에 띈 변화는, 아이들이 모여서 놀기 시작했다는 것이었다. 그 전까지는 서로를 견제하느라 아이들이 친근하게 대화를 하거나, 서로 만나서 노는 것은 찾아볼 수 없었는데, 이제는 그렇지 않았다. 헤일도 여전히 질투심은 있는 것 같았지만 다른 아이들과 가깝게 지내는 것까지 거부하지는 않는 듯했다. 나는 어제 오후, 헤일에게 다시 출항을 해야겠다는 소식을 전했다. 헤일은 조금 아쉬운 얼굴이 되었지만, 그동안 나와 했던 대화에서 내가 얼마나 모험을 사랑하는지 알고 있었기에, 붙잡지는 않았다. 나는 헤일이 참 사려 깊은 아이라고 생각했다.

　"노아, 떠나는 거죠?"

　"그렇지. 섭섭하니?"

　"아니라면 거짓말이겠죠⋯. 그렇지만, 노아가 얼마나 모험을 좋아하는지 아니까, 이 섬에 남아 달라고는 안 할게요. 노아에게는 모험이 세상의 전부 같아 보였으니까요."

　"하하! 그러니? 맞아, 나는 모험을 좋아하는 걸 넘어서 세상의 전부로 느끼고 사랑하고 있지. 나는 헤일, 너도 좋아하는 일을 찾아서 성적에만 매몰되지 않고 즐겁게 살았으면 해. 나처럼 말이야. 즐겁고 행복한 일을 추구하면서 살렴."

"알겠어요, 노아. 이걸 받아줘요. 이 섬을 기억할 수 있도록 저희 반 아이들과 제가 모은 돈으로 기념할 만한 걸 샀어요. 이걸 볼 때마다 저희와 함께했던 즐거운 기억을 떠올려 주기를 바라요."

그렇게 말한 헤일은 작은 보석이 섬세하게 세공된 팔찌를 내게 건넸다. 나는 그런 아이들의 마음이 느껴져 감동을 받았다. 잠시 가슴이 먹먹해진 난 소중하게 팔찌를 받아 들었다.

"고맙구나, 헤일. 다른 아이들에게도 내가 정말로 고마워했다고 전해주렴. 팔찌를 보지 않아도 너희들이 많이 떠오를 거야. 정말로 즐거웠단다, 함께하는 동안. 너희들도 나와 같은 마음이었기를 바랄게."

"당연하죠. 노아가 아니었다면 저희는 아직까지도 서로를 견제하면서 치열하게 살고 있었을걸요?"

헤일이 생기가 감도는 얼굴로 배시시 웃으며 말했다. 나는 그런 헤일의 부시시한 곱슬머리를 잠시 쓰다듬어 주었다. 못내 섭섭한 마음이 들었다. 그렇지만 내게는 다음 여정이 기다리고 있으니, 나는 다시 푸른 바다로 향해야 했다. 나는 여관에서 마지막 휴식을 취했다. 이제 다시 바다로 나가야 했기 때문에 충분히 몸을 쉬어둬야 했다. 바다는 꽤나 거칠고 험난한 곳이기 때문이었다. 헤일과 인사를 나눈 나는 이제 조금은 편안한 마음으로 잠에 들 수 있었다.

1901년 9월 11일, 나는 배를 타기 위해 해안가로 나왔다. 정박해 둔 배에서 내린 닻을 거두었다. 어느 정도 출항 준비가 끝나자, 나는 섬을 다시 한번 돌아보았다. 그리고 어디선가 수군거리는 말

소리가 들리는 걸 알 수 있었다.

"노아! 잘 가요! 꼭 기억할게요…."

"아하하! 거기 숨어 있었구나, 모두들. 고맙다, 나도 너희들을 꼭 기억할게. 모두 즐겁게 잘 지내렴!"

해안가에 놓여 있던 커다란 바위 뒤에 가려진 굴에서 숨어 있던 아이들이 뛰쳐나와 내게 인사를 건네기 시작했다. 가장 앞에는 산들거리게 움직이는 치마를 입은 헤일이 서 있었다. 그리고 나와 함께 수업을 진행했던 교사도 내게 인사를 건네기 위해 움츠려서 숨어 있던 몸을 펴고 아이들과 함께 해안가를 달렸다. 나는 뭉클한 가슴에 잠시 눈가가 시큰거렸다. 헤일과 아이들은 모두 즐겁다는 듯이 웃고 있었다. 물론, 정말로 즐겁지 않아도 내가 좋은 마음으로 떠날 수 있도록 웃은 것이었어도, 나는 너무나 큰 감동을 받았다. 교사와 함께 배를 향해 해안가를 달리는 아이들의 모습은 그렇게 낭만적이지 않을 수 없었다. 마침 태양도 노을을 만들어 내고 있었다. 나는 석양과 함께 그 광경을 바라보니, 무척이나 설명할 수 없는 감정들이 파도처럼 밀려오는 것이 느껴졌다. 유달리 따스한 바람이 불어오는 날이었다. 서늘한 바람 대신, 훈풍이 불듯 온기가 전해지니 내 마음도 달리는 그들과 같이 덥혀지는 느낌이었다. 그렇게 나는 헤이치 제도에서의 마지막 여정을 위해 바람과 함께 나아가는 중이었다.

제6장
행복의 섬

 1901년 9월 17일, 나는 헤이치 제도의 마지막 섬을 향해 가는 중이었다. 나는 노틀레아 해를 떠나 다시 베니아 해로 건너가고 있었다. 날씨는 건조하지만 더운 여름 날씨가 계속되고 있었다. 심지어는 비도 잘 내리지 않았다. 물론, 비가 많이 내리지 않은 덕분에 큰 고생 없이 항해를 이어 나갈 수 있기도 했다. 헤이치 제도에서의 마지막 여정이 내게 또 어떤 감동을 줄지 점차 기대가 되고 있었다. 아마 제도의 모든 섬의 모험을 끝마치고서도 그 여운은 오래 갈 것 같았다. 이 모험기를 나는 영원히 잊지 못할 것이라는 예감이 들었다. 밤하늘이 아름답게 빛났다. 쏟아지는 유성우들이 잘 보이는 밤이었다. 약간의 더운 공기가 나를 더욱 들뜨게 만드는 듯했다. 이 낭만적인 밤은 내게 다시금 지금까지의 모험기를 떠오르게 하는 시간이 되었다. 갈매기마저 잠든 이 밤, 나 홀로 바다를 밝히며 나아갔지만, 나는 조금도 외롭지 않았다. 노래를 작게 흥얼거리며 항해를 계속하니 지금까지 함께했던 이들이 내 곁에 있는 것만 같아서, 쓸쓸하지 않았다. 이 희미한 불빛은 망망대해를 빛나게 하는 작은 별 같아서, 나는 내 존재가 마치 저 거대한 우주에 떠 있는 하나의 빛 같았다. 그런 의미에서, 내 모험기는 더욱 그 가치를 빛내는 것 같아 나는 기분이 좋지 않을 수 없었다. 여전히 노래를 흥얼거리는 중이었다. 옅은 노랫소리는 따스한 바람을 타고 바다로 향해 널리 퍼져 나갔다. 낭만적인 여름 바다를 계속해서 나아가고 있었다.

1901년 9월 22일, 나는 제도의 마지막 여정을 향해 나아가다 어느새 마지막 섬에 도착할 수 있었다. 나는 로헬 섬에서 보이는 모습들에 아주 깊은 인상을 느꼈다. 로헬 섬의 사람들은 마치 보통 사람들처럼 웃고 떠들며 모두가 아주 행복해 보였다! 긍정적으로 보이는 사람들에 나 또한 기분이 좋아지는 듯했다. 나는 이런 섬의 분위기에 놀라지 않을 수 없었다. 지금껏 지나온 섬들에서는 행복한 모습 같은 건 찾아보기 어려웠기 때문이었다.

아이들은 즐겁게 깔깔거리며 뛰어다니고 있었고, 힘들게 일을 하지만 계속해서 미소 짓는 이들도 볼 수 있었다. 나는 마을 구경을 하며 이 분위기를 즐겼다. 계속해서 부정적인 감정만 가득한 섬을 지나오다 긍정적인 감정이 가득한 섬에 오니 머리가 맑아지는 것을 느낄 수 있었다. 나는 로헬 섬의 이름을 행복 섬으로 이름 붙여 주었다. 나는 길을 걸으며 붉게 잘 익은 사과를 한 입 베어 물었다. 달큰하게 퍼지는 사과의 향과 입 안 가득 퍼지는 새콤하면서도 달콤한 과즙이 나를 더욱 기분 좋게 만들었다. 저절로 발걸음이 가벼워지는 기분이었다. 섬의 분위기에 걸맞게 사방에는 푸른 잎사귀들이 나뭇가지에 가득 달려 있었다. 여름날에만 느낄 수 있는 청량한 분위기에 나는 계속해서 이 느낌을 만끽했다. 산들거리는 바람이 스치자, 녹빛 나무는 부드럽게 흔들거렸다. 그 모습이 마치 기분이 즐거워 춤을 추는 모습 같자, 나도 모르게 웃음이 새어 나왔다. 어느새 사과는 모두 먹어서 손바닥에는 씨만 남게 되었다. 조금 아쉬운 기분에 나는 가져온 주머니에서 사과를 하나 더 꺼내어 다시 씹기 시작했다. 마을 구경은 할수록 흥미롭고 기분도 들뜨게 되었다. 처음으로 정신이 환기되는 느낌에 나는 이러한 분위기를 계속 느끼고 싶다고 생각했다.

그리고는 묵을 여관을 찾던 중, 나는 한 형제를 만날 수 있었다. 형제는 나처럼 세상에서 일어나는 일들에 관심이 많아 보였고, 여행하는 것을 좋아하는 것 같아 보였다. 그들의 얼굴에서도 자주 미소가 지어지는 걸 볼 수 있었다. 나는 형제와 대화를 나누다가 형의 이름은 체이스 이비어, 동생의 이름은 세르츠 이비어라는 것을 알게 되었다. 체이스와 세르츠는 사이가 아주 좋아 보였다.

"안녕하세요, 모험가죠? 전 체이스 이비어고, 동생의 이름은 세르츠예요. 모험가 씨의 이름은 뭔가요?"

"나는 노아 리바이라고 한단다. 이 제도의 섬들을 모두 모험하며 이곳이 제도에서의 마지막 여정이지. 나도 딱 너희만 한 남동생이 한 명 있단다. 너희를 보면 마치 동생이 생각나서 조금 그립다는 생각이 드는구나."

"정말요? 저희처럼 노아도 동생분과 사이가 좋은가 봐요!"

"그렇지. 우리는 아주 사이가 좋은 형제야. 너희도 사이가 아주 끈끈해 보인다."

체이스와 세르츠는 정말로 사이가 좋은 듯했다. 그건, 절대 꾸며낸 모습이 아니었다. 나는 흥미로운 섬의 분위기에 형제들과 조금 더 대화를 나눠보았다.

"나는 제도의 섬들을 둘러보며 이곳처럼 행복해 보이는 곳을 보지 못했단다. 이런 모습을 보니 나도 기분이 좋아지는구나."

"저희는 항상 웃으면서 지내요. 슬퍼하는 사람은 없죠. 노아, 묵을 곳을 찾고 있죠? 저희 집에서 머무는 건 어때요? 아마 이 근처에는 마땅히 머물 곳은 없을 거예요."

나는 형제들의 호의에 아주 기뻐졌다. 체이스와 세르츠는 흔쾌히 자신들의 집에 머물라며 제안했다.

"정말 그래도 되니? 고맙다. 그렇지 않아도 마땅히 머물 만한 곳이 없어서 난감했는데…. 정말 고맙구나."

"아니에요. 저희도 노아의 모험기가 듣고 싶으니까요. 그럼 저희 집으로 가요."

그렇게 나는 체이스와 세르츠의 집으로 향하기 시작했다. 집으로 향하는 발걸음은 즐겁다는 듯이 통통 튀었다. 그런데, 형제의 발자국은 이상하리만치 짙게 흔적을 남겼다. 나는 그런 그들의 발걸음이 무거워 보인다고 생각했다. 어째서인지는 알 수 없었지만, 나는 그저 내가 잘못 생각한 것일 거라고 여기고는 대수롭지 않게 넘겼다. 그때, 나는 그 무거운 발걸음 소리를 대수롭게 넘기면 안 됐었다. 조금이라도 더 빨리 그 사실을 알았어야 했는데. 당시에 나는 행복 섬의 분위기에 취해 너무 안일하게 생각했던 걸지도 몰랐다. 세 사람의 발걸음 소리 중, 단 한 사람의 것만이 가벼운 듯한 느낌을 내었다. 그리고 그런 느낌에 나는 마음이 조금 찝찝했다. 찝찝한 마음은 마치 더위가 몸에 붙은 것처럼 나의 무의식 속에 들어가 자리 잡았다.

1901년 9월 23일, 정신 없이 마을 구경을 하다가 다음 날 새벽이 되어서야 형제의 집에 도착한 나는 피곤하지만 가져온 짐을 풀기 시작했다. 그런데, 집에 하나뿐인 침대에는 누군가 누워 있었다. 형제가 들어왔음에도, 그 사람은 인기척 없이 누워 있었다. 형제들은 여전히 미소 지으며 그 사람에게 인사를 건넸다.

"아버지, 저희 왔어요. 오늘은 좀 괜찮으세요? 어서 나으셔야죠."

"형 말이 맞아요. 얼른 기운을 차리세요. 아버지…."

형제가 하는 말만 들으면 무척이나 슬퍼하는 것 같아 보였다. 하지만 여전히 그들의 얼굴에는 미소가 지어져 있었다. 나는 점차 이런 상황이 기괴하다는 생각이 들기 시작했다. 걱정하는 말투지만 얼굴은 기뻐 보이고, 슬퍼하는 목소리에는 웃음기가 묻어 있었다. 나는 그제서야 형제들의 얼굴에 나타난 미소가 억지로 만들어낸 웃음이라는 것을 알게 되었다. 나는 어째서 형제가 걱정을 하면서까지 억지로 웃는지 알 수 없었다. 그 모습은 너무나 괴이하고 이상했다. 하지만 짐을 풀고 지친 나머지, 나는 밀려오는 잠을 이길 수 없어서 깊은 잠에 들었다.

'이비어 형제는 왜 걱정을 하는데 저렇게 환하게 웃는 거지? 너무나 이상한 모습이다. 아, 피곤해서 잠이 몰려온다…. 조금만 자고 생각하자….'

달빛 하나 비치지 않는 고요한 밤이었다. 조금 대화를 나누고 있던 형제들은 내가 잠에 든 걸 확인하고는 조용히 다니며 소리를 거의 내지 않는 것 같았다. 덕분에 나는 잠에서 깨지 않을 수 있었다.

　1901년 9월 24일, 나는 개운하게 잠에서 깨 몸을 일으켰다. 몸은 개운했지만 마음은 불편하기 짝이 없었다. 어젯밤, 이비어 형제의 집에서 본 광경 때문이었다. 아픈 아버지를 걱정하지만 환하게 웃는 형제들의 모습은 가히 충격적이지 않을 수 없었다. 나는 다시 마을 구경을 하러 길가로 나가 보았다. 마을 사람들은 여전히 즐겁게 웃으며 생활을 하고 있었다. 나는 이제 그 모습들마저도 정말로 웃는 게 아닌, 억지웃음을 지으며 시간을 보내고 있는 것 같아서 이 섬이 기괴하게 느껴졌다. 이제는 웃으면서 뛰노는 아이들의 웃음소리도 이상하게 들리며 정말로 즐거워 보이지 않는 것처럼 보였다. 그런 섬의 분위기는 더 이상 내게 즐겁게 다가오지 않았다. 나는 이비어 형제와 다시 대화를 시도했다.

　"체이스, 세르츠. 어째서 나는 이 섬 사람들이 억지로 웃는 것같이 느껴지는 것 같지? 정말로 기뻐서 웃는 게 아닌 것 같다는 느낌이 들어. 처음에는 모두가 정말로 행복해하는 줄 알았는데, 어제 너희의 모습을 보니 그게 아닌 것 같다는 생각이 드는구나. 혹시 이 섬에 무슨 문제가 있는 거니?"

　"음, 그게…."

　내 말에 이비어 형제는 대답을 망설였다. 그들이 말하고 싶어 하지 않는 눈치길래 나는 더 이상 물을 수는 없었다. 그리고 말하고 싶지 않은 사람한테 캐묻고 싶지도 않았다. 하지만 이제는 알 수 있었다. 행복 섬에는 무언가 뿌리부터 잘못된 어떤 큰 문제가 있다는 것을 말이다. 사람들이 정말로 즐거워서 웃지 않는다는 걸 알게 되니, 이제는 섬의 분위기를 마냥 처음 섬에 왔을 때처럼은 즐길 수 없게 되었다. 아직 확실한 것을 발견한 건 아니지만 나는 이 섬의 사람들이 이비어 형제처럼 무언가 문제가 있을 것이라고 생각했다. 그리고 무언가 그들만의 사정이 있을 거라는 생각이 들었다.

여전히 나무는 녹빛으로 푸르게 자라나 있었고, 허공으로는 온기 있는 바람이 불었다. 그렇지만 나는 그 여름의 분위기가 더는 산뜻하게 느껴지지 않았다. 섬에 문제가 있다는 것을 알게 되어서일까, 더는 섬의 나무들이 싱그러워 보이지 않았다. 그저 나무의 껍데기만 멀쩡하고, 그 속은 썩어버려 텅 빈 것처럼 보이기 시작했다. 물론, 정말로 나무들이 썩어버린 것은 아니었다. 하지만 내 눈에는 점차 싱그러웠던 나무들도, 푸르렀던 잎사귀들도 모두 앙상하게 변한 모습으로 느껴졌다. 나는 어서 행복 섬의 문제가 무엇인지 알고 싶어졌다. 그렇게 섬의 문제에 대한 궁금증은 날이 갈수록 커져만 갔다. 눈덩이처럼 불어나는 궁금증에 여전히 형제에게 묻고 싶은 마음은 컸지만 정말로 물어보지는 않았다.

1901년 10월 1일, 이비어 형제는 그동안 나를 조금 피하는 듯한 느낌을 받았다. 집에서 나가달라고 한 건 아니었고 나와 대화도 여전히 잘했지만, 내가 섬에 대한 걸 물으려고 할 때면 피하는 듯한 느낌을 받았다. 그럴수록 나는 섬의 문제가 무엇일지 더욱 궁금해졌다. 하지만 기다렸다. 이비어 형제가 말하고 싶어질 때까지 기다리기로 결정했다. 섣불리 내가 물었다가, 그들의 마음을 상하게 한다면 안 되니까 말이다.

날씨는 여전히 무더웠다. 하지만 습기가 많지 않고 건조해서 그리 덥게 느껴지지는 않았다. 하지만 햇살만큼은 강렬하게 내리쬐고 있었다. 그 햇살 때문인지, 녹음이 드리운 숲은 더욱 청청하게 자라고 있었다. 마치 그 모습은 섬 사람들이 미소를 짓는 것 같았지만, 나는 그 미소에 감춰진 그늘이 드리워져 있다고 생각이 들었다. 그 그늘 아래에는 섬이 이렇게 된 이유가 있을 것 같았지만 아직 이비어 형제는 내게 그 이유를 말해주지 않았다. 하지만 나는 성급하게 굴지 않고 여전히 기다리며 그들에게 고민할 시간을 주었다. 행복 섬의 모든 것은 싱싱하고 새로운 느낌을 주었다. 과일가게에서 막 따내 파는 과일도, 생선 가게에서 갓 잡은 생선을 파는 것도 모두 신선했지만 나는 어째서 그것들이 모두 썩어버린 것처럼 보이는지 알 수 없었다.

1901년 10월 5일, 그로부터 다시 며칠이 지났다. 나는 형제가 안타깝다는 생각이 들었다. 기쁘지 않은데 웃으면서 살아야 하는 일상이 버거워 보였기 때문이었다. 그렇게까지 버거워하며 웃어야 하는 이유를 알 수는 없었지만 나는 모두가 정말 기쁘지 않은데 웃으면서 사는 거라면 삶이 버거울 것 같다는 생각이 들었다. 사실, 웃는 것도 정신이 소모되는 일이었다. 부정적인 감정만이 정신을 소모하게 만드는 건 아니었다. 그런데, 이 섬 사람들은 부정적인 감정을 느껴도 웃는 거라면 정신이 배로 더 소모될 것이었다. 마을 구경을 더 이상 웃으면서 할 수는 없었다. 그들의 사정이 무엇인지는 몰라도 계속해서 지켜본 결과, 나는 그들이 정말 기뻐 보이지 않는다는 결론을 내렸다. 그래서 나는 더 이상 섬의 분위기를 즐길 수 없었다. 그들이 정말로 기쁘지 않은 거라면 나는 진심으로 그들에게 웃어줄 수 없었다. 부정적인 감정들이 가득했던 섬들에서 느낀 피로함은 내게 느껴지지는 않았지만 나는 그들이 안타깝다는 생각이 들었다. 나는 이비어 형제를 조금 더 지켜보기로 했다.

1901년 10월 8일, 마을 구경을 하고 돌아온 내게 웬일로 이비어 형제가 먼저 대화를 청했다. 나는 그들이 드디어 말해줄 생각이 든 것 같아서, 내색을 하지는 않았지만 마음속으로는 기뻐졌다. 나는 곧, 진지하게 대화를 시작했다. 그럼에도 형제의 얼굴에서는 미소가 끊이지 않았다. 약하게 바람이 부는 날이었다. 창문을 열어둬서인지, 의자에 앉아 있는 나와 형제의 머리칼이 나풀대며 바람에 흩날렸다. 나는 그 바람이 기분을 좋게 만든다고 생각했다.

"이제 말해줄 생각이 들었구나. 그래, 이 섬의 근본적인 문제가 무엇이니? 내게 말해주렴. 너희가 먼저 말해줄 때까지 기다리고 있었단다. 먼저 대화를 하자고 해줘서 고맙구나."

형제는 또다시 잠시 고민했다. 그래도 나는 차분히 기다렸다.

"이 섬에서 모두가 행복한 듯이 보이는 건, 이유가 있어요. 모두가 웃을 수밖에 없었고, 항상 즐겁게만 지내야 하는 이유요."

체이스가 먼저 말을 꺼냈다. 그리고 세르츠에게 설명을 시작하라는 눈빛을 보냈다. 세르츠는 잠시 마른침을 삼키더니 곧 입을 열었다. 나는 그들이 하는 이야기에 매우 귀를 기울였다.

"그게 무슨 이유니?"

그 뒤로, 세르츠가 내게 그 이유에 대해 설명을 해주었다. 나는 그 이유를 들으면서 엄청난 충격을 받았다. 세르츠가 한 말은 이랬다.

"그 이유는… 저희가 눈물을 흘리면 전염병이 옮기 때문이에요. 많은 사람들이 그랬어요. 타인의 눈물에 닿으면 병이 옮는다고. 그래서 자신이 울어도 누군가에게 병을 옮길 수 있고, 또 다른 사람이 눈물을 흘리면 자신이 병에 걸리니 섬 사람들은 무조건 하루하루를 즐겁게 보내야만 했어요. 행복해 보이지만 사실 정말로 행복한 사람은 몇 되지 않을 거예요. 저희도… 아버지가 아프셔서 정말 슬프고 당장이라도 눈물이 쏟아질 것 같지만 다른 사람들에게 병을 옮길 수 있다고 생각하니 차마 울 수가 없었어요."

"그래서, 저희는 차라리 웃는 방법을 택했어요. 그래도 웃다 보면 슬픔이 옅어질 거라 생각이 들었어요. 하지만 시간이 지날수록 옅어지기는커녕, 더 슬퍼지는 것만 같아서…. 어떻게 해야 할지 모르겠어요…! 아마 우리는 평생 울지 못하겠죠. 이 섬에서 울 수 있는 사람은 갓난아이가 유일해요. 갓 태어난 아기는 신성하다고 말했어요. 그래서 갓난아기는 울어도 괜찮다고 했어요…. 하지만 3살을 넘어가면 울어서는 안 돼요. 도와줘요, 노아. 저희는 정말 절박해요. 아버지가 아프지 않았으면 좋겠어요. 하지만 저희는 도울 수 있는 게 없고…. 그저 매일 눈물을 흘리지 않는 방법만이 저희가 할 수 있는 일이에요."

나는 그 이야기를 듣고는 눈앞이 하얘지는 느낌을 받았다. 그렇지 않아도 행복 섬의 의료 수준은 다른 곳에 비해 뒤떨어진다는 느낌을 받았지만, 이 정도로 지식이 없을 줄은 몰랐다. 나는 드디어 문제를 알아냈지만, 이걸 어디서부터 해결해야 할지 몰라 아주 곤

혹스러워졌다. 그리고 나는 그제서야 어째서 형제가 아버지가 아픈데도 웃고 지냈는지 이해가 갔다. 그리고는 그런 그들의 모습에 마음이 아파왔다.

"우선, 아주 고생이 많았다고 이야기하고 싶구나. 가족이 아픈데 울지도 못하고 웃어야 했다는 데 마음이 너무 아프구나. 그리고 정말로 해주고 싶은 말은… 눈물은 병을 옮기지 않는다는 거야. 내 말을 믿어주렴. 정말이란다."

체이스와 세르츠는 내 말을 불신하는 것 같았다. 하긴, 이제 막 섬에 도착한 외지인의 말을 단번에 믿는다는 건 쉽지 않은 일이었다. 하지만 나는 정말로 형제가 내 말을 믿을 수 있기를 바랐다.

"미안해요… 노아. 당장은 노아의 말을 믿지 못하겠어요. 쉽게 믿어서 울었다가 아버지가 정말로 병에 걸려 버리면 안 되니까요…. 노아도 이런 저희의 마음을 이해해 줄 거라 믿어요…."

나는 그저 슬프게 웃었다. 그런 형제의 마음을 이해해서였다. 그들의 불신은 하루 이틀만으로 풀릴 것이 아니었다.

"그래, 그냥 알아만 두렴. 나도 당장은 믿으라는 말이 아니었단다. 무거운 이야기를 하느라 힘들었을 텐데, 조금 쉬자. 이제 정말로 기분 전환을 하러 가보자."

나는 그런 형제들의 기분이 정말로 나아질 수 있도록 기분 전환을 시켜주기 위해 정박해 둔 배가 있는 해안가로 데려갔다. 그들에게 배에 관련된 물건들을 구경시켜 줄 생각이었다. 나는 배에 쌓아둔 짐들 중에서 감정의 섬들을 지나오며 받았던 선물들과 나침반, 지도와 같은 물건들을 꺼내 와 그들에게 보여주었다.

"이게 방향을 알려주는 물건이라구요?"

"그럼. 이게 있으면 내가 가야 하는 방향과 같은 것을 알기 쉽단다."

"이건 뭐예요?"

체이스가 카일라가 내게 준 압화 책갈피를 들며 말했다. 그런 그들의 표정에는 호기심이 가득해 보여서 나는 조금이라도 기분이 나아지기를 바랐다. 안타까운 마음은 계속해서 들었다. 속상하고 마음이 아팠지만 그들이 더 슬퍼하지 않도록 티를 내지는 않았다.

"그건 내가 이 제도의 섬들을 모험하며 어떤 사람에게 받은 거야. 처음에는 그 사람은 미안함이나 고마움조차 느낄 줄 몰랐단다. 그렇지만 나와 대화를 하면서 점차 감정이 풍부하고 다양하다는 걸 알게 되었지. 그런 그녀와 헤어질 때, 자신과 그 섬을 기억해 달라며 내게 준 선물이란다. 압화로 만든 책갈피지. 섬세하게 만든 걸 보아, 아주 손재주가 좋은 것 같았어."

"그렇군요…. 신기해요. 노아가 많은 곳을 모험하면서 다녔다는 게요. 저희도 가보지 않은 곳을 다녀보는 걸 좋아하지만 아버지가 아프셔서 멀리로 가볼 수는 없었어요."

"어쩔 수 없잖아, 형. 일단은 아버지가 우선인 걸."

세르츠가 슬프지만 미소를 지으며 말했다. 체이스도 그 말을 듣고는 울상으로 변할 것 같았지만 결코 눈물을 흘리지는 않았다.

"물건들을 구경하니 신기하지? 이길 보면서라도 너희 기분이 조금은 나아졌으면 좋겠다."

"많이 괜찮아졌어요. 고마워요, 노아."

"형 말이 맞아요. 노아는 이미 우리를 열심히 도와주고 있잖아요. 미안해하는 표정을 지을 필요는 없어요."

세르츠가 내게 위로를 건넸다. 아마 내 표정이 슬퍼 보였었던 것 같았다. 최대한 감추려 했지만 조금은 티가 난 것 같아서 나는 괜히 계속 괜찮다는 말을 하는 형제에게 미안해졌다. 그들은 이미 어른이 된 것 같았다. 나는 형제 나이 때쯤의 리샨이 생각나 더욱 비교가 되었다. 그맘때의 리샨은 활달하고 즐겁게 웃기 바빴는데, 억지웃음을 짓는 형제들의 모습을 보고 있자니, 가슴이 아리는 것 같았다. 아마 리샨이 나와 함께 모험을 했었더라면, 형제의 이야기를 듣고 울컥했을지도 몰랐다. 어쩌면 리샨은 나보다 더 마음이 여린 부분이 있었으니 말이다.

"고마워요, 노아. 정말로요. 덕분에 기분이 많이 괜찮아졌어요. 구경을 하다 보니까 신기한 물건도 많았고요. 그리고 노아의 모험기가 무척이나 신기하고 흥미로웠어요."

구경을 끝낸 체이스의 옆에서 세르츠가 말을 거들었다.

"맞아요. 그리고 넓은 바다를 보니까… 더 마음이 편안한 것 같아요. 저희도 언젠가는 정말로 기뻐서 웃을 수 있겠죠?"

나는 그런 세르츠의 말을 듣고 눈가가 시큰거렸다. 그리고 이비어 형제를 보며 든 생각은, 그들이 후에는 슬플 때는 눈물을 흘릴 줄 알고, 기쁠 때는 진심으로 기뻐하는 사람이 되기를 바랐다. 그들은 너무 빨리 어른이 되어버렸기 때문이었다. 그리고 그건 행복 섬의 특징 때문일 것이라고 나는 생각했다. 나와 형제들은 모래에 차츰 발자국들을 남기며 다시 집으로 향했다. 그들의 발걸음은 저번

보다 한층 가벼워 보이는 것 같아서 나는 일단 마음이 놓였다. 형제들은 피곤함이 쌓였는지, 집에 돌아오자마자 바로 잠에 들었다. 그들의 아버지는 여전히 찾아오는 고통 때문인지, 의식이 없어 보였다. 그래서 형제들은 매일 아침이 밝아오면 웃으면서 아버지한테 인사를 건넨 뒤, 코에 손가락을 대어 숨을 쉬나 확인해 보는 게 그들의 일상이었다. 나는 그런 그들의 모습에 안타까움을 느끼지 않을 수 없었다.

1901년 10월 18일, 그동안 나와 형제들은 조금은 평온한 일상을 보냈다. 그리고 언제나 예상치 못한 일은 예상치 못한 때에 벌어지는 법이었다. 눈 부신 햇살이 뜨기 시작하는 아침이었다. 어김없는 태양이 눈을 뜨는 시간이었다. 체이스와 세르츠는 오늘도 아버지에게 인사를 건네며 숨을 쉬는지 확인하는 중이었다. 그리고 곧, 세르츠의 안색은 새파래졌다.

"형…. 아버지가… 숨, 숨을 안 쉬어…. 그럴 리가 없는데, 그렇지? 그런 거지?"

세르츠가 울상이 되어 말을 더듬었다. 지금 상황으로 인해 충격이 큰 것 같았다. 형제의 아버지는 더 이상 살아있다는 느낌을 내지 않았다. 이미 새벽에 숨을 거둔 것 같아 보였다. 체이스도 손을 떨며 금방이라도 울 것 같은 얼굴이 되었다. 하지만 곧 떨리는 손을 뒤로 숨기며 붙잡고는 세르츠에게 차분하게 말을 건넸다.

"기도하자…. 세르츠, 아버지는 좋은 곳으로 가셨을 거야. 우리는 그저 아버지가 이제 편하게 쉬시기를 기도하는 거야…."

그렇게 말하는 체이스의 목소리에는 울음기가 다분했다. 그럼에도 어떻게든 동생을 진정시키려고 떨리는 손을 감추며 주먹을 세게 쥐었다.

"그럴 리가 없잖아! 아버지는 살아계신다고…. 이렇게 멀쩡히 누워 계시잖아…! 거짓말이야, 이건 거짓말이야…! 아버지가, 돌아가실 리가, 그럴 리가 없어…. 하하, 하늘도 무심하시지! 우리에게는 아버지밖에 없었는데, 어떻게 이럴 수가 있어!"

"세르츠, 진정해야 해…. 장례식에서는 많은 사람들이 올 거기 때문에 울면 안 돼. 이제 우리는 서로에게만 의지해야 해…. 아버지는 더 이상 이곳에 살아계시지 않아…."

세르츠는 믿기지가 않는다는 듯이 창밖으로 보이는 하늘을 멍하니 쳐다보았다. 그 멍한 눈은 마치 텅 빈 것 같아 보여서, 나는 그들의 모습에 마음이 아려왔다.

"어제까지만 해도 표정이 편안해 보였어! 그런데, 하루아침에 돌아가신다는 게 말이 돼? 이건 아니잖아…. 아니라고…! 아버지, 아버지! 정신 차려 보세요…."

"그만해, 세르츠…! 아버지는 어제 아신 거야…. 이미 당신은 다른 세상으로 가실 걸 알고 계셨던 거야…. 이제 그만 보내드리자. 그렇지 않으면 아버지도 마음이 속상하실 거야…. 우리 형제를 사랑으로 키우시던 아버지야. 비록 나중에는 의식을 차리는 게 힘들어졌지만, 그래도 의식이 있을 때면 항상 우리에게 고맙다며 웃으셨잖아. 꼭, 우리의 머리를 쓰다듬으시면서… 힘겹게 웃으셨잖아. 그러니, 우리도 웃으면서 보내드리자. 더는 아버지가 고통 속에서 힘겨워하시지 않도록…. 그게 남은 우리가 할 수 있는 일이야."

"하지만, 형…! 하지만, 하지만…! 나는 믿겨지지가 않아…. 믿을 수 없다고…."

그렇게 말하는 세르츠는 몸에 힘이 빠지는지 힘없이 손을 떨어트렸다. 체이스는 주먹을 얼마나 세게 쥐었는지, 피가 날 지경이었다. 그럼에도 나는 할 수 있는 게 없었다. 그저 외지인, 외부인에 불과한 내가 그들에게 진정으로 위로를 건네도 내 위로는 진심으로 닿지 않을 걸 알았기에, 그저 조용히 묵념을 할 뿐이었다. 떠나간 이를 위해, 남겨진 아이들을 위해, 침묵으로 위로를 건넸다. 형제가 마음을 추스르는 데는 꽤나 시간이 걸렸다. 나는 그동안, 형제가 장례를 잘 치를 수 있도록 도왔다. 섬에서는 사람이 죽었는데도 웃음이 끊이지 않았다. 그 말도 안 되는 전염병 소문 때문이었다. 나는 그러한 상황에 다른 이들처럼 웃을 수 없었다. 형제는 이틀 뒤에 장례식을 진행한다고 섬 사람들에게 알렸다. 그럼에도 섬 사람들의 얼굴에서는 미소가 지어져 있었다. 나는 생각했다.

'섬 사람들은 꼭 전염병 때문이 아니더라도, 슬프면 웃음으로 가리는 게 아닐까? 그렇게 웃다 보면 슬픔도 덜해질 거라고 생각한 것 같다. 안타깝군…. 잘못된 지식으로 지금 얼마나 많은 사람들이 슬퍼하지 못하고 있는 걸 보자니, 답답하기도 하고 슬프기도 하군…. 어서 섬의 문제가 해결되기를.'

1901년 10월 20일, 웃고 있는 사람들 사이에서 장례식이 진행되었다. 정말로 즐거워서 웃는 것 같지는 않았지만, 나는 엄숙해야 할 장례식에서 미소를 짓는다는 게 너무나 충격적이었다. 단 한 사람도, 우는 사람을 찾아볼 수 없었다. 나는 식이 시작되기 전, 형제들에게 울고 싶으면 울라고 말은 해두었지만, 형제들도 미소를 지으며 결코 눈물을 흘리지 않았다. 나는 이 괴이한 모습들에 너무나 처참하다고 생각이 들었다. 사람들이 묵념을 하며 억지웃음을 짓는 광경은 정말로 이상하게 보였다. 하지만 여기서 내가 울어도 된다고 외쳐도 사람들은 내 말을 믿지 못할 게 분명했다. 형제들의 눈시울은 붉어져 있었다. 온 힘을 다해 울음을 참고 있는 것 같아 보였다. 결국 나는 결정을 내려야 했다. 잠시 고민을 하다가 결정을 내린 나는 형제들에게 다가갔다. 형제들은 나를 발견하고는 다시 웃으며 말을 건넸다.

"노아, 아버지의 장례식에 참석해 줘서 고마워요. 함께 아버지를 위해 묵념해 줘서 고마워요…."

체이스가 힘겹게 말했다. 세르츠는 무어라 말을 꺼내지 못했다. 그저 감정을 진정시키는 것도 힘들어 보였다. 나는 그런 형제들에게 더욱 가까이 다가갔다. 그리고는 형제들을 품속으로 꽉 끌어안아 주었다. 형제들은 그런 나의 행동에 잠시 당황하는 것 같아 보였다. 체이스가 당황하며 내게 말했다.

"노, 노아…?"

"애들아, 울음을 참기 위해 노력할 필요 없단다. 너희가 얼마나 힘이 들지 상상도 가지 않는구나. 지금까지 고생했다. 너무 힘겹게 살았어, 모두들…. 웃고 싶지 않은데, 울고 싶은데 웃어야 하는 삶이 버거웠지? 그냥 안겨서 울렴. 괜찮아, 이제 다 괜찮아…."

"하지만, 울면 안 돼요…. 사람들에게 병이 옮으면 어떡해요…?"

세르츠가 거의 울 듯한 얼굴이 되어 내게 물었다.

"모든 건 내가 책임질게. 그냥 지금 너희에게 가득한 감정을 푸는 게 먼저인 것 같구나. 뒷일은 걱정하지 말고 그냥 실컷 울어. 지금 울지 않으면 나중에 너희는 더 괴로울 거야. 괜찮으니까 이제 울어도 좋아. 그렇게 빨리 어른이 될 필요는 없단다…."

내 말에 세르츠는 거의 눈물이 나오고 있었다.

"흐… 흐윽…."

곧, 세르츠는 내 품에 안겨 아이처럼 엉엉 울기 시작했다. 체이스는 잠시 주변 눈치를 살피고는 세르츠를 말렸다.

"세르츠, 안 돼…! 노아가 병에 걸리면 어떡해…!"

하지만 세르츠의 눈물은 그칠 기미가 보이지 않았다. 체이스는 잠시 머뭇거리다가 세르츠의 모습을 보며 점점 눈에서 눈물이 차올랐다. 이내 그는 조용히 흐르는 눈물을 훔치기 시작했다. 소리를 내어 울지는 않았지만 그의 두 뺨을 타고 흐르는 눈물은 무척이나 뜨거워 보였다. 나는 그런 두 형제를 더 세게 끌어안았다. 내 품에서 그저 편하게 울 수 있도록, 마음껏 감정을 표출하도록 내버려 두었다. 형제는 내 품에 안겨 울기 시작했다.

"어머, 체이스하고 세르츠가 울잖아!"

"이제 저 남자는 병에 옮을 거야, 옮을 거라고!"

"병에 걸려서 우리도 옮으면 어떡하죠?"

"이제 이 섬은 병으로 물들 거예요!"

그 순간, 체이스와 세르츠가 우는 것을 보고 장례식에 참석한 사람들은 소스라치게 놀라며 경악했다. 그리고는 못 볼 걸 봤다는 듯이 모두 소리치며 패닉에 빠졌다. 나는 사람들의 놀라며 외치는 목소리들이 형제에게 닿지 않도록 조용히 그들의 귀를 막아주었다. 그리고는 외투를 벗어 형제에게 덮어주었다. 체이스와 세르츠는 여전히 울었다. 마치 지금까지의 모든 한이 서린 눈물을 쏟아내는 것 같아서 그저 마음이 아플 뿐이었다. 세르츠는 체이스의 손을 꼭 잡고는 계속해서 눈물을 바닥으로 떨어트렸다. 체이스도 그런 세르츠의 손을 놓지 않고 한 손으로 뺨에 흐르는 눈물을 계속 닦아냈다. 형제는 한참을 울면서 시간을 보냈다. 사람들은 굉장히 불안해 보였다. 나는 그런 사람들에게 보란 듯이 형제가 흘리는 눈물을 닦아주었다. 그리고는 그들이 보는 앞에서 내 손에 형제의 눈물을 발랐다. 사람들은 그 모습을 보고는 더욱 경악했다.

"세상에나…! 지금 저 남자, 손에 눈물을 바른 건가요?"

"이제 모두 병에 걸릴 거야…. 모두 옮을 거라고!"

나는 아랑곳하지 않으며 형제가 모두 울 때까지 기다렸다. 그리고 그들에게 외쳤다.

"여러분! 눈물은 병을 옮기지 않아요. 모두들 잘못된 지식을 갖고 있는 거예요. 한 달 정도가 지나면 모두 제 말이 맞다는 걸 알게 될 겁니다!"

그럼에도 사람들은 패닉 상태에서 빠져나오지 못했다. 내 말은 그들에게 들리지 않는 것 같았다. 나는 작게 한숨을 내쉬었다. 정말 답답한 상황이었다. 그리고 사람들은 모두 하나같이 장례식장을 빠져나가기 시작했다. 모두 자기들에게 병이 옮을까 두려워하는 것 같았다. 식장에는 나와 형제만 남게 되었다. 그리고 겨우 울음을 그친 체이스와 세르츠는 눈가가 부어 붉게 변해 있었다. 나는 그런 형제의 모습에 빙긋이 웃었다.

"실컷 울었나 보구나. 이제 마음은 좀 후련하니?"

"네, 노아. 덕분에 많이 후련해진 것 같아요. 고마워요."

체이스가 웃으며 말했다. 그 웃음에는 이제 거짓이 담겨 있지 않는 듯했다. 세르츠도 다 울었는지 코를 훌쩍이며 멋쩍은 듯이 웃었다. 형제들은 진심으로 웃는 것 같았다. 나는 그런 모습에 정말 다행이라는 생각이 들었다. 세 사람만이 남은 장례식은 곧 끝이 나고, 그 뒤는 예상한 대로였다.

'결국 이렇게 되는구나….'

나는 예상했던 대로 흘러가는 상황에 씁쓸한 미소가 지어졌다. 사람들은 모두 집 문을 걸어 잠그고 밖으로 나오지 않았다. 웃음이 넘치던 길가는 삭막해졌고, 휑해졌다. 매일 같이 놀던 아이들은 어디론가 사라져 버렸는지, 모두 보이지 않았다. 어른들도 모두 같았다. 장사도 접어둔 채 집에 틀어박혔다. 모든 사람들은 병이 옮을까 봐 두려워하며 집 밖으로 나서지 않았다. 그런 모습들에 나는 그저 혀에서 쓴맛이 감도는 듯했다. 하지만 만약 과거로 돌아간다 해도 나는 이비어 형제가 울 수 있도록 다시 그들을 안아주는 선택을 했을 것이다. 무언가 하지 않으면 이 섬은 바뀔 리가 없었다. 그래서 난 결국 한 발자국을 내딛는 선택을 했다. 지금은 그 발자국이 진흙 속 자국 같겠지만, 조금만 시간이 지나면 분명 햇살에 마를 것이었다. 나는 그 햇살에 희망을 걸었다. 그리고 그 햇살은 형제를 떠올리게 만들었다. 나는 분명 진흙도 마를 날이 올 것이라고 생각했다. 틀

림없이, 그럴 것이었다. 내 예감은 결코 틀리지는 않을 것 같았다.

1901년 11월 11일, 사람들은 여전히 집 밖으로 나오지 않았다. 형제는 괜히 나한테 미안해하는 것 같아서 나는 연신 괜찮다고 말해야 했다.

"미안해요, 노아. 괜히 저희 때문에 사람들이 노아도 피하게 돼서…. 노아가 정말로 병에 걸리면 어떡하죠? 저희가 흘린 눈물 때문에…."

"맞아요…. 역시 그때 괜히 울었나 봐요. 어떻게든 참았어야 하는데, 그러질 못해서…. 정말 미안해요, 노아."

"하하, 아직도 내 말을 믿지 못하는 거니? 눈물은 정말로 병을 옮기지 않는단다. 나는 앞으로도 괜찮을 거야. 걱정하지 마. 이렇게 시간이 흘렀는데도 멀쩡하지 않니. 결국 사람들도 믿게 될 거란다. 눈물은 병을 옮기지 않는다는 것을. 아마 사람들이 눈물이 병을 옮긴다고 믿는 데는 이유가 있겠지. 뭐, 병에 걸린 사람의 눈물이 닿았다던가, 그런 거 있잖니? 하지만 그건 병에 걸린 사람이라서 그런 것이지. 건강한 사람의 눈물은 아무 일도 일으키지 않는단다. 내가 이 섬에 와서 느낀 건 의료 수준이 조금 더 발전할 필요가 있다는 거야."

나는 그렇게 말하며 정말로 발전해 있던 질투 섬이 생각나 피식 웃었다. 질투 섬은 의료마저 발전해 있었는데, 나는 그때 그런 부분에 정말 놀랐다. 체이스와 세르츠는 여전히 미안한 얼굴이었지만 이제는 내 말을 믿는 것 같았다. 나는 한 달 정도가 지날 동안, 형제와 함께 매일 그들의 아버지를 추모했다. 마냥 밝게 지낼 수는 없었다. 그들의 아버지가 세상을 떠난 지 한 달도 채 되지 않았기에. 함께 추모를 해주는 내게 형제는 정말로 고마워했다. 아버지의 묘에서, 나와 형제들은 잠시 대화를 나누었다.

"이제 섬은 바뀔 거란다. 내가 장담할게. 그리고 사람들도 점차 변하겠지. 조금만 더 시간이 지나면 슬플 때는 울고, 기쁠 때는 웃을 수 있을 거야. 한 번 그러기 시작하는 사람이 있으면 분명 다른 사람들도 같아질 거란다. 지금까지 정말 고생이 많았다."

"이제 저희는 노아의 말을 믿을 수 있을 것 같아요. 눈물은 병을 옮기지 않는다는 것을요. 지금까지는 왜 그렇게 믿고 살았을까요? 너무 어리석은 나날이었던 것 같아서, 후회가 돼요. 그래도 노아 덕분에 아버지를 추모할 때는 눈물을 흘릴 수 있어서 다행이었어요. 만약 그때도 웃으면서 있었다면 지금까지도 후회하고, 또 후회했겠죠."

세르츠가 말했다. 체이스도 그의 생각에 동의한다는 듯이 고개를 끄덕거렸다.

"그러니? 너무 후회하지는 마. 앞으로 너희에게는 창창한 미래가 펼쳐져 있는데, 후회하면서 시간을 보내면 아깝잖아. 전염병에 걸린 사람의 눈물이 아니라면, 눈물에 닿아도 괜찮단다. 정말이야."

"네, 이제는 믿을 수 있을 것 같아요. 아니, 믿어요. 노아의 말이 진실이라는 거 말이에요."

체이스와 세르츠가 웃으며 답했다. 날이 좋은 오후였다. 따스한 햇살이 비추고 있어서, 기분 좋은 바람이 불어왔다. 이제 몸에 달라

붙던 더위는 더 이상 찝찝하지 않았다. 녹빛의 나무도, 푸른 잡초들도 모두 싱그러워 보이기 시작했다. 더는 그것들은 썩어 보이지 않았다. 나는 그런 모습에 참 기분이 좋아졌다. 아직은 사람들이 밖으로 나오지는 않았지만 나는 알 수 있었다. 그들의 마음은 곧 내 말을 믿는 쪽으로 기울 것이라는 걸 말이다. 기분이 좋아져 사과를 꺼내 형제와 나누어 먹기 시작했다. 새콤한 사과가 아주 맛이 좋았다. 형제도 기분이 좋은 듯해 보였다.

1901년 11월 16일, 내가 아무렇지 않게 다니는 모습을 본 사람들은 하나둘씩 길가로 나오기 시작했다. 점차 변화하고 있는 중인 것이었다. 나는 기쁘지 않을 수 없었다. 사람들이 내 말을 믿기 시작했다는 것이었다. 병에 걸리지 않은 나를 보며 점점 눈물은 병을 옮기지 않는다고 생각하는 사람들이 늘어 나갔다. 나는 기뻐졌다. 이제 사람들은 더욱 밖으로 나올 것이다. 그리고 이제는 자신의 감정을 있는 그대로 표현할 수 있을 것이었다. 장사를 하는 사람들은 더 빨리 밖으로 나왔다. 이제는 깨달은 것 같았다. 눈물에 닿아도 괜찮다는 것을 말이다.

1901년 11월 21일, 모든 사람들이 밖으로 나오기까지 정말 오래 걸렸다. 그렇지만 머뭇거리던 사람들도 이제는 모두 밖에 나왔다. 나와 형제는 아주 기뻐했다. 나는 섬 사람들에게 내가 괜찮다는 걸 알리기 위해 한 명 한 명 찾아가며 인사를 건넸다.

"안녕하세요. 노아 리바이입니다. 이제는 믿으실 수 있겠죠? 눈물이 병을 옮기지 않는다는 것을요."

"하하, 그동안 피해서 미안했습니다. 그때는 정말로 눈물이 병을 옮긴다고 믿고 있었으니까요…. 그저 미안할 따름입니다."

많은 사람들이 멋쩍어하며 내게 사과를 건넸다. 나는 차례차례로 인사를 하며 내가 괜찮다는 것을 알렸다. 사람들은 오랜 시간이 지났기도 했고, 무엇보다 내가 아무렇지 않은 걸 보니 생각이 바뀐 듯해 보였다.

가장 큰 변화는 다시 아이들이 모여서 놀기 시작했다는 것이었다. 모여서 노는 아이들의 얼굴에 핀 미소는 정말로 즐거워서 짓는 것 같아 보였다. 사람들은 이제 정말로 기뻐하며 지냈다. 그리고 그날은 모두가 바빠 보였다. 요리를 하는 사람들이 아주 많아 보였다. 대형 요리 기구에 요리를 하는 사람들은 땀을 흘리며 바빠 보여도 모두가 즐거워 보였다. 그들의 입가에서 미소가 끊이지 않는 게 그 증거였다.

"왜 이렇게 다들 바빠 보이시죠? 뭘 하시나요?"

나는 궁금함에 그들에게 물었다.

"우리 모험가 나리께서 큰 변화를 줬는데 가만있을 수는 없죠. 잔치를 열 겁니다. 이제 우리는 정말로 울 수도 있고, 기뻐서 웃을 수도 있으니까요. 정말, 정말로 감사합니다…. 저희에게 큰 지식을 알려줘서요…. 나리 덕분에 이제 진심으로 감정을 표현하며 살 수 있게 되었어요."

요리를 하던 한 남자가 내게 말했다. 나는 그런 모습에 뿌듯하지 않을 수 없었다. 그리고 저녁이 되자, 드디어 잔치가 시작되었다. 나와 형제들이 참석하는 건 물론이고, 모든 사람들이 먹고 마시며 이 분위기를 즐겼다. 흥겨운 잔치의 시작이었다.

잔치의 분위기는 아주 즐거웠다. 이제는 정말로 기뻐진 사람들은 술을 마시다 즐거워 춤을 추기도 하고, 불 앞에 모여 도란도란 이야기를 나누기도 했다. 나는 의자에 앉아서 술을 마시다 이야기를 나누는 사람들에게 다가가 함께 대화를 나누기 시작했다. 사람들은 나를 잔치의 주인공으로 여기며 모두가 내게 환호를 건넸다. 나는 그런 환호에 조금 정신이 없는 게 느껴졌다.

"아니! 모험가 나리잖아요? 여기 앉으시죠. 지금까지는 정말로 죄송했어요…."

"이 사람이! 모험가 씨는 여기 앉아야지. 이 자리가 최고의 자리 아니겠어? 여기 앉으시죠, 여기."

"하하, 다들 환호해 주시니 정신이 없군요. 저는 당연히 해야 할 일을 했을 뿐입니다. 이렇게까지 환호를 받지 않아도 돼요."

"그게 무슨 말이에요! 당연히 환대받아야 할 일이죠. 저희가 큰 실수를 저질렀잖아요. 정말 그것에 대해서는 할 말이 없어요…."

"체이스, 세르츠. 그간 정말 미안했다. 너희 부친이 돌아가신 것에 대해서는 정말로 미안하다는 생각밖에 들지 않는구나. 그때, 장례식이 끝나지 않았는데도 나가서 미안하다. 이런 우리를 용서해 주지 않을래?"

나이가 지긋한 남자가 형제에게 용서를 구하며 눈물을 글썽였다. 주위를 둘러보니 어느새 많은 사람들이 눈물이 차올라 있었다. 소매로 눈물을 훔치는 이가 있는가 하면, 기뻐서 웃지만 울기도 하는 사람도 있었다. 형제는 당황하며 손사래를 쳤다.

"아니에요, 테드 아저씨. 이건 저희 모두의 문제였잖아요. 용서

하고 말게 어디 있겠어요…. 그저 저희가 어리석게 지난날을 보낸 탓이죠. 그렇지, 세르츠?"

"응, 맞아. 형 말처럼 저희 모두 어리석었잖아요. 잘못된 지식을 바로잡았으니, 이제는 괜찮아요. 아버지도 분명 하늘에서 기뻐하실 거예요. 어쩌면 아버지로 인해 모두가 변화할 수 있었던 것이니까요."

세르츠의 말에 모두가 눈물샘이 터졌다. 형제의 마음씨 좋은 말들에 모든 사람들은 감동을 받은 것 같았다. 많은 사람들이 미안해하는 표정으로 형제에게 한 명씩 다가와 차례로 미안하다고 사과를 건네기 시작했다. 나는 훈훈한 분위기에 흐뭇하게 미소를 지으며 그 광경을 지켜보았다. 이어지는 사과가 끝나고 잔치는 다시 흥겹게 진행되었다. 형제도 즐거워하며 춤을 추기도 하고 나는 술을 마시며 다 함께 분위기를 즐겼다. 사람들은 눈가가 모두 붉어진 채로 환하게 웃었다. 나는 그런 모습을 보며 가슴이 아프기도 하고 뭉클해지기도 했다. 잔치는 밤이 지날 동안 끝나지 않았다. 불이 꺼지지 않는 밤은 섬을 환하게 밝히고 희망처럼 타올랐다. 달의 빛이 묻힐 만큼, 섬은 환하게 빛났다.

하늘로는 항해를 할 때 봤던 것처럼 많은 유성우가 떨어지고 있었다. 그것을 본 사람들은 춤을 추다 말고 모두 일제히 하늘을 바라보며 마음속으로 기도하며 소원을 빌기 시작했다. 그 속에는 형제의 아버지를 향한 추모의 마음도 담겨 있었다. 그런 사람들의 마음은 모두 빛이 되어 하늘로 향해 올라가는 것 같았다. 꽤 오랜 시간 동안 묵념이 이어졌다. 사람들은 가슴에 손을 얹고 빛나는 눈으로 하늘을 올려다보았다. 그 묵념의 시간은 누가 먼저 시작하지 않아도, 누가 말을 꺼내지 않아도 계속 이어졌다. 한두 사람이 하기 시작하자, 모든 이들이 자리에서 일어나 하던 것을 멈추고 묵념을 진행했다. 나 또한 가슴에 손을 얹고 묵념을 이어갔다. 나는 그 광경을 지켜보며 깊은 감동을 받았다.

정말로 섬은 변화했다. 바뀌지 않았을 것 같았던 시간에도 나와 형제는 묵묵히 버텨냈고, 결국 사람들은 변화하는 데 성공했다. 나는 그간 지나온 시간들에 대해서도 다시금 되새겼다. 참 많은 일이 있었다. 이 변화는 결국 사람들의 웃음이 될 것이었다. 녹빛 나무의 그늘은 더 이상 무거워 보이지도 않고, 어둡게 그늘져 보이지도 않았다. 섬은 밤이었지만 나는 그 시간이 마치 햇살이 비치는 한낮의 오후 같다는 생각이 들었다. 묵념을 진행하는 동안 온기 있는 바람이 미약하게 불어왔다. 나는 그 바람이 마치 형제의 아버지가 괜찮다는 말을 계속해서 전하는 것 같아서, 잠시 울컥하는 마음이 들었다. 그리고 내 옆에 있는 형제도 그렇게 생각이 들었는지, 다시 눈시울이 붉어지는 모습을 보였다. 몽환적인 신기루의 밤이었다.

1901년 11월 26일, 나는 마을에서 진심으로 즐겁게 남은 시간을 보냈다. 다시 모험을 떠날 시간이었다. 행복 섬에서는 충분히 시간을 보냈다고 생각이 들었다. 나는 형제에게만 출항 준비를 한다고 조용히 알렸다. 굳이 떠들썩하게 떠나지 않아도 된다고 생각했기 때문이었다. 형제들은 아주 아쉬워했다. 내게 남아달라고 하고 싶어 하는 듯한 눈빛을 보내는 그들에 웃음이 지어졌다.

"미안하구나. 하지만 모험은 포기할 수 없단다. 너희도 이해해

줄 거라 믿어. 모험은 나의 전부니까 말이야. 그리고 아쉬운 건 나도 마찬가지란다. 이렇게 떠날 때마다 정말로 아쉽구나."

"노아…. 정말 떠나는 건가요? 너무 아쉬워요…."

세르츠가 서운한 얼굴로 내게 말했다. 체이스도 말은 하지 않았지만 못내 섭섭한 모양이었다. 나는 그런 형제의 머리를 쓰다듬어 주며 미소를 지었다.

"내가 떠나도 계속해서 너희 마음속에 있다면 괜찮지 않겠니? 나를 기억해 주렴. 나 또한 너희들을 기억하고 또 추억할 거란다. 아마 이 섬에서 있었던 일들은 평생 잊지 못하겠지. 너희들이 이제는 기뻐서 웃을 수 있다면 난 그걸로 됐단다. 지금껏, 고마웠다고 말하고 싶구나. 처음에 집에서 머물라고 말해줘서도 고맙다. 아마 내가 너희 집에서 머물지 않았더라면 지금의 결과는 만들어지지 않을 수도 있었겠지. 결국, 이 모든 건 너희가 바꾼 거야. 나는 그저 너희가 바뀔 수 있도록 약간의 조치만 했을 뿐이지. 지금 이 섬에 보이는 모습은 너희가 만든 거란다."

"그렇게 말해줘서 고마워요. 노아 덕분에 바뀔 수 있었다고 생각해요. 노아가 아니었다면 저희는 바뀌지 못했을 거예요. 여전히 슬퍼도 웃으면서 울지 못했겠죠."

체이스가 의젓하게 말했다. 나는 그런 체이스의 머리를 한 번 더 쓰다듬어 주었다. 그리고 나는 다시 짐을 챙기며 출항 준비를 하기 시작했다. 짐을 챙기는 동안, 머릿속에서는 많은 추억들이 스쳐 지나갔다. 나는 떠오르는 기억들에 잠시 입꼬리가 올라갔다. 짐을 모두 챙긴 나는, 하루 뒤에 있을 출항에 잠시 휴식을 취하며 곤히 잠에 빠져들었다. 기억은 나지 않지만 무언가 아주 기분이 좋고 포근한 꿈을 꾼 것 같았다.

1901년 11월 27일, 나는 일찌감치 일어나 정박해 둔 배로 향했다. 때는 새벽이었다. 형제가 너무 아쉬워해서 나는 몰래 떠날 생각이었다. 모두가 슬퍼하는 모습은 보고 싶지 않았다. 나는 조용히 출항 준비를 하기 시작했다. 닻을 올리고, 바람에 맞게 돛을 펼쳤다. 배가 떠날 준비는 모두 끝이 났다. 내가 막 배에 탑승하려던 그때, 멀리서 두 사람의 형체가 다급히 뛰어오는 게 보였다.

"노아…! 왜 말도 없이 가요! 진짜 서운해요…."

세르츠가 달리며 소리쳤다.

"하하! 너무 슬퍼하지 마. 내 마음속에는 너희가 언제나 있을 거니까. 그럼 잘 지내렴. 이제는 기쁠 때는 웃고, 슬플 때는 울어. 그래도 되니까! 항상 너희를 추억할게…."

내가 배에 타자, 갑자기 많은 사람들이 어디선가 뛰어나오며 해안가를 향해 달리기 시작했다. 섬 사람들이었다. 체이스가 멀리서 내게 소리쳤다.

"모두들 노아가 떠난다는 소식을 듣고 잠도 자지 않은 채 기다렸어요! 다 같이 인사하려구요! 잘 가요, 노아! 앞으로도 즐겁게 모험하기를 바랄게요…!"

"잘 가요!"

"함께해서 즐거웠어요!"

"모험가 나리! 조심히 떠나요!"

"우리를 기억해 줘요…!"

그렇게 말하는 사람들은 모두 손을 번쩍 들며 내게 환호를 건넸다. 나는 그런 사람들의 모습에 잠시 눈물이 날 것 같은 마음이 들었다. 체이스와 세르츠는 가장 앞에 서서 나를 향해 손을 흔들었다. 사람들은 움직이는 배를 따라 달리기 시작했다. 모두가 거추장스러운 신을 벗어 던지고 맨발로 모래를 밟으며 달렸다. 나는 맨발로 뛰는 사람들이 지금껏 자신을 괴롭게 했던 짐들을 벗고서 자유로운 느낌을 만끽하는 것 같아, 나도 그 감정에 동화되는 느낌을 받았다. 모두가 자유롭게 목청껏 외치며 발을 굴렀다. 나는 안녕을 말하며 손을 높게 들어 흔들었다. 사람들은 배가 거의 보이지 않을 때까지 달렸다.

우리의 헤어짐은 영원한 안녕은 아닐 것이었다. 비록 또다시 만나지는 못한다고 해도 서로의 가슴속에 늘 존재한다면 우리는 함께일 것이었다. 새벽녘의 태양이 붉게 떠오르고 있었다. 조광이 맴도는 시간이었다. 그 눈 부신 햇살은 어둑했던 하늘을 밝히고 달을 잠에 들게 만들었다. 찬란한 태양이 있는 곳으로 배는 나아가고 있었다. 멀리로 보이는 수평선은 끝없이 펼쳐져 있어서 웅장한 느낌을 주었다.

나의 모험은 여기서 끝이 아니었다. 헤이치 제도에서의 모험은 비록 막을 내렸지만, 나는 다시 새로운 곳을 향해 가는 여정을 시작했다. 어느새 섬은 멀어져 사람들이 손을 흔드는 게 보이지 않았다. 내심 아쉬운 마음이 들어 나는 계속해서 뒤를 돌아보았다. 그리고는 섬 사람들이 앞으로 행복한 일상을 보낼 수 있도록 기도했다. 귀에서 맴돌던 사람들의 목소리가 사라지고, 마침내 섬이 아예 보이지 않게 되자 나는 잠시 앉아서 모험기를 끝낼 준비를 했다. 가져온 일지는 모두 글이 적혀 빽빽했다. 나는 그런 일지를 보자, 지금까지의 모험기가 잘 적힌 것 같아 뿌듯해졌다. 이 모험기는 곧 세상에 알려질 것이었다. 그때, 리샨이 잘 알려주기를 바랐다. 나는 마지막으로 일지의 앞부분에 리샨에게 전할 글귀를 적기 시작했다. 이제 하늘은 완전히 밝아져 글을 쓰는 데 무리가 없었다. 나는 리샨을 떠올리며 그리워했다. 그를 그리워하는 마음이 들어 손을 움직이니 글귀는 어느새 다 적혀져 있었다. 소리를 내며 접힌 일지를 가슴속에 안은 나는 다시금 가슴이 설레는 게 느껴졌다. 또 어떤 모험이 나를 기다리고 있을지, 너무나 궁금해졌다.

　순풍에 배는 앞으로 나아가고 있었다. 바람마저 따라주는 완벽한 날에, 나는 가슴이 두근거렸다. 아마 내 눈은 반짝거리며 빛나고 있었을 것이다. 일지를 출간하기 위해 나는 다음 모험을 하기 전, 다시 리첼리아로 향했다. 오랜만에 크렐슨에 갈 생각이었다. 고향에 갈 생각을 하니 그리운 느낌이 들었다. 태양은 더 높게 떠오르고 있었다. 나의 끝나지 않는 여정은, 계속해서 그려지는 중이었다. 마침표 없는 여정에, 쉼표는 있을지 몰라도 결코 끝은 없을 것이었다. 아침이 되고, 다시 밤이 돼도 나는 앞으로 나아갈 것이었다. 나침반이 방향을 그리는 대로, 나의 여정은 그렇게 이어지는 중이었다. 그리고 하늘에 떠오른 포근한 구름은 세상의 모든 자유를 품고서, 자신을 비추는 눈 부신 햇살과 함께 세상을 횡단하러 움직이기 시작했다. 다시, 새로운 모험의 시작이었다.